HERVÉ BELLEC

Hervé Bellec est né en 1955. Après avoir été successivement musicien puis patron de bar, il est aujourd'hui professeur d'histoire-géographie dans un lycée de Brest. Il a publié de nombreux romans et nouvelles ayant pour théâtre la Bretagne dont il sait à merveille traduire les ambiances. En 2000, il remporte le prix Édouard et Tristan Corbière pour *La Nuit blanche* (NiL), un récit intime et poétique, à l'émotion brute. Ses récits de voyages, servis par un style littéraire alerte et une profonde humanité, lui valent un large succès auprès des lecteurs. Après nous avoir emmenés sur les chemins de Compostelle dans la *Garce d'étoile* (2003), Hervé Bellec confirme son statut d'écrivain voyageur avec *Les Sirènes du Transsibérien* (Géorama, 2008), repris chez Pocket en 2017, nous plongeant au coeur de l'hiver russe. Toujours à la frontière entre la fiction et la réalité, il publie en 2015 et 2016 deux recueils de chroniques, *Je hais les dimanches* saison 1 et 2 (Dialogues), illustrés par David Cren. Fidèle à sa région d'origine, il publie un récit décalé, K.B. : *Kreiz-Breizh, voyage au cœur de la Bretagne* (Dialogues, 2018), un guide empreint d'humour, *La Bretagne on l'aime pour...* (Suzac éditions, 2019) et une pérégrination de la Bretagne à la Normandie, *Lulu tout simplement* (Presses de la Cité, 2020), Prix de la ville de Vannes 2020.

LULU TOUT SIMPLEMENT

ÉGALEMENT CHEZ POCKET

LES SIRÈNES DU TRANSSIBÉRIEN
LULU TOUT SIMPLEMENT

HERVÉ BELLEC

LULU
TOUT SIMPLEMENT

PRESSES
DE LA CITÉ

MIXTE
Papier issu de sources responsables
FSC® C003309

L'éditeur de cet ouvrage s'engage dans une démarche de certification FSC® qui contribue à la préservation des forêts pour les générations futures.

Pour en savoir plus :
www.editis.com/engagement-rse/

ISBN 978-2-266-31201-1
Dépôt légal : avril 2021

A mes fils

Ce qui comptait, c'était la trace dorée,
la trace magique qu'elle avait imprimée dans sa vie
et dont personne ne pourrait le priver.

Milan KUNDERA,
L'Insoutenable Légèreté de l'être

1

Le rituel était immuable et déjà bien rodé. Vers la mi-octobre, je descendais à la gare d'Orléans et chaque fois, je me sentais oppressé par un malaise diffus, brusquement saisi dès la descente du train par une soif soudaine et une ardente envie de fumer. Comme pour me détourner des raisons qui me conduisaient dans cette ville, j'errais un long moment dans les rues centrales aux alentours de la cathédrale, surtout celles qui descendaient vers la Loire où, immanquablement, j'accostais. Oui, c'est ça, j'accostais. Je m'arrimais à ce muret de calcaire en essayant de retrouver une respiration normale, un rythme cardiaque raisonnable que seule la vue du fleuve, paisible en cette saison, pouvait m'apporter. En partie réconforté, je m'arrêtais boire une bière au comptoir d'un bar-tabac avant de me mettre en quête d'un fleuriste. Parfois, j'entrais dans des magasins de vêtements sans essayer quoi que ce soit, ou alors dans une librairie, et là, c'est comme si j'étais devenu tout d'un coup analphabète. Les titres se brouillaient, les auteurs m'étaient tous inconnus, les quatrièmes de couverture n'avaient aucun sens. Je cherchais un autre bistrot. On peut perdre la faculté de lire, pas celle de boire.

Je ne connaissais quasiment rien de cette ville et je ne ressentais aucun besoin d'en apprendre davantage. Comme Tours, ou Bourges, ou encore comme Dijon, Amiens, Chartres, ou plusieurs autres villes de cet acabit, Orléans fait partie de ces cités dont je ne saisissais pas d'emblée l'utilité. Elles étaient là, c'est tout, comme des points de passage obligés sur les routes du Sud ou des océans, des postes de péage vers la capitale. Elles avaient connu leur heure de gloire dont ne se souvenaient que les manuels scolaires. Des gens y vivaient et y travaillaient, c'est certain, des bébés y naissaient, preuve que les gens faisaient l'amour, mais je ne voyais pas vraiment en quoi cela me concernait. Les deux premières années, j'avais visité la cathédrale parce que je m'étais dit que si Lulu avait été à mes côtés, bien sûr que je l'aurais suivie, même en ronchonnant, mais je l'aurais suivie, aucun doute là-dessus, et tout le temps qu'auraient duré ses interminables prières qu'elle marmonnait agenouillée sur le prie-Dieu au premier rang d'une chapelle votive, la plupart du temps dédiée à Thérèse de Lisieux, sinon à la première Sainte Vierge venue, j'aurais déambulé à travers les allées, rongeant mon frein devant le gisant d'un évêque guillotiné sous la Révolution ou faisant mine de m'extasier sur une lumière extatique perçant au travers d'un vitrail. J'aurais lu sans intérêt le dépliant consacré à l'architecture du sanctuaire, peut-être même dans sa version anglaise pour corser la chose et tromper mon ennui. Ensuite, j'aurais sans doute acheté une carte postale, rien que pour le plaisir d'écouter le bruit sec de ma pièce de cinquante centimes tomber au fond du tronc, et j'aurais fini par m'asseoir sur une de ces chaises trop basses, le temps de me poser pour la énième fois la question de ma présence en ces lieux. Une fois de plus, j'aurais attendu.

Je crois me souvenir que j'ai beaucoup attendu durant cette période.

Las, j'avais laissé tomber la cathédrale dont les deux tours coiffées d'une couronne de pierres dentelées me suffisaient amplement comme repère, j'allais dire comme amer. J'étais un marin breton égaré au beau milieu d'un continent. Juchée sur son piédestal, Jeanne d'Arc n'en finissait pas de sauver son âme et l'âme de la nation tout entière par la même occasion s'il faut en croire l'historiographie communément admise. Incrédule, je relisais cette sentence gravée dans le calcaire – *Prends tout en gré, ne te chaille de ton martyre* – dont on dit qu'elle fut lancée par une de ces fameuses voix que Jeanne entendit alors qu'elle gardait ses brebis. Ses brebis ou ses vaches, je ne sais plus. Un plaisantin ou un maniaque peut-être animé de nobles intentions envers la langue française avait rajouté à coups de canif un *s* à *chaille*. Le verbe chaloir était tombé en désuétude depuis des lustres et je m'en moquais un peu de savoir s'il fallait mettre un *s* ou non à l'impératif singulier mais cette lettre écorchant rageusement le socle de calcaire égratignait la légende.

Je dois peut-être préciser ici, quitte à déjà révéler un détail intime, que c'est cette même sentence que Lulu s'était fait tatouer sur l'épaule gauche. Les lettres n'étaient nullement stylisées, bien au contraire, l'écriture était même grossière, comme tracée à la hâte sans le moindre souci esthétique sinon un petit grain de beauté qui faisait office de point sur le *i* de *chaille*.

Mon sac de voyage dans une main, un bouquet dans l'autre, des roses le plus souvent, sans doute parce que je n'avais guère d'imagination en la matière, je montais au grand cimetière en empruntant le trottoir d'une longue avenue. C'était le moment le plus éprouvant. Il n'y a pas si longtemps, alors que je passais à la hauteur d'un lycée, j'avais failli faire marche arrière, tout cela me semblait si vain, presque absurde, j'étais vraiment sur le point de faire demi-tour, je voulais en finir une fois pour toutes avec cette histoire qui m'empoisonnait l'existence depuis des années mais je me suis vu traverser la rue au premier passage piéton pour rentrer dans un parc. Je me revois encore assis sur un banc, étourdi, essoufflé et à défaut d'entendre des voix, ce furent trente-six étoiles qui n'avaient cessé de gigoter comme des lucioles phosphorescentes derrière la cloison de mes paupières que j'avais cru bon de clore quelques instants. Après quelques minutes, j'avais repris ma marche vers le cimetière.

C'était il y a deux ans, je crois. Ou trois, ou quatre, peu importe. Aujourd'hui je savais simplement qu'il y avait six ans que Lulu n'était plus. Si la fleuriste me demandait pour quelle occasion j'offrais ces fleurs, je répondais par convention que c'était pour un anniversaire, alors elle collait sur l'emballage en cellophane une petite étiquette marquée *Bon anniversaire*. Son sourire de fausse complicité m'agaçait et en même temps me rassurait. Je me sentais gauche, ridicule de gravir avec mon bouquet cette avenue dont la pente n'en finissait pas. Et sans doute est-ce pour cette raison, le ridicule, j'entends, que j'avais failli faire demi-tour lorsque j'avais entendu derrière mon dos les ricanements d'un groupe de lycéens se moquant d'un pauvre fou qui va porter des roses à une pauvre folle morte il y a des années. Rouges, les roses, d'un rouge qui virait parfois dans les tons pourpres. Ça, c'était ma façon d'interpréter les choses alors qu'évidemment, ils auraient été bien incapables de deviner quoi que ce soit. Je me sentais mal à l'aise devant ces arrogants un peu plus jeunes que ma cadette et qui s'étaient ouvertement moqués de mon bouquet sans doute parce que je ne savais tout bonnement pas de quelle manière le tenir, ce satané bouquet. Je les maudissais. Songer que de tels abrutis pourraient sortir avec mes filles me rendait malade.

Le grand cimetière d'Orléans se situe en haut de la ville sur un plateau longeant la voie ferrée et s'ouvre par un pompeux portail en fer forgé. Jean Zay, un ministre radical-socialiste du Front populaire assassiné par des miliciens en 1944, y avait longtemps reposé sous une dalle de granite noir avant d'avoir les honneurs du Panthéon. C'est à ma connaissance la seule personnalité des lieux mais je ne connais rien à l'histoire de cette ville sinon les faits d'armes de cette Jeanne de Lorraine qui la délivra des Anglais et qu'on nous servait depuis à toutes les sauces religieuses et politiques. Ma Jeanne à moi, ma pucelle d'Orléans, se trouvait sous un simple tertre de terre au carré des indigents, au-delà des allées bien rangées des tombes conventionnelles, toutes orientées vers le sud. Au-dessus de l'une d'entre elles était sculpté le buste d'une femme dont la tête était partiellement recouverte par un voile de pierre. Intrigué par le monument, je m'y arrêtais quelquefois. Elle toisait le passant et, posant son index devant ses lèvres closes, nous obligeait par la seule force de son regard à nous taire. Et Dieu que ce regard était empli d'une douloureuse tendresse. Bien sûr que je me taisais, avais-je un autre choix ? Depuis ma descente du train, je n'avais prononcé que quelques mots succincts à l'adresse d'un garçon de café et d'une fleuriste. Et cette statue m'obligeait à m'entêter dans mon vœu de silence.

La tombe de Ludivine se trouvait à une centaine de mètres, du côté du mur qui jouxtait le chemin de fer, dans ce carré destiné à ceux qui, même dans la mort, restaient du côté des exclus, et qui devaient malgré tout s'estimer heureux que les services municipaux des pompes funèbres leur offrent aux frais du contribuable une sépulture que plus d'un aurait qualifiée de décente pour ces êtres de si peu. De toute façon, c'était ça ou la fosse commune. Une quarantaine de tombes en tout, si l'on peut nommer ainsi ces tas de terre sur lesquels était plantée une croix de bois. La plupart d'entre elles n'arrivaient pas à se tenir droites. Elles tanguaient comme l'avait fait sans nul doute la vie de ces gens. Un coup de vent, un coup de pied, un de plus, et la croix se serait inévitablement effondrée.

Un nom était gravé à l'intersection des deux branches mais pas toujours. Un nom et parfois deux dates. Naissance, décès. L'espérance de vie de ces indigents, nommons-les comme on veut, comme on peut, clochards, épaves, SDF, nécessiteux, paumés, parasites, rebuts, marginaux, dépassait rarement la cinquantaine. Ils n'avaient fait que passer. Ils ne prenaient même pas la peine d'ôter leur manteau pour dormir. De temps en temps, des surnoms étaient rajoutés. Bébert, Dédé la Glu, Capitaine Flam. Rares étaient les dédicaces mais on pouvait parfois lire sur un écriteau : *Jean-Pierre Rivier, dit l'Amiral, 1961-2004, ses copains du Havre... Simone Destouches, 1950-1999, de la part de sa sœur.* Certaines tombes ne mentionnaient aucune date, d'autres n'affichaient aucun prénom, juste le nom de famille. Il y en avait une qui ne précisait même pas le sexe puisque l'inscription « décédé(e) » était ainsi marquée et je me souviens de ces terrifiants trois mots : *décédé sous X.* Dans ce carré du cimetière, il n'y avait ni bitume, ni pavés, ni même gravillons pour faire tampon entre le royaume des morts et celui des vivants. Il n'y avait que ce sable brut mélangé à de la terre argileuse, comme sur un chantier en souffrance. Les pas ne crissaient ni ne résonnaient. Les semelles s'enfonçaient légèrement, c'est tout, laissant derrière elles de vagues empreintes.

Rien n'était écrit sur la croix de Lulu autre que son nom, son prénom et les dates que j'avais à la hâte fait graver chez un marbrier du quartier sur une petite plaque de cuivre qui rouillait déjà par endroits, faute d'avoir choisi des vis en inox. *Ludivine Kirchner, 1970-2012.* Le tout ne m'avait coûté que trois francs six sous, et alors ? Que pouvais-je faire d'autre ? Lui ériger un monument de marbre, quelque chose qui fût à la taille de son caractère ou de mon chagrin. Ce n'était même pas la peine d'y penser. Lulu était une anonyme. Lulu, comme les autres, n'avait fait que passer, c'était même son métier, nomade de profession, on en reparlera, et je pouvais me considérer comme la seule personne au monde capable de témoigner de son existence. Et ce témoignage, je le gardais depuis des années en moi, comme un pieux secret, une sourde blessure, une croix à porter. N'en déplaise à ceux qui pensent que le temps efface tout, cette croix n'avait cessé de s'alourdir au fil des années.

Sans ôter l'emballage, j'ai déposé mon bouquet de roses sur le tas de terre. Voilà, c'est encore moi, ai-je murmuré en direction de la croix. J'ai arraché deux ou trois mauvaises herbes. Je me souviens avoir entendu Lulu me dire qu'elle n'était qu'une mauvaise herbe parmi les autres mauvaises herbes qui colonisaient ce mauvais monde peuplé de gens mauvais et je l'avais aussitôt suppliée de se taire plutôt que de proférer de telles inepties. Aurais-je appris à prier qu'une chape de plomb aurait recouvert la tombe puisque aucune prière ne me serait venue à l'esprit. Aurais-je emporté avec moi mon instrument, tout musicien que je me targuais d'être, que nul son n'en serait sorti.

La croix penchait vers la gauche. J'aurais eu beau crier à m'en exploser les poumons, souffler dans toutes les trompettes du monde que ça n'aurait servi à rien. Personne dans ce carré de traîne-misère ne répondait au nom du Père, du Fils et du Saint-Esprit. Je suis allé ramasser une pierre près d'une autre tombe et j'ai fait de mon mieux pour enfoncer davantage la croix de manière à la stabiliser tout en me disant que la même corvée m'incomberait l'année suivante. La pierre résonnait contre le bois. Je craignais qu'on me surprenne, comme si je m'étais rendu coupable de quelque chose de déplacé, d'inconvenant. Ma seule présence en ces lieux pouvait déjà sembler louche mais nul ne rôdait dans les parages, sinon une vieille dame, du côté des allées normales, dirais-je, et deux fossoyeurs qui, de l'autre côté du carré militaire, débarrassaient – j'ai failli écrire « vidangeaient » – un caveau. Leurs voix parvenaient jusqu'à moi. Un vent plutôt froid balayait le cimetière d'est en ouest et quelques feuilles mortes virevoltaient entre les tombes. De l'autre côté de l'enceinte du cimetière, un grand panneau publicitaire affichant les soldes d'un magasin spécialisé dans le discount de meubles promettait une liquidation totale. Les mots *Grand Débarras* s'étalaient sur toute l'affiche. Je me suis demandé si les responsables qui géraient cet espace publicitaire avaient fait le parallèle avec les défunts qui gisaient là et, depuis sa tombe, Lulu m'a répondu que ces gens n'auraient pas su faire un tel rapprochement, ces gens-là n'avaient pas conscience de la valeur de l'âme humaine. Mais il fallait leur pardonner parce que leurs yeux ne regardaient que le doigt et non la lumière qui illuminait la main. Lulu avait souvent des formules de ce genre, lancées à l'emporte-pièce, et qui m'exaspéraient. Lulu me saoulait de ses jérémiades à n'en plus finir.

J'ai jeté la pierre et je me suis frotté les mains pour m'épousseter. La croix allait tenir debout une année de plus, une année pendant laquelle j'allais m'accorder un sursis supplémentaire, me dédouaner en quelque sorte, m'absoudre si l'on préfère. J'ai tourné les talons sans un mot. L'index devant les lèvres et les paupières mi-closes, la femme au voile exigeait d'une douce autorité que je m'obstine dans le silence mais je serais incapable de dire pourquoi cette fois-là, et cette fois-là spécialement, j'avais décidé d'en finir avec ce mensonge devenu au fil des années bien trop lourd à porter.

Et de grâce, qu'on ne me parle pas de confession, encore moins de thérapie ou de psychanalyse, des conneries tout ça, des illusions, des leurres, j'ai juste ressenti ce jour-là, à cet instant précis et sans aucune raison apparente, le besoin de raconter notre histoire, un peu comme ces époux qui se séparent et qui, gommant d'un trait rancœurs, trahisons et lâchetés, se mentent une dernière fois à la terrasse du café le plus proche du tribunal en prétendant tout bien réfléchi que ce fut malgré tout une belle histoire.

2

Ce n'est pas à proprement parler une histoire d'amour mais si certains veulent la considérer comme telle, je ne chercherai pas à les en dissuader. D'ailleurs je serais peu à même d'en juger par moi-même tant j'éprouve de difficultés, justement, à faire la part des choses entre la réalité des faits et leur interprétation a posteriori. La frontière reste confuse. Cette histoire me pèse depuis si longtemps, comme une tumeur dans un recoin du cerveau, une tumeur bénigne qui pourtant refuse de se faire oublier, et il n'y a pas eu un seul jour, je répète, pas un seul jour durant toutes ces années où je n'ai eu de pensées pour Lulu. Parfois, l'évocation n'est que fugitive. Un exemple : je me repose sur les berges d'une rivière et Lulu m'apparaît agenouillée sur la rive, les mains jointes en coquille pour s'abreuver. Je lui dis de faire attention, eu égard à une éventuelle pollution de l'eau. Le visage éclaboussé, elle se tourne vers moi et se met à s'esclaffer bêtement de ce rire rauque qui m'a toujours un peu agacé. Quand je dis qu'elle m'apparaît, on aura compris que c'est à travers le prisme d'un fantasme. Il ne me reste aucune photo de Lulu. Ce n'est pas faute de l'avoir prise sous toutes les coutures – elle n'était pas farouche – mais, comme je l'expliquerai plus tard, mon appareil photo a disparu. Enfin, c'est un peu plus compliqué que ça. Et donc, son visage, ses traits peu à peu s'effacent de ma mémoire, s'estompent dans le flou, mais à certains moments, tout me saute à la figure et la douleur est si vive qu'elle me stupéfie. Je reste prostré quelques secondes, m'enserrant le ventre des deux bras, prétextant des ennuis intestinaux sans gravité, une sorte de colique, une crampe. Quelque chose que je n'aurais pas digéré, sans doute.

En effet, je n'ai pas « digéré » le souvenir de Lulu et les quelques semaines que nous avons passées ensemble ou plutôt côte à côte – on ne marchait pas *avec* Lulu, à la rigueur on marchait à ses côtés et le plus souvent derrière elle – ne cessent de me hanter. Cette tumeur dont je parlais à l'instant semble ces derniers temps vouloir se réveiller. Je me suis tu trop longtemps par crainte de blesser quelqu'un, sans doute, et notamment mes proches, mes filles en premier lieu. Et puis comment peut-on réellement croire à une telle fable ? On m'aurait à coup sûr accusé de forfanterie. Le temps a passé. Mes filles sont devenues des femmes. Elles traversaient la maison avec fracas et je ne voyais que des silhouettes s'agiter en tous sens autour de l'épouvantail que j'étais devenu. C'est pour elles à qui j'ai menti aussi honteusement qu'un ivrogne repenti que j'écris aujourd'hui cette étrange aventure mais c'est aussi et surtout pour Lulu que je le fais et je le fais pour… comment dit-on, déjà ? pour réhabiliter, oui, c'est ça, pour réhabiliter la mémoire de Ludivine Kirchner.

Autant la nommer d'emblée Lulu, ça sera plus simple et c'est ainsi qu'elle voulait qu'on la nomme bien que ce surnom un peu puéril l'amputât de sa grâce. Lulu le lutin, Lulu la mutine. Lulu croquée aux quatre coins d'un petit Lu, Lulu tournée face aux quatre vents, Lulu comme deux et deux font quatre, Lulu des quatre évangiles ou des sept péchés capitaux, Lulu des quatre saisons, des dix commandements, des cinq piliers de la foi et des sept réincarnations, que sais-je, puisque je n'ai partagé la vie de Lulu qu'un peu plus de trois semaines. Et encore, pas en continu, comme quoi déjà le terme est bien mal approprié. On ne partageait pas la vie de Lulu, on pouvait tout au plus l'approcher, de loin, la renifler, la toucher même. On partageait la même pizza et la même chambre, parfois le même lit, on partageait le pain et le vin, comme dirait l'autre, mais je doute que ce pain et ce vin avaient une saveur semblable pour l'un comme pour l'autre. Pareil en ce qui concernait le lit.

D'ailleurs, aussi bizarre que cela puisse paraître, tout avait commencé par un morceau de pain. Quelques bouchées d'un sandwich au fromage, c'est tout. J'étais assis à la terrasse d'un café qui avait eu la bonne idée de dérouler son store. Une pluie d'été, drue et rectiligne, tombait sur la toile dans un cliquètement qui donnait des frissons dans le dos pendant que le poison du découragement se répandait lentement à travers mes veines. Tout le monde, excepté quelques nantis ou de rares innocents, tout le monde connaît ces moments d'intense vulnérabilité, cette vague poisseuse qui, sans crier gare, submerge insidieusement le corps et l'esprit. J'étais le seul. Le seul à fumer à la terrasse, je veux dire. A l'intérieur, je ne sais combien de clients occupaient le bar et je m'en fichais. Un cendrier était à notre disposition. Malgré cette attention, une dizaine de mégots écrasés jonchaient le sol. Après quelques années d'abstinence, j'avais brusquement repris la cigarette. Une pulsion morbide. Trois jours après mon départ pour Saint-Jacques-de-Compostelle, j'étais entré dans un débit de tabac et ressorti avec ce qu'il fallait. Ce fut aussi simple que ça.

A l'abri, je contemplais la feuille de salade qui pendouillait mollement entre les tranches du sandwich que je n'arrivais décidément pas à entamer. Je n'avais aucun appétit. Et même la bière avait du mal à passer. La fumée, par contre, coulait comme du miel au fond de ma poitrine, c'était même le seul réconfort que j'avais trouvé à cet instant précis.

« Monsieur, votre sandwich, là… »

Sans doute trop préoccupé par ma propre image dont je contemplais le reflet grotesque renvoyé par mon verre de bière, je ne l'avais pas vue arriver. Pourtant son ombre, qui obstruait le peu de lumière qu'il y avait sur cette terrasse, aurait pu m'avertir de sa présence. Mais non, elle avait carrément jailli devant moi. Elle m'était apparue à la manière d'une fée, ou encore de la Vierge Marie pour ceux qui privilégient les références évangéliques. Sauf qu'elle avait l'air de tout sauf d'une fée ou d'une sainte. J'ai dû lever les yeux, demander « Pardon ? », cligner de l'œil. A vrai dire, je n'ai qu'un souvenir très imprécis de cette première rencontre. Le cerveau fonctionne ainsi, en pointillé. Il y a des blancs.

En la regardant, j'ai dû penser à une routarde un peu paumée, une vagabonde, une SDF, une pauvre fille, quoi. Pourtant, je l'avais déjà repérée moins d'une heure auparavant à la basilique où je cherchais à m'abriter de la pluie, non loin du brûloir sur lequel les fidèles allumaient un cierge pour espérer Dieu seul sait quelle faveur, quelle indulgence. Un cahier de requêtes était posé sur un grand lutrin. Un stylo y pendait, de manière à ce qu'on y écrive ses doléances et ses gratitudes, comme c'est souvent le cas dans ce genre de lieu. Le stylo était attaché à un cordon, de crainte sans doute qu'il ne soit dérobé. J'avais aperçu cette jeune femme un peu fantasque écrire quelque chose avant de s'agenouiller longuement devant la statue de la Vierge. Par curiosité, mais peut-être tout simplement par désœuvrement, je me suis vu m'approcher du lutrin une fois qu'elle eut fini sa prière et qu'elle se fut éclipsée. D'une écriture joliment bouclée, elle avait écrit les mots suivants :

Sainte Marie, mère de Dieu, bénie entre toutes les femmes, faites que François-Xavier soit reçu au concours d'entrée à l'Ecole nationale d'administration.

Je me souviens avoir souri en relisant la phrase à voix basse, pour moi-même. L'ENA ? Qu'est-ce que c'était que ce délire ? Je le reconnais à présent, j'avais souri avec une pointe de sarcasme, pensant qu'il y avait des fous partout, des malheureux. Des folles, des malheureuses. Puis j'étais sorti en quête d'un endroit où me rassasier et me protéger de la pluie.

Elle portait une sorte de parka militaire assez difforme et comme la capuche la couvrait, c'est à peine si je pouvais distinguer son visage, par ailleurs à contre-jour. Je ne crois même pas avoir pris le temps de lever les yeux vers elle. Je me contentais de fixer le sandwich, apparemment l'unique objet de cette rencontre.

— Excusez-moi, monsieur, mais je vous observe depuis un moment et vous n'y touchez pas…

Très vite, j'ai lancé un regard vers la capuche, j'ai même dû faire un signe de la tête en guise de salut puis je me suis concentré à nouveau sur le sandwich. En fait, on était deux à regarder ce fichu bout de pain comme si, je ne sais pas, comme s'il allait nous sauter au visage à la façon d'une grenade si aucun de nous deux ne prenait d'urgence la décision de la désamorcer.

— C'est peut-être que vous n'avez pas faim…

J'ai ricané. Je n'aurais pas dû.

— C'est pas très gentil de mépriser la nourriture, a-t-elle dit d'un ton qui n'avait pourtant rien de péremptoire. Il y a plein de gens dans ce monde qui n'ignorent pas ce qu'est la faim.

C'était la meilleure. Cette pauvresse fagotée comme pas deux m'offrait le plus sérieusement du monde une leçon de morale. En d'autres temps, sous d'autres cieux, j'aurais trouvé ça particulièrement drôle mais je me sentais dans un tel état d'abandon et ce sandwich était en lui-même si démoralisant que je ne sais pas ce qui m'a pris. J'ai trébuché sur les mots, on ne sait jamais trop quoi dire en pareil cas, la misère, le dénuement plutôt, nous met parfois si mal à l'aise.

— J'ai pas faim. Servez-vous… je vous en prie. Prenez-le, si ça vous chante.

— C'est pas de refus, j'ai rien mangé depuis hier soir. Je peux m'asseoir ?

Je ne me souviens pas l'y avoir invitée mais c'était trop tard. Elle s'était déjà installée à mes côtés avant même que je prononce un seul mot.

Nous étions tous les deux adossés contre la façade du bistrot, en sorte que nous nous trouvions face à une rue où circulaient quelques automobiles à très faible vitesse du fait d'un ralentisseur qui encombrait la chaussée quelques mètres en amont. Cette fois, c'est un cycliste qui passa. Elle a posé ses sacs et ôté sa parka. Dessous, c'était tout et rien, c'était surtout n'importe quoi. Une jupe en velours rouge sur des collants bariolés, trois ou quatre tee-shirts superposés, un collier à quatre sous qui supportait une croix en ferraille de la taille d'un livre de poche. Parmi les bracelets qu'elle portait en pagaille autour du poignet, aucun ne présentait de valeur. Idem pour les bagues à ses doigts. On aurait dit qu'elle s'était habillée chez le chiffonnier du coin ou dans une distribution de charité. Aux pieds, elle portait de gros godillots de cuir, oui, c'est ça, des godillots, pas d'autre mot, noués par des lacets dont les bouts s'effilochaient. Je préférais regarder devant moi. D'où j'étais placé, on devinait l'une des flèches de la basilique, celle de Sainte-Anne-d'Auray, dans le Morbihan, je ne suis pas certain de l'avoir déjà précisé. C'est à peine si je l'ai vue esquisser un signe de croix avant de saisir son casse-croûte, je veux dire mon casse-croûte, pour le mordre sans attendre une seconde de plus.

Elle a fait une grimace :

— Mince… encore du beurre salé ! Décidément, il n'y a que ça dans ce pays, il n'y a que du foutu beurre salé !

— Désolé !

— Y a pas de mal, vous n'y êtes pour rien et puis on finit par s'y habituer… Tout est salé ici, le beurre, les crêpes, le vent, même l'air est salé !

— Normal, ce sont les embruns. On n'est pas si loin de la mer. Vous voulez peut-être boire quelque chose ? Une bière ?

— Je picole pas. De la flotte, juste de la flotte. Merci !

La serveuse se trouvait là, sur le pas de la porte, à deux mètres de nous, en train de fumer sa cigarette, sans doute un prétexte pour pouvoir observer aux premières loges cette femme un peu farfelue qui avait tout du phénomène de foire.

« Gazeuse ou plate ? » a-t-elle anticipé, preuve qu'elle suivait de loin notre conversation. J'ai répété la question à ma compagne de table qui visiblement n'avait rien entendu. De même que la serveuse, je ne savais pas de quel côté orienter mes sentiments, vers la compassion ou la moquerie, comme on peut se trouver parfois devant des personnes affublées d'un handicap physique particulièrement disgracieux, même si, en l'occurrence, ce n'était nullement le cas. Je veux dire qu'habillée normalement, cette femme aurait été tout à fait… tout à fait normale, enfin, bon, ordinaire. Jolie, pourquoi pas. Je ne sais pas.

— Gazeuse ou plate ? a réitéré la serveuse.

— Quoi ?

— Votre eau ? Vous la voulez avec des bulles ou non ?

— Je demande juste un verre d'eau, c'est pas la mer à boire, non !

Un rien déstabilisé par ce qui ressemblait presque à de l'agressivité, je me suis tourné vers la serveuse en haussant les épaules.

— Bon, plate, alors…

Elle revint après un instant, pencha son décolleté vers moi le temps de décapsuler un quart d'eau minérale tout en louchant avec curiosité vers ma voisine. Après lui avoir demandé l'addition pour le tout, je lui tendis un billet de vingt euros en lui priant de garder la monnaie. Parfois, j'aimais bien me la jouer grand seigneur. La serveuse fit demi-tour presque à contrecœur, comme déçue de ne pouvoir assister à la suite du spectacle. Désœuvré, j'ai sorti une autre cigarette. Elle a parlé la bouche pleine :

— Ça vous dérangerait pas d'attendre que j'aie fini de manger avant de fumer ?

J'ai écrasé ma clope dans le cendrier.

— Excusez-moi.

— Déjà que l'autre greluche a failli me couper l'appétit avec ses nibards à moitié à l'air. Vous avez vu ça ! On se serait cru à l'élection de Miss France. Manquait que l'écharpe bleu-blanc-rouge… A votre place, j'aurais glissé le billet dans le soutif, elle n'attendait que ça !

J'avoue que je n'ai rien trouvé à répondre. C'était un lutin, un lutin impertinent ou tout simplement une comédienne. J'ai balayé la rue, guettant une caméra, et aussitôt, je serais incapable d'expliquer pourquoi, cette pensée me fit honte. Le silence devenant pesant, j'ai tenté d'embrayer :

— Vous êtes de passage dans la région ?

— Ouais, on peut dire ça comme ça.

— Je me demandais… à cause du beurre ! Il n'y a qu'en Bretagne qu'on propose systématiquement du beurre salé.

— Au Danemark aussi ! a-t-elle marmonné.

— Au temps pour moi, au Danemark également. Vous connaissez le Danemark ?

Elle n'a pas daigné répondre. Elle a jeté un œil sur mon gros sac à dos et m'a demandé :

— Vous allez où avec ça ?

— Compostelle, ai-je avoué, Saint-Jacques-de-Compostelle. Je suis parti il y a une bonne semaine de la pointe Saint-Mathieu, du côté de Brest, là où j'habite.

Elle a dévoré ce qu'il restait de mon sandwich en trois ou quatre bouchées, ensuite elle a vidé son verre d'une traite et s'est essuyé la bouche avec sa manche. Puis elle s'est levée d'un bond, a attrapé ses sacs et sa parka.

— C'est nul, Compostelle, c'est surfait, c'est fini désormais. On se croirait sur une autoroute. C'est qu'un truc à touristes, une foire d'empoigne pour petits-bourgeois en mal de bonne conscience mais bonne route quand même et merci pour le casse-croûte. Pour l'eau aussi. Puisque même la flotte se paie dans ce foutu pays.

Je me suis levé à mon tour. Un peu désemparé, j'ai tendu la main vers elle.

— Baptiste…

Sa main était franche mais sa poignée ne chercha pas à s'éterniser. Elle a à nouveau lancé un regard vers mon sac à dos et mon bâton qui se tenait droit contre le mur.

— Ça vous va pas comme prénom, mais encore merci. Et bonne pénitence. Mes amitiés à Miss France.

C'était plus fort que moi, j'avais envie de la retenir, de la garder quelques minutes auprès de moi sans que je sache réellement pourquoi.

— Ecoutez, mademoiselle, si je peux vous être utile en quoi que ce soit… Vous paraissez tellement…

Elle s'est tournée sur ses talons. Rarement une femme m'avait fixé avec une telle intensité, même si j'étais bien en peine de lire dans ses yeux s'il s'agissait d'espièglerie ou de méfiance.

— Je parais tellement quoi… ?

— Je vous prie de m'excuser. Je ne sais pas… vous semblez un peu démunie… Je peux vous demander votre nom ?

— Ma mère m'a interdit de parler aux étrangers. Tchao, pèlerin ! Dieu vous bénisse.

Et bien évidemment, elle est partie. Que pouvais-je espérer d'autre ? Je l'ai suivie du regard. Elle prenait la direction de la basilique. Malgré ses lourds godillots et le poids de ses sacs, sa démarche était sautillante et me revint le cliché suranné du lutin s'échappant furtivement vers le cœur de sa forêt. Au même moment, la serveuse a rappliqué pour débarrasser la table et j'ai vu qu'elle regardait dans la même direction.

— Vous la connaissez ?

— Non.

— Y en a, j'vous jure ! On voit de ces choses dans notre métier.

— Oui, ils prennent vraiment n'importe qui à l'ENA !

La serveuse m'a regardé d'un air bizarre. J'ai toussoté.

— Excusez-moi, je pensais à autre chose.

— Ah, bon… je préfère. Vous voulez un café ?

Le temps que je lui réponde par l'affirmative, la jeune femme s'était éclipsée au détour d'une ruelle. Je me suis tourné vers la serveuse, autant dire vers son décolleté qui se trouvait à hauteur de mes sourcils. Deux seins blonds d'une rondeur généreuse cherchaient à s'échapper de leur carcan et mon indifférence devant cet attendrissant spectacle me désolait. Depuis des mois, depuis deux ans, je ne regardais plus les femmes de la même façon. La faim et le désir s'étiolaient. J'avais perdu la cupidité. Ce n'était pas bon signe.

— Soyez gentille, apportez-moi aussi un cognac !

3

Je ne buvais jamais de cognac mais ça m'était sorti comme ça, un peu mécaniquement, à la façon d'une réplique lancée sur le ton de la nonchalance dans un vieux film noir et blanc. « Garçon, un cognac ! » ordonnait Lino Ventura au serveur sans lever les yeux de son journal. Dans une sorte de fuite en avant, j'ai dû en commander un deuxième ne serait-ce que pour revoir ces deux seins dorés comme du pain frais se pencher vers moi dans l'espoir d'un quelconque émoi mais rien, toujours rien. J'étais cloué à ma chaise, incapable de me lever, incapable de reprendre mon sac à dos, et d'ailleurs, je le trouvais maintenant ridicule, ce sac, et bien trop lourd, et bien trop ordinaire. Convenu, pour tout dire. Avant mon départ, j'avais acheté tout l'équipement adéquat dans un magasin spécialisé dans le sport. Des chaussures souples et résistantes que j'avais pris soin de roder pendant quelques semaines, du linge de corps anti-transpiration, des slips et des chaussettes *spécial randonnée*, un bâton télescopique, s'il vous plaît, un couteau à six lames, une lampe torche ainsi qu'un large poncho en nylon destiné à protéger le marcheur et son sac en cas d'intempéries et tout un tas de gadgets aussi encombrants qu'inutiles que mes filles avaient pourtant qualifiés d'indispensables. La panoplie du parfait pèlerin, en somme, aux limites de la caricature. J'avais l'impression de sortir d'un catalogue.

Mes filles ? Parlons-en. Elles s'étaient fait une joie de voir leur veuf de père se lancer tout feu tout flamme à bientôt soixante ans dans ce projet de dingue, partir *à la conquête d'un nouveau sens*, pour reprendre la fameuse expression de Morgane, l'aînée, la plus enthousiaste, bien sûr, la plus chiante aussi, mademoiselle t'inquiète pas, je m'occupe de tout, mademoiselle va te reposer, papa, je prends tout en charge, et qui avait eu la traîtrise d'organiser dans mon dos une petite fête de départ en invitant dans le jardin une quarantaine de mes connaissances à un *apéro dînatoire* – toujours une formule de Morgane – qui tenait à la fois du pot de départ en retraite et de la conférence de presse avant le décollage pour la Lune. Certains des invités, les plus téméraires, avaient insisté pour m'accompagner le lendemain, au moins pour les quelques premiers kilomètres, mais je leur avais fait faux bond en quittant la maison dès l'aube et en catimini sans même – elles me le reprocheront assez par la suite – prendre le temps de réveiller mes filles pour les embrasser. Les adieux ayant toujours des accents pathétiques et embarrassants, j'avais pensé qu'un texto suffirait.

Une semaine déjà que j'avais quitté la maison. Les kilomètres s'étaient ajoutés aux kilomètres et, pourquoi le taire, le départ n'avait pas été aussi laborieux que je ne l'avais craint, la solitude pas plus accablante qu'en d'autres circonstances. Bien au contraire. J'avais passé la première nuit à l'hôtel d'un petit port situé en fond de rade, la seconde chez un couple d'amis, Monique et Alain, que je n'avais pas vus depuis des lustres et qui vivaient au bord du canal de Nantes à Brest dans une ancienne maison éclusière qu'ils avaient rachetée à bas prix et rénovée de leurs propres mains. Ils s'étaient fait un malin plaisir de mettre les petits plats dans les grands pour accueillir le pèlerin mais c'était donnant-donnant, hors de question que je m'imagine m'en tirer à si bon compte. En échange du vivre et du couvert, j'avais dû passer la majeure partie de la soirée à répondre à leurs questions énervantes et à les rassurer dans leurs certitudes. Et bien sûr, ce que j'entreprenais était génial, et bien sûr, cela avait du sens, toujours cette quête de ce fichu *sens*. Ça tournait à l'obsession, à croire que les cinq sens que les dieux nous avaient donnés ne suffisaient pas. Non, il en fallait un sixième, le bonus métaphysique, en quelque sorte, le numéro complémentaire, le… – comment ont-ils dit, déjà ? – le supplément d'âme. J'ai refusé un dernier verre, prétextant la fatigue. Bien sûr, ils comprenaient, mais avant de me laisser rejoindre la chambre d'amis, Monique m'a longuement pris dans ses bras avant de me couvrir le visage de baisers. Alain, qui ne voulait pas se montrer en reste, m'a imposé la même scène, les baisers en moins. J'avais l'impression de partir à la guerre. Or, le lendemain, c'est la paix, cette fichue paix intérieure avec laquelle ils m'avaient tarabusté la veille en long et en large, que je retrouvais enfin sur le chemin de halage. J'avançais tranquillement, sans trop me poser de questions. Seul souvenir précis de cette journée, la vision fugace d'un saumon qui d'un bond avait franchi une cascade haute d'un bon mètre avant de replonger dans les eaux noires du canal pour rejoindre sans nul doute le lieu de sa naissance et y pondre ses œufs dans une frayère ombragée.

J'en étais au septième jour de marche lorsque j'ai rencontré Lulu. J'avais prévu de dormir à Vannes le soir même mais la vingtaine de kilomètres qu'il me restait à faire me paraissaient au-delà de mes forces. Mon dos me faisait souffrir, le genou gauche également, les lanières de mon sac avaient blessé mes épaules et cette pluie entêtante n'arrangeait rien. Le moral était au plus bas. Après les deux cognacs avalés presque coup sur coup, j'ai chancelé vers le centre en quête du premier hôtel venu, ce qui ne manquait pas dans cette ville réputée pour recevoir des hordes de culs bénis. Sans doute impressionnée par mon gros sac à dos et mettant ma mine enfarinée sur le compte d'une quelconque abnégation mystique, la patronne avait cru bon de me proposer une chambre donnant directement sur la basilique, certaine qu'un pèlerin avait forcément besoin de la proximité de l'Esprit saint. Je détestais ce mot-là, pèlerin, un mot de va-t-en-guerre, un mot à se lancer en croisade à l'appel du premier énergumène bien décidé à éradiquer d'un coup de sabre tous les infidèles de la planète, mais je n'ai pas cherché à la contrarier. Sa gentillesse était désarmante.

Je me suis écroulé sur le lit et j'ai dormi jusqu'à ce que les cloches de l'angélus se mettent en branle dans un fracas assourdissant. Sainte-Anne-d'Auray, on le sait, est avec Lourdes, Lisieux et quelques autres sites l'un des bastions du catholicisme reconquérant. Je jetai un œil au prospectus abandonné sur la table de nuit. Sainte Anne, la grand-mère du Christ, par ailleurs patronne des Bretons, serait apparue *dans un habit de lumière* à un pauvre mais honnête paysan du coin nommé Nicolazic et lui aurait intimé l'ordre de bâtir une chapelle à sa gloire. L'élu s'exécuta en deux temps trois mouvements et des pèlerins affluèrent des quatre coins du pays. L'église, qui occupait maintenant le centre de la ville, avait été construite en 1872 et depuis n'avait cessé d'être un lieu de grande dévotion (deuxième après Lourdes), preuve en était la visite de Jean-Paul II en 1996 qui avait attiré plus d'un million de fidèles, ces derniers mots étant écrits en gras.

J'ai remis le prospectus à sa place puis j'ai regardé par la fenêtre. C'était une sorte de grand bloc mastoc et froid, érigé de pierres grises, et parfaitement déprimant, à moins que ce fussent mes états d'âme du moment qui m'imposaient cette vision un peu macabre mais encore une fois, la pluie ne faisait rien pour égayer l'ambiance. Au sommet du clocher trônait la statue de sainte Anne accompagnée de la Vierge lorsqu'elle était petite fille. J'ai frissonné. Tout ce qui évoquait la religion me laissait perplexe dans une sorte de léthargie qui me ramenait immanquablement à l'éducation lénifiante de mon enfance. J'avais tout simplement envie de rentrer chez moi, de me faire couler un bain, chose qui ne m'arrivait pourtant jamais, d'enfourner une pizza surgelée avant de m'installer béatement sur le canapé pour me la croquer devant un bon vieux polar des années 60 avec Lino dans le rôle principal. Oui, j'avais envie de ça. Ma place n'était pas ici. Je ne savais pas trop où elle était, d'ailleurs, ma place, depuis que Christiane s'était plantée avec sa bagnole, enfin la bagnole de l'autre, peu importe, et que poussé par la pression compassionnelle de la belle-famille, je m'étais résolu à l'enterrer dans le plus strict protocole catholique. Rien ne me fut épargné. Christiane fut inhumée dans une tornade de poudre de perlimpinpin et depuis, chaque église me ramenait à cet instant, chaque son de cloche me broyait les tympans.

Je me suis contenté d'une douche, j'ai lavé dans le lavabo deux paires de chaussettes et un caleçon, me suis soigneusement rasé pendant que la télé m'envoyait en sourdine des images tronquées du monde puis j'ai envoyé un texto aux filles pour leur dire en quelques mots que je me portais comme un charme, que je les embrassais et que je les aimais. D'un commun accord, j'étais convenu avec elles de ne communiquer que par ce moyen, sans doute de crainte que ma voix ne me trahisse ou plus sûrement que leurs voix à elles ne me chavirent. Solenn, la plus jeune, m'a aussitôt répondu. T'es où ? J'ai donné le lieu. Avant mon départ, elle avait punaisé sur le mur de sa chambre une grande carte de l'Europe occidentale. Chaque soir, elle plantait une nouvelle aiguille à bout rouge au terme de l'étape. J'avais promis que je donnerais assidûment de mes nouvelles.

4

Je l'ai revue le lendemain même. La crise de mélancolie – c'est ainsi que j'appelais mes coups de mou – qui, la veille, m'avait laissé dans un état d'hébétement s'était comme par enchantement dissipée après une honnête nuit de sommeil. C'était, j'imagine, le prix à payer pour quiconque se lançait dans une telle aventure. Avant mon départ, je m'étais bien sûr renseigné auprès des associations. Des « initiés » avaient tous évoqué en termes graves la difficulté des premiers jours, la confrontation brutale avec la solitude, la rencontre avec « soi-même », affirmaient-ils sans crainte de pécher par excès de solennité. Ce matin, le moi-même ne se portait pas trop mal, merci. Mon dos me faisait moins souffrir, mon genou s'était fait oublier et si les lanières du sac mordaient toujours un peu les épaules, les chemins empruntés dans la matinée m'avaient réconforté. La pluie avait cessé, une douceur tranquille envahissait la campagne d'un air tiède.

Je suis arrivé dans la périphérie de Vannes peu avant midi par une zone commerciale qui ressemblait comme deux gouttes d'eau à toutes les autres zones commerciales du monde. Rien ne changeait jamais.

Au contraire, les choses ne faisaient qu'empirer et, devenus pleutres au stade ultime, nous nous contentions de justifier notre servitude par le cynisme, le fatalisme ou encore le pragmatisme, rapport à la nécessité du quotidien.

Me manquaient quelques babioles, un tube de dentifrice oublié comme d'habitude à l'hôtel, un calepin puisque j'avais décidé de prendre quelques notes en complément de mes photos, une carte IGN au 1/25 000 de la région et surtout de quoi me sustenter. J'ai repéré un hypermarché qui semblait n'attendre que moi. Depuis des années, on ne parlait que de crise économique et de baisse du pouvoir d'achat, d'accentuation des inégalités et de fracture sociale mais les parkings des centres commerciaux ne désemplissaient pas. Au fond de moi-même, je ne sais quelle vanité m'entraînait à me différencier de tous ces gens qui s'agglutinaient vers les rayons, poussant devant eux un Caddie qu'ils étaient bien décidés à remplir coûte que coûte, quitte à se saigner aux quatre veines. J'ai laissé mon sac à dos et mon bâton à l'accueil, me suis contenté d'attraper un panier en plastique et je crois me souvenir m'être dit à ce moment-là de manière un peu péremptoire, je l'admets, que la liberté, ce n'était peut-être que cela, finalement. Un panier plutôt qu'un chariot à roulettes. Qu'il valait mieux porter que pousser. A mon tour, je me suis laissé dévorer par la foule, les néons et leur musique indigeste.

Je l'ai aperçue à l'autre bout du rayon confiserie-desserts devant un étalage de tablettes de chocolat. Je l'aurais reconnue entre mille. Pas difficile, sa silhouette était de loin repérable, qui plus est dans ce genre d'endroit improbable pour un individu de sa sorte. Elle poussait un chariot déjà rempli à la moitié. Je ne sais pourquoi mais j'ai eu soudain un brusque mouvement de recul, de peur qu'elle ne me surprenne, peut-être, et ne me reconnaisse à son tour, et dans ce cas, de peur qu'elle vienne à ma rencontre et que je me trouve dans l'obligation de la saluer, prenant le risque d'être reconnu à ses côtés mais bon, c'était idiot, c'était complètement ridicule de ma part, j'étais à plus de deux cents kilomètres de chez moi et il y avait une chance sur mille de croiser quelqu'un de ma connaissance et même si cela eût été le cas, prenons par exemple un ancien camarade de conservatoire ou une lointaine cousine, on pouvait bien se demander où était le problème ? OK, on aurait aperçu Baptiste Kerdéniel, le fameux trompettiste, avec une fille un peu bizarre, un peu clocharde sur les bords, et alors ? Qu'est-ce que ça prouvait ?

Je l'ai discrètement suivie. De temps en temps, elle s'arrêtait devant un produit, observait l'emballage et le remettait en place ou le jetait dans le chariot d'un geste presque hautain comme si elle n'accordait pas la moindre valeur à son acquisition. Des gens se retournaient sur son passage. Je lui filais le train de la manière la plus sournoise qui soit, comme un détective, ou plutôt, ce qui était plus logique dans ce genre d'endroit, à la façon d'un agent de sécurité qui a enfin trouvé une proie pour tromper de longues heures d'ennui à regarder défiler d'honnêtes gens qui n'avaient d'autre ambition que de passer à la caisse. Elle portait toujours sur les épaules cette parka militaire. Aux jambes, des collants à rayures horizontales arc-en-ciel qui donnaient un effet ressort, aux pieds ses godillots de cuir. J'ai utilisé plus haut pour la décrire le mot « clocharde » mais c'est inapproprié et malvenu de ma part. Je tiens ici à le retirer. La plupart des habitants de cette planète – et je ne cherche pas à me mettre en marge de cette immense majorité – sont rongés par la peur, des peurs diverses, professionnelles, existentielles, amoureuses, peu importe, une peur aussi cérébrale que viscérale. Même lorsqu'ils traversent une rue ou une place, on a l'impression qu'ils marchent dans des chaussures trop étroites et qu'ils risquent de se tordre le pied au prochain pavé. Elle, cette fille, cette femme, avançait à travers les rayons d'un hypermarché comme si elle traversait pieds nus une prairie au printemps – c'est en tout cas cette image valant ce qu'elle vaut qui m'est venue en premier à l'esprit – et c'est peut-être davantage pour cette raison que pour son apparence fantaisiste que les gens, surtout les femmes, se retournaient après son passage. Quand elle poussait son chariot, elle paraissait légère, elle avait cette espèce de grâce naturelle, presque animale, que peu d'êtres vivants possèdent.

Ou bien alors commençais-je déjà à prendre des vessies pour des lanternes, des femmes pour des déesses. Ou peut-être encore des sorcières.

Ce qui m'étonnait le plus, c'était sa façon de remplir son Caddie sans faire attention à la dépense, sans prêter la moindre oreille à son porte-monnaie qui, d'après ce que j'avais compris la veille, était plutôt censé sonner creux. Au contraire, d'après ce que je pouvais observer, de loin puisque j'essayais de garder une distance de sécurité d'une vingtaine de mètres, c'était des produits de qualité, de ceux qui sont placés à hauteur d'œil quand les bas de gamme, les *top budget*, les *marques repères* se trouvent sur les étagères inférieures.

Nous étions samedi, pas loin de midi, heure de grande affluence, donc il était plus facile pour moi de la pister sans risquer d'être confondu et, petit à petit, cette filature se transforma en une sorte de jeu. Au rayon textile, elle tâtait la laine d'un pull et, sans même chercher une étiquette quelconque pour connaître la taille ou le prix, elle l'ajoutait tout simplement au chariot. Idem pour la lingerie, deux soutiens-gorge accrochés à leur cintre de plastique, quelques paires de collants. Plus loin, un chemisier au col dentelé dans lequel personne ne l'aurait imaginée, quelque chose qui ne pouvait pas coller avec son style, si style il y avait. Rayon bébé, ce qui m'étonna encore davantage, une brassière et un pyjama rose.

Le rayon cosmétique a subi le même sort. Les shampooings, les laques, les rouges à lèvres, les crèmes anti-rides, les eaux de toilette sont tombés dans le chariot qu'elle remplissait sans hésitation dans une cadence quasi mécanique. J'avais l'impression qu'elle avançait de plus en plus vite à travers les allées, preuve en était qu'empêtré entre les Caddies des autres clients et la nécessité de faire mes propres courses, j'avais failli la perdre à deux reprises. Je l'ai retrouvée au rayon des alcools forts sur lequel elle faisait main basse. Whisky, rhum, tout y passait. Champagne, ben voyons ! Ironique, j'ai pensé : ivrogne, en plus ! J'hésite à le dire mais elle semblait possédée par une frénésie d'achats, une urgence de remplir son chariot quel qu'en soit le prix.

Sa faim était insatiable. C'était à proprement parler incroyable et je n'étais de toute évidence pas le seul à le penser. Un des agents de sécurité, sans doute alerté par l'aspect peu commun de cette femme qui faisait d'elle une suspecte naturelle, *un sujet à risque*, selon la terminologie communément employée, avait également remarqué son curieux manège et la suivait à son tour d'un œil soupçonneux, je ne savais exactement depuis quand mais je m'en suis aperçu quand il m'a bousculé légèrement en me présentant ses excuses. Ce n'était pas un type très grand, la cinquantaine déjà bedonnante, les cheveux ébouriffés, disons qu'il n'avait pas vraiment le profil de l'emploi. On s'attendrait plutôt, tellement formatés qu'on est par les clichés, à un grand Noir, souple et élégant, ou alors à un petit rondouillard au crâne rasé et au regard d'apprenti fasciste mais celui-ci ne ressemblait à rien d'autre qu'à un honnête père de famille accumulant placidement les trimestres avant la retraite. De fait, je suivais deux personnes. Elle et lui. Le vigile et la cliente. Le gendarme et la voleuse.

Dans cet hypermarché, le monde entier était à notre portée. On pouvait s'approprier de quoi tenir un siège de plusieurs siècles jusqu'à plus soif. Manquait de quoi ? De cigarettes, d'aspirine, de silence ? Voici qu'elle s'attardait maintenant au rayon « culture », puisque bien évidemment, le magasin proposait à la pelle des bouquins, des CD, des DVD et tout un tas d'appareils électroniques devenus indispensables ces dernières années. Elle attrapait un livre en haut d'une pile, à peine prenait-elle le temps d'en examiner la couverture que le livre rejoignait sur-le-champ le haut du chariot à présent rempli aux trois quarts. A l'autre bout du rayon, le vigile faisait semblant de s'intéresser au dernier CD de Lady Gaga. Jusque-là, la cliente n'avait rien fait de répréhensible, on ne pouvait l'accuser de quoi que ce soit. Il n'avait pas encore réussi à la surprendre la main dans le sac, ce à quoi sans nul doute il s'attendait. Et moi aussi. J'ignorais totalement comment elle allait s'y prendre mais j'étais curieux de le savoir. En même temps, j'avais d'autres chats à fouetter. Et au moment même où je me suis dit laisse tomber, Kerdéniel, c'est pas tes oignons, je me suis vu m'approcher du vigile, l'aborder de face et lui demander tout souriant où je pourrais trouver un carnet de voyage, vous savez, un genre de petit calepin pour prendre des notes, et, joignant le geste à la parole, j'ai formé un carré avec mes mains de manière à lui donner une idée précise du format.

Le type s'est tourné vers moi, incrédule. « C'est pas à moi qu'il faut demander ça. » J'ai répondu oui, d'accord, je comprends bien, mais je ne vois personne et j'ai pensé que, vous voyez ce que je veux dire, un petit carnet, facile à glisser dans la poche, genre Moleskine, avec un petit élastique pour retenir les pages, celui qu'utilisait Hemingway pour ses reportages de guerre et même Chatwin quand il était chez les Aborigènes d'Australie, à propos vous savez si j'ai une chance de trouver ici des bouquins de Bruce Chatwin ?

« C'est pas à moi qu'il faut demander ça, voyez un responsable », a-t-il répété, visiblement irrité.

Dans le même temps, ses yeux semblaient suivre un match de tennis de table et bien sûr, elle avait disparu et nous avait tous les deux semés comme des bleus.

Il a secoué la tête dans tous les sens, presque paniqué. Quand il a vraiment pris conscience qu'il venait de se faire berner, le regard bienveillant de père de famille s'est transformé en celui d'un tueur. Mieux valait ne pas insister. « Bon, j'ai dit, merci quand même. Je vais me débrouiller. Bonne journée. » Puis j'ai tourné le dos, m'attendant à ce qu'une hache me coupe en deux dans le sens de la hauteur, mais rien de tel ne se passa. Autant j'étais bêtement excité par le vilain tour que je venais de lui jouer, autant je me sentais un peu minable de me livrer à mon âge à de tels enfantillages.

Bien entendu, le vigile, me croyant de mèche et délaissant sa proie pour son ombre, m'a suivi. Tout le monde aurait fait pareil à sa place et je ne lui en voulais pas. Il faisait son boulot de son mieux. J'ai glissé dans mon panier ce dont j'avais besoin, une salade composée sous plastique, deux tomates, des raisins secs et des bananes bio tout en ayant le sentiment d'obéir platement aux ordres de ma fille aînée me tannant du matin au soir avec les recommandations de l'OMS et ses satanés cinq fruits et légumes par jour. Des vigiles, il y en avait partout autour de nous, nous étions tous cernés, épiés, tourmentés par des sentinelles en tous genres, des cerbères de la morale, des gardiens du temple, alors un de plus, un de moins… Je me suis posté à la caisse des moins de dix articles pour faire la queue derrière une file de cinq ou six clients. Je n'avais pas trouvé un seul carnet et j'en ai conclu que les magasins où on ne trouve pas l'essentiel, à savoir des cigarettes, de l'aspirine et des bouquins de Chatwin, tout hypermarché qu'ils soient, ça ne servait à rien.

J'ai regardé devant moi, essayant de jauger mon temps d'attente. Ludivine Kirchner, mais je ne savais évidemment pas à ce moment-là qu'elle s'appelait ainsi, était au même instant en train de passer à la caisse. Elle n'avait qu'un sac de plastique renfermant quatre ou cinq pommes qu'elle paya avec un assortiment disparate de pièces jaunes en adressant à la caissière un sourire de première communiante.

5

Il devenait urgent de m'échapper au plus vite de la folie furieuse de la vie ordinaire. Une petite pluie fine s'était remise à tomber. J'ai repéré un abribus à l'autre bout du parking, non loin de la station-service. Il fallait que j'examine la carte dans l'espoir de trouver un itinéraire me permettant d'éviter le centre-ville de Vannes dont je n'avais que faire et d'attraper si possible des sentiers de campagne. Saint-Jacques-de-Compostelle se situait à l'autre bout du monde, à plus de mille cinq cents kilomètres, autant dire à des années-lumière, et je n'avais nullement l'intention de perdre mon temps dans ces périphéries urbaines où quelles que soient nos intentions, on arrive toujours au beau milieu de nulle part.

A vrai dire, je n'ai pas été étonné de la retrouver à cet endroit précis. Tout individu désirant faire une pause pour souffler deux minutes, si possible à l'abri des intempéries, n'avait pas trop le choix. Le reste du décor n'était conçu que pour les automobiles. Et pour être tout à fait franc, je l'avais un peu cherchée. Ce n'était pourtant pas mon genre de suivre une inconnue. Des hommes, des amis, des collègues m'avaient conté ce genre d'histoires ou d'affabulations. Attirés par sa silhouette, ils pistaient impunément une femme dans le but de l'aborder, de lui raconter deux ou trois salades et de finir à l'hôtel le plus proche pour les plus chanceux, ou les plus mythomanes. Mais certains se contentaient de les suivre à quelques dizaines de mètres, pour les observer de loin, non à la manière d'un détective en pleine filature mais simplement pour la beauté du geste, le temps de se construire un scénario à deux sous. Au bout d'une demi-heure, tantôt plus, tantôt moins, ils laissaient tomber leur cible et reprenaient l'itinéraire qui leur était imparti.

Que les choses soient claires, je ne l'ai pas vraiment suivie, je l'ai rejointe, c'est tout. A interpréter le sourire que ses lèvres ont dessiné, elle non plus n'avait pas l'air très surprise de me voir. Elle croquait une pomme. J'ai montré le banc du regard.

— Je peux ?

Sans répondre, elle a ramené ses sacs vers elle de manière à m'offrir une petite place. Le banc était étroit, pas très long, pas assez pour s'allonger. Des tags rouge vif lacéraient rageusement le plan du réseau de bus accroché derrière nous.

— Ça va, depuis hier ?

Comme elle avait la bouche pleine et qu'elle mordait sa pomme à pleines dents, elle s'est contentée de faire oui de la tête. Une dame un peu ronde est passée devant nous, poussant un chariot aussi lourd qu'un tank. Ses talons résonnaient de brefs cliquètements secs contre le bitume et les roulettes du chariot couinaient de manière particulièrement désagréable. On a attendu une bonne minute que les bruits s'estompent. J'ai d'abord eu l'impression que Ludivine se parlait à elle-même.

— La durée de vie d'un chariot est estimée à sept ans maximum, période pendant laquelle il parcourt en moyenne vingt-huit mille kilomètres.

— Pardon ?

— Vingt-huit mille kilomètres, a-t-elle répété les yeux toujours dans le vague. J'ai lu ça quelque part il n'y a pas longtemps, dans un journal qui traînait. Plus de la moitié de la circonférence de la Terre à la hauteur de l'équateur ! C'est ahurissant, non ? Et tout ce chemin pour acheter quoi ?

— Je ne sais pas. Des pommes, par exemple, ou de l'eau de toilette, du champagne, des couches-culottes, des soutiens-gorge…

Elle s'est tournée vers moi, mimant la défensive.

— Je n'ai rien acheté que des pommes.

— En effet, je vois.

— Pourquoi m'avoir suivie ?

La question en valait bien une autre.

— Et vous, qu'avez-vous fait du Caddie ?

Elle a pouffé de rire, a failli s'étrangler avec sa pomme. A sa suite, je me surpris soudain à rire aussi et je me suis aussitôt demandé depuis quand je n'avais pas ri aussi franchement. Non que je sois d'un naturel renfermé, encore qu'on pouvait me reprocher un côté parfois lunatique, mais simplement parce que je n'en avais pas eu l'occasion. Bien sûr, ces dernières années, j'avais souvent ricané, par cynisme ou par dépit la plupart du temps, pour ne pas me vautrer devant les cruels coups du sort. J'avais beaucoup souri également, encore heureux, devant les mimiques de mes filles ou en écoutant la blague bancale d'un copain, mais rire de ce rire qui jaillit de la poitrine jusqu'à ce que des larmes obstruent les yeux, non, je n'en avais aucune souvenance proche. Avec Christiane – Christiane, la mère de mes filles, j'en reparlerai – nous avions parfois de ces fous rires incontrôlés après l'amour et je pense que la même chose a dû surprendre tous les couples un tant soit peu amoureux, mais c'était il y a si longtemps et bien avant sa disparition. Baiser ne nous faisait plus rire depuis des lustres. L'amour n'avait plus rien de drôle. L'amour n'était pas une blague salace. On restait collés un petit moment l'un à l'autre et puis elle se levait en direction de la salle de bains. Songeur, un rien désemparé, je restais allongé en regardant le plafond, attendant son retour pour enfin pouvoir éteindre la lumière.

Quelques personnes s'étaient en ce court laps de temps approchées de l'abribus. Un couple de personnes âgées, par exemple. Elle, la dame, ne cessait de vérifier les horaires affichés et lui se postait au bord du trottoir à guetter l'arrivée d'un bus comme s'il se trouvait au bord d'un quai à fixer l'horizon pour espérer la venue du navire qui les ramènerait sains et saufs à leur port d'attache. Les autres personnes, une demi-douzaine en tout, ne regardaient rien. Sans doute avaient-elles l'habitude des lieux, sans doute étaient-elles confiantes en la ponctualité des réseaux de bus. L'ordre des choses exigeait que le 24 se pointe à 12 h 38 et en effet, le 24 arrivait tous les jours à 12 h 38 comme s'il en était ainsi depuis la Création du monde et qu'il en sera ainsi jusqu'à la nuit des temps. Tous ces gens étaient forcément encombrés de sacs de courses, de cabas et, d'un œil oblique, lorgnaient nos gros sacs qui montraient que nous n'appartenions visiblement pas à la même tribu, raison sans doute pour laquelle ils tenaient, malgré la pluie qui tombait, à ne pas trop s'approcher de nous, à établir en quelque sorte un périmètre de sécurité. De fait, on était tous deux les seuls à l'intérieur de l'abri, les autres se tenant à l'écart et nul doute que nos rires intempestifs cachaient quelque chose d'inquiétant, dont il valait mieux s'éloigner par crainte de contagion.

Je l'admets, ce n'était pas un endroit pour se laisser aller de la sorte. Le décor était d'une banalité un peu sinistre qui ne prêtait aucunement à rire. Je me suis calmé, elle aussi. J'ai sorti un mouchoir en papier de ma poche et je me suis mouché. L'entendant renifler à son tour, je lui ai tendu le paquet et au moment où nos regards se sont à nouveau croisés, j'ai bien cru qu'on allait repartir d'un nouveau fou rire. Le bus s'est arrêté, aussitôt pris d'assaut par le vieux couple comme s'il s'était agi du dernier canot de sauvetage du *Titanic*. Les autres personnes ont suivi mécaniquement. De son siège, le chauffeur nous a interrogés de la tête et de la tête, nous avons ensemble dit non.

C'était le bus n° 24, ou le 36 ou le 11, peu importe, je n'en garde aucun souvenir. Par contre, c'est cet endroit, sous cet abribus, et ce moment précis, le 21 septembre aux alentours de midi et demi, que je peux considérer comme le point de départ de mon *aventure* avec Ludivine Kirchner, j'écris *aventure* en italique en attendant de trouver mieux pour qualifier cet épisode un peu hors du commun. J'aurais pu tout aussi bien choisir le mot escapade. Ou bien vadrouille. Ou encore fugue, peu importe. Un nuage de gas-oil est resté quelques secondes en suspension devant l'abribus. Peut-être que tout a commencé au moment où elle s'est présentée. Elle a saisi une deuxième pomme, m'en a proposé une que j'ai dans un premier temps refusée avant de revenir sur ma décision. Comme elle parlait la bouche pleine – ça donnait quelque chose comme : ch'm'affel' chu'ivinn –, je lui ai fait répéter. Elle a dégluti, a pris son temps, s'est tournée vers moi, affichant un sourire rempli de dents et de lèvres.

— Je m'appelle Ludivine.

J'aurais peut-être dû répondre par une formule courtoise du genre « enchanté, ravi de vous connaître », lui tendre la main pour la lui serrer, ajouter un petit bon mot du genre « ça vous va très bien », contrairement à la pique qu'elle m'avait lancée la veille à propos de mon propre prénom. Pantois, je me suis contenté de hocher la tête. Ce n'était plus la jeune femme soupçonneuse et presque agressive qui était venue m'aborder sur cette terrasse de bistrot la veille à Sainte-Anne et qui m'avait semblé si désemparée. Aujourd'hui, elle était gaie, insouciante, paraissait heureuse de se retrouver ici, dans cet endroit qui ne ressemblait à rien, dans ce non-lieu où ne semblait régner qu'une sorte de non-vie. La Terre aurait pu se fendre en deux devant nous que rien n'aurait pu l'étonner.

— Mais on peut aussi m'appeler Lulu. Lulu tout simplement. Ça me va.

Par la suite, je n'ai jamais eu envie de l'appeler Lulu, trop puéril, trop familier. Lulu, ça faisait Lucienne ou Lucette, et c'était à mille lieues de ce qu'elle représentait pour moi. J'avais le sentiment que ce surnom la rabaissait à hauteur de n'importe quel quidam. Bien après, j'ai compris que c'était une erreur de ma part que de chercher à trop l'idéaliser, j'ai compris plein de choses alors que c'était déjà trop tard. Bien après, je pouvais rester des heures à regarder une rivière s'écouler vers l'aval sans vraiment réussir à savoir dans quel sens allait le courant.

Il ne fallait pas lui en vouloir, se justifia-t-elle, c'était une pulsion difficile à contrôler, quelque chose d'irrépressible qui la saisissait de temps en temps, de moins en moins souvent, par la grâce du Ciel. Oui, elle le savait, cette attirance presque morbide vers les hypermarchés, c'était stupide, incohérent, paradoxal mais elle n'y pouvait rien. Elle se sentait happée par une force démoniaque – oui, démoniaque, merci de ne pas rire, s'il vous plaît ! – contre laquelle elle ne pouvait pas lutter, alors elle attrapait un Caddie, elle entrait dans le grand magasin et là, c'était plus fort qu'elle, elle se trouvait violemment prise d'une sorte de boulimie d'achats. Il fallait qu'elle s'empare de tout et de n'importe quoi, il fallait à tout prix qu'elle remplisse ce maudit chariot de produits dont elle n'avait bien sûr nul besoin, même pas la moindre envie. Toute cette société de surconsommation était derrière elle depuis longtemps, mais que je la croie ou non, elle ne se sentait satisfaite qu'une fois le chariot plein à ras bord. Ça durait quoi ? Une demi-heure, guère plus, le temps de faire le tour des rayons. Et la crise se calmait, la pression retombait doucement et elle finissait toujours par abandonner ce pauvre Caddie quelque part au milieu d'une allée avant de passer à la caisse avec un sachet de pommes ou un paquet de biscuits, de toute façon, je devais bien m'imaginer qu'elle n'avait pas les moyens de s'offrir tout ça. Et le pire, que je me tienne bien, c'est qu'elle ressortait du magasin totalement apaisée, comme vidée de tout stress, de toute impureté. C'était comment dire, comme une drogue, oui c'est bien ça, une drogue, un shoot si je préférais. Est-ce que je comprenais ce qu'elle voulait dire ?

Elle me regardait droit dans les yeux. Les siens étaient très ronds, comme des billes de verre, et très lumineux, ce n'était pas facile de les affronter longtemps, j'en ai fait plusieurs fois les frais et je ne suis jamais sorti gagnant de ce petit jeu. Je dois ajouter à ma décharge qu'il y avait parfois dans ce regard quelque chose de terriblement dur qui le rendait illisible.

Non, pas vraiment, non je ne comprenais pas vraiment. Bien sûr et sans vouloir tomber dans une misogynie de comptoir, j'avais connu des femmes – Christiane, entre autres, et Dieu sait que nous avions eu des mots à ce sujet – qui même en période de disette se laissaient quelquefois aller à des achats inconsidérés mais jamais je n'avais vu ou même entendu parler de ce type de comportement qui frisait la pathologie. Elle a incliné la tête, s'est fendue d'une mimique.

— Vous me pardonnez ?

J'ai sorti tout un ramassis de banalités, me suis lancé dans un discours de compassion pour le personnel, déjà qu'ils étaient payés à coups de lance-pierres, la corvée pour me remettre tout ça en rayon, et le gâchis, rapport aux surgelés… mince, un samedi en plus !

Son regard, celui dont j'ai parlé plus haut, m'a forcé à baisser les yeux. J'ai cherché aussitôt à me rattraper par un piteux pardon, excuse-moi, je suis désolé, de quoi je me mêle ! En même temps, c'était la première fois que je la tutoyais bien que je ne m'en sois rendu compte qu'un peu après. J'ai fini par lui avouer et j'étais sincère, je l'étais vraiment, que je comprenais un peu, oui, de manière assez confuse, peut-être, mais je comprenais son geste. Du moins je l'acceptais. Et de toute façon, j'étais bien mal placé pour me donner le droit d'accuser ou d'absoudre qui que ce soit. Chacun vivait sa vie comme il l'entendait, du moins comme il le pouvait. Chacun sa merde, en somme.

A son tour de me tutoyer :

— Tu crois ça, toi ? Chacun sa merde. Tu vois vraiment les choses ainsi ?

— En quelque sorte, oui ! C'est peut-être navrant mais c'est ainsi.

Elle n'a rien répondu, sinon par un soupir qui ressemblait à une plainte. J'ai voulu m'allumer une cigarette, la première de la journée, mais je me suis ravisé. A la place, j'ai sorti un paquet de biscuits de mon sac, lui en ai tendu un qu'elle a accepté machinalement. « Désolé, j'ai dit, ce sont des palets bretons au beurre salé. » Toujours pas de réponse. Nous sommes restés tous les deux comme ça assis l'un à côté de l'autre un bon moment sans rien se dire, comme si on se trouvait au bord du monde connu, aux limites de l'œkoumène des Grecs anciens, sans trop savoir quelle décision prendre, faire marche arrière ou partir vers l'exploration de nouvelles terres. Les biscuits craquaient sous nos dents et c'était le seul bruit identifiable qu'il me semblait entendre alentour, les autres s'étant confinés dans un brouhaha confus, une rumeur lointaine, une mélodie urbaine. Un autre bus s'est arrêté à notre hauteur, le 29 si je me souviens bien. Lulu s'est levée en époussetant les miettes de gâteau tombées sur sa jupe puis elle a saisi son sac avant de se retourner vers moi dans une volte-face qui m'a paru un tantinet autoritaire.

— Bon, qu'est-ce que vous faites ? Vous montez ou quoi ? Le bus ne va pas nous attendre cent sept ans.

Je l'ai suivie. Elle est aussitôt partie s'installer vers les sièges du fond. J'ai sorti un billet de cinq euros de ma poche pour payer les tickets.

6

Depuis quand n'avais-je pas pris de bus ? Je n'en savais fichtrement rien. Aux côtés de Ludivine, et je l'ignorais encore à ce stade, j'allais découvrir ou redécouvrir un tas de choses que je n'avais pas faites depuis des années, des expériences aussi insignifiantes que prendre un bus, pour citer cet exemple le plus proche, ou cueillir des mûres dans un taillis de ronces comme on le fera quelques jours plus tard, mais aussi des actes plus profonds, plus fondamentaux, relire des passages de l'Evangile et essayer de les comprendre, de se les approprier sans préjugés, ou encore faire l'amour, s'emboîter l'un dans l'autre, mélanger les sueurs et jouir de regarder l'autre jouir mais je reparlerai bien sûr de tout cela, l'amour et les mûres, le moment venu. Le bus était quasiment vide, une douzaine de personnes tout au plus, une dame âgée, une maman avec son enfant, un jeune lycéen coiffé d'une casquette à l'envers, les gens, juste les gens. Je suis allé rejoindre Ludivine, j'ai posé mon sac près du sien, sur un autre siège, et je me suis assis à côté d'elle qui déjà, le visage sur le poing et le coude sur le rebord de la vitre, regardait à travers un voile de buée ce qu'il y avait à voir, c'est-à-dire rien ou si peu, sinon une suite de lotissements sous un ciel gris. J'ai jeté un œil sur sa main droite posée sur sa jupe, ses doigts très fins ferrés de bagues fantaisie, ses ongles sans vernis, un peu crasseux.

Il est évident que rien de tout ce qui va suivre ne serait arrivé si j'étais resté tranquillement assis sur le banc de l'abribus en attendant de reprendre ma route en solitaire. Reste à comprendre pourquoi je suis monté et même si je n'ai absolument rien à regretter et encore moins à me reprocher, quoi qu'on en pense, je me le demande encore aujourd'hui. Je ne savais rien d'elle. Ludivine n'était pas une créature exceptionnelle, du moins de première approche, ce qui ne signifie nullement qu'elle était disgracieuse, bien au contraire et je suis bien placé pour le savoir. Disons qu'elle était un peu hors norme. J'hésitais à lui donner un âge mais au fond, ça n'avait pas tellement d'importance. J'ai fini par l'apprendre quelques jours plus tard en jetant un coup d'œil sur son passeport alors qu'elle était aux toilettes. Qu'on n'y voit pas malice, je voulais juste connaître la date de son anniversaire.

Née à Paris un 4 octobre 1970, c'est-à-dire qu'en cette fin d'été 2012 où nous nous sommes rencontrés, elle était pleinement entrée en quarantaine. Voilà réglée la question de l'âge. Plus tard, au hasard de mes recherches sur la toile, j'ai découvert que sa date de naissance correspondait jour pour jour au décès de Janis Joplin, ce qui dans un premier temps m'avait fait sourire, repensant à mes émois d'adolescent devant la pochette du disque où les tétons pointus de la chanteuse se devinaient sous son tee-shirt derrière une multitude de longs colliers, et puis m'avait rendu amer pour les raisons que chacun devinera dès lors qu'il aura écouté la légende entonner de sa voix rauque *Cry Baby, Cry* ou *Summertime*. Entonner ? J'écris n'importe quoi. Janis Joplin n'entonnait pas, elle éructait, elle criait, elle psalmodiait parfois, mais elle n'entonnait pas. Peut-être aussi pouvait-on soupçonner une certaine ressemblance entre les deux femmes, un brin de fantaisie, un rien de provocation, et le même rire aussi. Oublions Janis Joplin – elle aurait presque quatre-vingts ans aujourd'hui, voilà qui est impensable – et cette coïncidence de dates. Oublions les âges, le mien, le sien, puisque pendant les quelques semaines qui vont suivre ce trajet dans le bus 29, j'ai eu l'impression de voyager hors du temps. Pas vraiment hors du temps, j'exagère, mais plutôt à côté du temps, comme si j'avais suivi une route parallèle à celle qui m'était initialement et raisonnablement tracée.

Dans les virages, les croisements ou autour des ronds-points, le bus tanguait et nous portait l'un vers l'autre sans qu'aucun de nous deux ne cherchât à contrecarrer le mouvement. Je me laissais aller, tantôt vers la droite, tantôt vers la gauche, elle se laissait aller. Les épaules supportaient l'essentiel des pressions. De temps en temps, je sentais sa cuisse se frotter à la mienne. Le bus s'arrêtait puis repartait, nous ballottait pareils à des marionnettes. Des gens descendaient, d'autres montaient, la plupart des regards se portaient vers nous, de façon logique puisque nous étions au bout de la travée, peut-être aussi parce que nos sacs à dos impressionnaient, ou notre allure, surtout la sienne. Je l'ai dit, j'étais accoutré de la panoplie du parfait randonneur, pantalon de toile aux poches multiples, chapeau de pluie, veste imperméable multifonction, fermetures Eclair dans tous les sens, chaussures tout-terrain, à croire que je sortais à l'instant d'un magasin de sport mais justement, je sortais d'un magasin de sport, Morgane m'y avait conduit d'autorité il y avait à peine une dizaine de jours, quasiment contre mon gré, pas faute d'avoir insisté qu'un vieux jean aurait parfaitement fait l'affaire, et je me retrouvais fagoté au point de s'y méprendre comme le modèle qui illustrait le catalogue et affichait le sourire ravageur d'un fringant sexagénaire prêt à s'avaler une montagne pour son quatre-heures.

Je me sentais pataud mais c'était hyper-pratique, avait martelé ma fille, j'en aurais bien besoin le moment venu, elle était déjà certaine que je la remercierais un jour. « Tu verras, avait insisté Morgane, tu t'y habitueras très vite et entre nous soit dit, ça te va à merveille. » Solenn s'était crue obligée de rajouter une couche : « Tu es hyper-craquant, papa ! Elles vont tomber comme des mouches. »

Mes derniers voyages en bus ou en autocar remontaient à si loin que j'avais l'impression, aux côtés de Ludivine, de transgresser une sorte d'interdit pour un homme de mon âge et de mon rang, je le dis sans aucune prétention, en un mot de dégringoler de plusieurs crans dans l'échelle sociale. Sans compter le fait que j'avais sérieusement écorné ma promesse de faire toute la route à pied jusqu'en Galice. Comme tout adolescent habitant la campagne, et j'avais de surcroît passé ma jeunesse dans une région du Centre-Bretagne mal desservie, le car constituait le principal sinon le seul moyen de déplacement, sauf bien entendu l'auto-stop qui cependant restait très aléatoire pour quiconque portait à l'époque cheveux longs et pataugas. Avec plusieurs de mes acolytes, je rejoignais l'internat du lycée dès le dimanche soir. Le car prenait un itinéraire compliqué de manière à desservir les villages les plus éloignés, tant et si bien qu'un trajet d'une vingtaine de kilomètres pouvait durer plus d'une heure. Je détestais ces voyages. Bien entendu, les rangées du fond étaient d'emblée accaparées par les plus turbulents, les grandes gueules, les cadors qui tripotaient les filles et complotaient sur leurs prochaines victimes, qu'ils soient profs ou surtout élèves, à commencer par les plus faibles. Je faisais partie de ceux qui s'asseyaient au milieu du car, autant par goût de la discrétion que pour ne pas me faire remarquer par ces caïds, et voilà que je me retrouvais des années plus tard au fond d'un bus qui me menait au centre de la ville de Vannes aux côtés d'une femme qui avait réussi à m'y attirer par je ne sais quel subterfuge, à supposer qu'elle eût un quelconque pouvoir.

A deux ou trois reprises, j'avais senti une mèche de ses cheveux m'effleurer la nuque et j'avais essayé en vain de capturer un peu de leur parfum mais, trahi par une déficience de l'odorat, une vieille tare de famille qui ne faisait qu'empirer avec l'âge, je n'avais retenu dans un méli-mélo de cuir, de gasoil et de métal qu'une vague odeur de shampooing. Plus tard, Lulu tentera parfois avec succès de me faire reconnaître le parfum de noix de coco des ajoncs et même celui du schiste ou du granite si tant est que les pierres eussent une odeur comme elle le soutenait mordicus mais j'étais tout disposé à la croire. J'étais prêt à tout croire et je l'ai crue jusqu'au bout.

Pour l'heure, assise auprès de moi, elle jouait avec son portable, relisait des textos ou en écrivait, je l'ignore, je ne m'accordais pas le droit de lire par-dessus son épaule même si je me sentais titillé par une légitime curiosité. Je me contentais par politesse, par galanterie pourrait-on dire, de regarder ailleurs, vers la ville qui défilait à travers la vitre. Tout juste avais-je remarqué qu'elle possédait un appareil assez sophistiqué. Je m'en fichais un peu, je ne m'étais jamais plié devant les dernières prouesses technologiques à la mode. Envoyer des textos à mes filles et consulter éventuellement les bulletins de Météo France me suffisaient amplement. En revanche, surprendre cette femme avec ce type d'appareil m'étonnait. Quelque chose ne cadrait pas dans le décor, quelque chose clochait. De toute évidence, elle tenait à marquer sa différence et sa marginalité par sa façon de s'habiller, de se comporter, d'être, alors pourquoi ce bidule entre les mains qu'elle ne cessait de manipuler jusqu'au moment où elle s'en excusa en m'expliquant qu'elle avait eu deux ou trois urgences à régler. Elle referma l'appareil, le soupesa dans sa main avant de le remettre dans sa poche et me lança un sourire en guise d'excuse.

— C'est mon bureau !

J'ai repris le vouvoiement.

— Votre bureau ? Tiens donc ! Vous faites quoi dans la vie, si je peux me permettre ?

C'était stupide. Pourquoi ne pas lui demander si elle habitait chez ses parents pendant que j'y étais ? Elle a mis ses deux mains dans ses poches, s'est étirée sur son siège, les jambes bien allongées dans l'allée, et elle a poussé un long soupir joufflu.

— Excusez-moi, ma question était indiscrète. Ça ne me concerne pas !

— Y a pas de mal ! Mon boulot, voyons, voyons… C'est un peu difficile à expliquer. Disons que je suis un peu comme une voyageuse de commerce. J'ai des contrats qui m'emmènent ici et là. Je navigue beaucoup. Et toi ?… et vous ?

Je n'ai pas eu le temps de répondre, le bus s'est arrêté et Lulu s'est aussitôt levée en décrétant que c'était ici qu'on descendait.

On s'est retrouvés sur le port. Le port, j'exagère, disons un bassin d'eau salée où stationnaient sur deux quais opposés une bonne centaine de voiliers de plaisance dont les mâts exposés à une soudaine éclaircie clignotaient comme des faisceaux de lumière et je veux bien admettre qu'on puisse me reprocher de vouloir enjoliver les choses, ceci à des fins qui viseraient des exigences romanesques un peu narcissiques, en tout cas, je me souviens parfaitement de ce moment précis où nous sommes descendus du bus. Je me souviens de cette pluie de lumière qui s'est abattue sur les bateaux à quai du port de Vannes et aussi sur le visage de Ludivine Kirchner, raison pour laquelle ce moment-là est resté particulièrement ancré au fond de ma mémoire.

Je la vois aussi nettement que si c'était hier. Elle est debout, postée devant le bassin, les jambes légèrement écartées. A ses pieds, sa parka posée en vrac sur l'un de ses sacs puisqu'elle en porte un autre en bandoulière et le troisième derrière le dos. Je dis sac, je devrais aussi bien dire besace, musette ou baise-en-ville. Le soleil l'oblige à froncer les yeux et son visage se plisse. Les bras derrière la nuque, elle est en train d'ajuster ses cheveux avec une pince mais deux grandes mèches tombent néanmoins sur chacune de ses joues. Elle porte une robe qui lui tombe juste au-delà des genoux, dans les tons noirs et rouges, avec des motifs fleuris, et un gilet rouge à manches longues et aux ourlets en forme de vagues qui ne lui couvre que le haut du torse. Ses grandes chaussettes arc-en-ciel, qu'au départ j'avais prises pour des collants, sont tire-bouchonnées au-dessus de ses grosses chaussures, laissant apparaître des mollets plutôt robustes. Beaucoup de femmes complexent sur leurs mollets trop dodus, elles ont tort, beaucoup de femmes complexent pour des broutilles, des seins trop menus, un cul trop bas, une taille pas assez fine, un poil qui dépasse mais qu'est-ce qu'on en a à faire, au fond, oui, qu'est-ce qu'on en a à faire de leur corps trop ceci et pas assez cela ? C'est pas ça qui compte, loin de là, non, c'est pas ça qui compte.

Elle me regarde et comprend aussitôt que je la regarde. Je la regarde sans l'observer. Je l'avale. Cul sec. Sans en prendre conscience, je l'enregistre dans une case secrète de ma mémoire, je la photographie mentalement. Seules les mèches de ses cheveux froissent son immobilité. Elle me voit la regarder, avec un peu de gêne parce que je dois la regarder comme si elle m'apparaissait nue pour la première fois, parce que je la regarde comme un homme regarde parfois une femme et qu'il en est troublé parce qu'il ne comprend pas ce qui lui arrive à ce moment précis, parce que ses émotions sont en décalage avec ses pensées. Les molécules de son cerveau rebondissent comme des billes d'acier sur les parois d'un flipper électrique. Et là, je suis troublé comme je ne l'ai été qu'à deux ou trois reprises au cours de ma vie, pas bouleversé, ce serait exagéré, mais juste troublé, et ça, je ne l'ai compris que plus tard, bien plus tard, au moment où la raison m'a obligé à établir une synthèse cohérente, à reconstituer le puzzle, ceci pour me garder de sombrer dans l'oubli.

A cet instant, je cherchais à me dépêtrer de cet embarras. Il me fallait remplir ce vide de deux mètres qui nous séparait l'un de l'autre devant le bassin à flot du port de plaisance de Vannes, au milieu de l'agitation de la ville, ce vide qui paraissait plus robuste qu'un mur et que je n'osais franchir. Facile dans un tel cas de figure de conclure que l'homme a tendance à transcender des petits riens en grands émois, ne serait-ce que pour pimenter une vie qui, dans l'ensemble, lui paraît morne et sans surprise, pour s'inventer une histoire qui lui serait propre et inédite, un argument de poids pour justifier son éphémère présence sur Terre mais je défie quiconque de prouver que cet éclat de vie, puisque c'est ainsi que je préfère qualifier ce moment privilégié, soit la seule conséquence d'une imagination née d'un ensemble de frustrations accumulées au cours d'une existence somme toute médiocre. Je la regardais comme une éventualité, une chance aussi bien, un chemin à suivre, et j'étais incapable de lever le petit doigt.

Voilà sommairement comment les choses se sont passées entre Ludivine et moi à notre seconde rencontre. La suite est plus floue dans mes souvenirs. J'ai attrapé mon sac à dos, elle a fait de même avec tout son barda, plus harnachée qu'un soldat partant au front. On a bavardé un peu. Le soleil lui faisant face, elle mettait sa main en visière pour me répondre, me remercier pour cette balade en bus sans que je sache si son ton était ironique ou reconnaissant, eu égard aux tickets que j'avais payés. Enfin, elle m'a souhaité cette fois-ci avec une sincérité qu'il aurait été mesquin de mettre en doute un agréable voyage.

Non, maintenant que j'y repense, elle a préféré le mot pèlerinage au terme voyage, et n'a surtout pas utilisé le qualificatif d'agréable. En revanche, elle a insisté sur la notion de courage.

— Je crois que je vais en avoir besoin !

— Du courage et de la foi. Je prierai pour vous.

— C'est gentil mais…

— Mais vous ne croyez pas en Dieu, c'est ça ?

J'ai haussé les épaules, un peu comme un gamin pris en faute, une faute qui n'était pas très grave, une sorte de péché véniel pour rester dans le registre religieux. Je ne savais pas si je devais tendre la main pour la lui serrer ou me contenter d'un simple coup de tête en guise d'adieu puisque je ne voyais aucune autre issue à notre rencontre qu'un simple au revoir et à Dieu vat, kenavo comme on dit ici. Elle m'aurait fait rire, elle m'aurait bluffé dans un hypermarché, elle m'aurait ému par sa fantaisie, son charme étrange, elle m'aurait intrigué, surtout. Une rencontre fortuite, de quoi épicer le récit que j'aurais immanquablement à dresser à mes amis et à mes filles dès mon retour dans la liste obligée des anecdotes du chemin. Voilà tout.

— Je peux vous poser une question ? ai-je osé. Vous n'êtes pas obligée de me répondre.

— Allez-y toujours.

— L'ENA, c'était vous ?

Elle s'est braquée :

— Voyeur, en plus !

— Je suis désolé, je suis vraiment désolé. Il n'y avait rien de malsain dans mes intentions, je vous assure. Je suis juste tombé par hasard et par curiosité sur ce cahier, comment dire, ce livre de doléances, ou de prières si vous préférez. Ecoutez, je sais pertinemment que si je vous invite quelque part pour boire un café, vous allez me dire non. N'est-ce pas ?

Elle a haussé les épaules de la même façon, du moins à peu de chose près, que je l'avais fait à propos de l'existence de Dieu.

J'ai déchiré un morceau de mon paquet de cigarettes et j'ai griffonné sur le verso blanc du bout de carton mon prénom et mon numéro de portable, un peu comme si je jetais une bouteille à la mer.

— Tenez, j'ai dit ! Si vous avez besoin de quoi que ce soit... On ne sait jamais. Vous en faites ce que bon vous semble. Au revoir. Bonne chance.

Il m'a paru qu'elle est restée quelques secondes incrédule devant mon papier mais il m'a également semblé qu'elle a souri en regardant les dix chiffres alignés, comme un code secret ouvrant le coffre de tous les possibles.

7

J'ai repris ma route et c'était ce qu'il y avait de plus sage. Il m'avait fallu une bonne heure pour sortir de la ville avant de retrouver une portion du GR 34 qui longeait ici et là le golfe du Morbihan puis de bifurquer vers le sud-est en direction d'un petit patelin où j'envisageais de passer la nuit. L'air était doux. Le paysage n'avait aucun intérêt majeur. Des routes de campagne, des fonds de vase, des champs de maïs, des vaches. Les pieds de maïs me dépassaient déjà d'une bonne tête et les vaches me regardaient passer comme si j'étais le premier être humain qu'elles rencontraient. Il m'arrivait de leur parler, de leur tenir des propos plus ou moins cohérents en entretenant l'illusion un peu naïve qu'elles m'écoutaient. Au moins avais-je la confirmation de ne pas déblatérer dans le vide, sans compter la certitude qu'elles ne ricaneraient pas sottement devant mes élucubrations.

J'avais parcouru plus d'une quinzaine de kilomètres d'un pas vif et régulier, aucune douleur n'avait ralenti mon rythme, je m'enfonçais peu à peu dans le crâne l'idée que j'étais capable de me rendre à pied jusqu'à Saint-Jacques-de-Compostelle et que le choix que j'avais fait était le bon. C'était un moyen comme un autre de tenter de sortir de cette insidieuse léthargie qui m'accablait depuis maintenant plusieurs mois et de me prouver que j'étais toujours vivant. Un peu diminué, peut-être, pas mal écorché, mais vivant.

J'avais réservé la veille un petit hôtel au centre de la ville, un peu au hasard de l'annuaire, un deux-étoiles quelconque capable de me fournir pour un prix raisonnable une douche, un lit en bon état et un repas chaud. A peine la gérante m'a-t-elle vu entrer avec mon sac et mon bâton qu'elle a jeté un regard soupçonneux sur mes chaussures avant de se raviser en me voyant les ôter sur le pas de la porte avec tout le zèle et l'humilité qui siéent à un pèlerin bien élevé, à croire que c'était marqué sur mon front. Ses sourcils se sont dressés en accent circonflexe devant mes chaussettes douteuses.

— Compostelle ? a-t-elle demandé en se tournant vers le casier à clefs.

Son parfum très fort emplissait tout le hall. J'ai posé mon sac et je me suis rapproché du comptoir.

— On ne voit plus que ça, de nos jours ! Des pèlerins, des pèlerins, un défilé de pèlerins. On dirait que c'est la dernière mode. A se demander ce qu'il y a de si exceptionnel à voir là-bas. Enfin… ce que j'en dis… Tenez, je vous donne la 21.

Accablé de me voir considéré comme faisant partie du troupeau suivant docilement la flèche, je n'ai pas répondu. Et puis j'étais fatigué. J'ai sorti ma carte en lui disant que je préférais payer d'avance, au cas où me viendrait l'idée de dégager avant l'aube.

— Pas de petit déjeuner, alors ?

— On verra…

— Parce que c'est compris dans le tarif demi-pension, vous savez ! Enfin, c'est vous qui voyez. C'est au deuxième.

Elle a posé la clef sur le comptoir.

C'est toujours un peu curieux d'ouvrir une pièce dans laquelle on n'est jamais entré et qu'on va s'approprier pour une nuit à la suite d'autres clients qui y ont dormi, qui s'y sont lavés ou qui, pour les plus chanceux, se sont lancés dans d'interminables parties de jambes en l'air, légitimes ou non. Tout impersonnelle qu'elle soit avec son papier peint fadasse et ses reproductions encadrées au mur – ici, le sempiternel phare breton pris en pleine tempête –, une chambre n'est ni vierge ni innocente. Les draps sont changés chaque matin, bien sûr, mais le matelas est le même. On se love sur l'empreinte des autres.

J'ai ôté mes souliers et je me suis douché avant de m'étendre sur le lit pour envoyer à mes filles mon texto du jour. *Arrivé à M…, 235 km. TVB. RAS. Vous embrasse très fort.* On était convenus d'être le plus concis possible dans nos échanges, j'écrivais juste de quoi les rassurer. Un sourire aux lèvres, j'imaginais Solenn plantant une aiguille à pointe rouge sur la carte au niveau d'un village du Sud-Morbihan qu'elle venait de repérer sur la grande carte punaisée dans sa chambre. Elle me manquait terriblement. Bien sûr.

A ce stade du récit et avant d'aller plus en avant, il n'est peut-être pas inutile d'apporter un petit éclairage sur ces fameuses motivations qui m'avaient conduit jusqu'ici, encore qu'elles soient discutables et, au risque de me répéter, confuses. J'étais à l'époque musicien, je le suis toujours, déclinant peut-être, vieillissant sans doute, en tout cas professionnel si tant est qu'un artiste survivant la majeure partie du temps grâce à un régime d'intermittent du spectacle peut être considéré comme tel plutôt qu'un assisté vivant aux frais de l'honnête contribuable ainsi que la *vox populi* le sous-entend trop souvent. On se voyait en créateurs, on finissait en interprètes, et aux yeux de l'administration, on était réduits ni plus ni moins qu'à l'état de saltimbanques. Si certains en souffraient plus que d'autres, j'avais peu à peu réussi à me faire une raison.

Depuis le conservatoire, ma trompette avait constitué la source essentielle de mes passions, de mes amitiés et de mes revenus. Grâce à elle, j'avais pu découvrir à travers des tournées souvent harassantes une bonne partie du pays. J'étais de ces accompagnateurs toujours placés en retrait de la scène et les projecteurs ne se braquaient sur moi qu'au moment de mes parties en soliste, ce qui me convenait parfaitement. J'avais joué dans des salles de trois mille places et dans des petits bals d'anciens combattants d'Algérie, dans des bouis-bouis infâmes aussi bien que sur des paquebots de luxe. Je connaissais mon métier sur le bout des doigts, des lèvres devrais-je dire, s'agissant de mon instrument fétiche. Mon registre couvrait tous les horizons du classique au jazz, de la musique celtique au blues, de la chanson de variété au rock, partout où on me proposait du boulot, ce qui ne manquait guère pour qui ne faisait pas la fine bouche, bref j'étais ce qu'on appelle dans notre jargon tantôt un baluchard avec mépris, tantôt un requin de studio avec respect. Ma réputation de musicien discret, fiable et efficace avait depuis des lustres fait le tour du milieu et le téléphone sonnait régulièrement. J'avais accompagné quelques grands noms du show-business qu'il serait vain de citer ici, picolé et fumé plus qu'il n'en fallait mais c'était la loi du genre, et je pouvais jouer bourré ou défoncé sans que personne dans le public ne s'en aperçoive. J'étais ce qu'on appelle un pro. Des inconnues qui se perçaient le bout des seins pour y glisser des anneaux et se tatouaient des roses rouges sur les fesses se glissaient parfois sous ma couette. Que je ne me plaigne pas, il me restait quelques bons souvenirs. Je m'affalais auprès d'elles sur le lit douteux d'un hôtel et la suite dépendait de mon état. La belle vie, selon le fantasme communément admis, c'est-à-dire l'opposé même de la vraie vie, c'était du moins l'opinion de Christiane qui, sans doute lasse de jouer les sœur Anne des nuits entières en attendant le retour de son marlou, était partie glaner ailleurs ce que j'avais été incapable de lui offrir.

Je m'éloigne du sujet parce que la question fondamentale de mon départ ne tournait ni autour de notre séparation, ni autour de son accident l'année suivante. J'avais vécu le premier choc comme une trahison, le deuxième comme un abandon, dans le sens où sa mort brutale m'avait forcé à devenir l'homme que je n'étais pas, c'est-à-dire un père de famille condamné à affronter ses propres responsabilités et néanmoins désarmé. En un mot, je n'avais pas les outils. Pas la peine de faire pleurer dans les chaumières, les gamines s'en sortaient haut la main, je pouvais être fier du résultat, même si je n'y étais pas pour grand-chose. Elles avaient gardé le caractère bien trempé de leur mère. Capricieuses à plus d'un titre, arrogantes à claquer, surtout l'aînée, et lointaines en même temps parce qu'il y avait toujours eu ce décalage entre le père que je n'étais pas et le père que je fus bien obligé d'être. Mais encore une fois la réponse, puisqu'il faut toujours en trouver une, puisqu'il faut sans cesse se justifier pour un oui ou pour un non, la réponse est à chercher ailleurs. Il suffit que je me remémore cette soirée parisienne, dans les loges de la salle Pleyel. Le rideau allait se soulever dans moins d'une demi-heure. Je me produisais alors avec un quartette de jazz qui commençait à sérieusement faire parler de lui et ce concert était de la plus haute importance. Pleyel, ce n'était pas rien. Des producteurs nous avaient à l'œil. J'attendais dans une loge, en solitaire, fixant l'étui noir où était rangée ma trompette sans ressentir la moindre envie de l'ouvrir. Bien au contraire, je ressentais comme un dégoût, un dégoût mêlé d'une sorte de crainte irraisonnée. Je savais parfaitement ce qu'il y avait dans cet étui tant qu'il restait clos : une trompette de très haute qualité soigneusement rangée dans son écrin de velours pourpre. Mais si je prenais le risque de l'ouvrir, qu'allais-je y trouver ? Des immondices, des rats crevés, de la charogne fumante ? Rien de cela mais bien pire, de l'ennui. J'avais perdu l'envie, tout au moins j'étais en train de la perdre. Je ne parle même pas de feu sacré, un mythe de plus dans la longue litanie des clichés rôdant autour de l'artiste, encore qu'on puisse faire exception pour un John Coltrane, par exemple, ou un Miles Davis, mais du simple plaisir de jouer, d'entendre les notes couler de sa gorge, de réaliser le miracle de la musique. Tremblotant face à un grand miroir éclairé de néons, j'espérais que cette crise ne fût que passagère. La nausée ne me quitta qu'à mon entrée sur scène.

Ce soir-là, j'avais pourtant fait mon travail comme les autres soirs et aucun de mes camarades n'avait remarqué quoi que ce soit de mon trouble. C'était un bon orchestre de jazz avec qui je jouais depuis des années, un groupe d'anciens roublards qui dépotaient bien, se donnaient sans compter. Comme le blues, le jazz est une musique intemporelle qui peut être jouée à tout âge sans tomber un seul instant dans le pathétique. A la fin du concert, je m'étais hâté de ranger la trompette dans sa caisse avant de décapsuler la première bière de la soirée. Et puis j'avais oublié l'incident, à mettre sur le compte de la fatigue ou du stress.

Le « mal » était revenu quelques semaines plus tard, puis de façon plus régulière avant de devenir systématique. Les nausées étaient telles que je devais m'enfermer un long moment dans les toilettes, quitte à enquiquiner toute l'équipe. Rien à voir avec le trac, c'était une simple et pure répulsion de l'instrument qui ne faisait que s'accroître au fil des jours et des concerts. Le simple fait d'empoigner le cuivre froid de la trompette devenait une épreuve insurmontable. Mes mains tremblaient et je sentais la sueur dégouliner le long de ma colonne. L'alcool ne m'aidait plus en rien et je m'étais toujours méfié comme de la peste de tout ce qui se sniffe ou s'injecte. Les premiers couacs ont retenti. Le pianiste s'en est aperçu le premier, j'ai vu ses sourcils se dresser. L'illusion a duré un petit moment jusqu'à ce que tous les musiciens du groupe se réunissent, au motif qu'ils commençaient à se poser des questions et que ça serait bien qu'on en parle sans s'énerver. J'en étais là.

8

Le premier texto que je reçus de Ludivine fut exprimé en ces termes : *Dormez bien, pèlerin. Faites de doux rêves...*

Ça ne voulait pas dire grand-chose, c'était même un peu convenu mais c'était écrit en toutes lettres sur l'écran de mon portable, preuve qu'elle avait soigneusement gardé le petit bout de carton que je lui avais abandonné à l'arrêt du bus. Le message avait été posté au milieu de la nuit à une heure où je dormais profondément et c'est au réveil, au sortir de ma douche, que je l'avais découvert, puis relu à plusieurs reprises devant mon café, quand bien même je consultais mon itinéraire de la journée sur une carte IGN.

C'était gentil, c'était même charmant qu'elle ait eu cette petite pensée pour moi au milieu de la nuit – de toute évidence, une mauvaise dormeuse, en ai-je aussitôt déduit, à moins que démunie de gîte, elle veillât sous un pont quelconque ou sous un abribus, aussi bien – et c'était également un peu dérangeant. De quoi se mêlait-elle ? J'ai beurré une tartine, l'ai plongée dans ma tasse avant de la porter à ma bouche. Le beurre était salé et j'ai souri en repensant à sa repartie de la veille, ou de l'avant-veille, j'avais déjà oublié. Dans ces moments d'errance, le temps ne répond plus aux codes habituels. On ne sait plus si c'est mardi ou mercredi. Seul le dimanche demeure repérable, et encore. On a du mal à orchestrer ce qui pourrait de près ou de loin ressembler à un agenda, et c'est d'ailleurs tout l'intérêt de ces randonnées au long cours, sinon à quoi bon larguer les amarres, à quoi bon mettre les voiles ? Il y a une idée de navigation dans ce type de voyage, de grande traversée océanique, en conséquence de quoi on utilise des termes marins. C'est aussi pour cette raison que j'étais parti, ou qu'on m'avait ardemment conseillé de partir. Une raison secondaire, certes, par rapport à celles exposées plus haut, mais qui en valait bien une autre.

Les choses empirant, un psychiatre recommandé par ma fille (Morgane, bien sûr, qui d'autre ?) avait diagnostiqué une sorte de burn-out, pathologie assez fréquente dans l'administration et les grandes entreprises mais rarissime chez les musiciens. C'était ridicule, peut-être, et presque humiliant mais c'était un prétexte suffisant pour s'offrir un break. Il m'avait prescrit toute une palanquée de pilules roses (anxiolytiques, antidépresseurs…) et conseillé de me reposer, d'ouvrir une nouvelle parenthèse, bref de donner du temps au temps, pour reprendre sa formule. J'ai prétexté auprès des collègues une belle saloperie d'arthrose qui me pétrifiait les doigts, ce qui n'était pas entièrement faux.

Deux petits cercles de beurre fondu flottaient à la surface de mon café, comme deux îles jumelles au milieu d'un océan noir. Songeur, je laissais mon esprit s'égarer vers Wallis-et-Futuna, Ouessant et Molène,

Saint-Pierre-et-Miquelon, que je ne connaissais pas car j'avais si peu voyagé. J'étais allé de par le monde, c'est vrai, mais sans esprit d'aventure en tête. Je m'étais déplacé de tournée en tournée, d'hôtels en salles de spectacle, de gares en aéroports, je n'avais fait que des étapes et ma valise était toujours en transit. Christiane rêvait de tropiques, de fjords ou de vallées profondes quand je me contentais du canapé une fois revenu à la maison.

La serveuse m'a demandé si je désirais encore du café, je me suis essuyé la bouche avec la serviette en papier avant de lui dire oui, je vous prie, merci. L'usage et la politesse auraient souhaité que j'y réponde dès maintenant, à son texto. J'y pensais, bien sûr, et autant dire que ça me turlupinait les méninges depuis qu'il était apparu sur mon écran, comme un cadeau embarrassant tombé du ciel. Certes, ce nouveau type de messagerie nous avait enfin soulagés en grande partie du téléphone, cette boîte à bavards, mais il exigeait de l'à-propos. Fallait faire attention à chaque mot. Avec ce genre de langage et même si certaines voix hurlaient contre les prétendus dangers de dysorthographie que courait la jeunesse, on avait moins le droit à l'erreur. Plus d'un gamin l'avait déjà appris à ses dépens. Ainsi, je tournais et retournais dans ma tête une formule qui soit en même temps concise, claire et agréable à lire, mieux, qui puisse éveiller chez la personne contactée un rien de curiosité, un goût de revenez-y. Mais quoi ? Qu'est-ce que j'étais censé me mettre dans la tête ? Au moment où la serveuse m'a déposé une autre tasse de café, mon portable s'est mis à vibrer contre la soucoupe, ce qui a amplifié le bruit. Voulant sans doute apporter un peu de bonne humeur au petit déjeuner, elle a cru bon de s'exclamer :

— Tiens, les affaires reprennent !

Le prénom Ludivine que j'avais aussitôt enregistré s'affichait sur l'écran. J'ai attendu que la serveuse tourne le dos pour décrocher. Quelle drôle d'expression aussi communément que bizarrement utilisée pour ce genre d'opération. Décrocher, c'est au sens propre enlever un crochet, n'est-ce pas, un crochet qui nous attache comme un wagon à sa locomotive, comme un hameçon à la gueule d'un saumon, ou alors décrocher la lune dans un sens plus poétique. Décrocher… décrocher du boulot, de la musique, du train-train, renoncer à tout. J'y ai repensé plus tard, bien sûr, mais toute raison gardée, on peut considérer dans mon histoire que c'est peut-être à ce moment-là qu'a commencé le grand décrochage.

Elle voulait juste savoir si j'avais bien dormi, oui, merci, et vous ? Si elle ne me réveillait pas, non, pas le moins du monde, ne vous inquiétez pas, les pèlerins sont des lève-tôt ! Si j'étais prêt à partir tout de suite, oui, je finis mon petit déjeuner et je reprends la route, pourquoi ? Parce que voilà, une idée lui avait traversé la tête pendant la nuit, rien de grave, juste une idée, comment dire, une fantaisie sans importance, un truc en l'air, la journée s'annonce plutôt belle et elle a pensé aux îles. Aux îles ? Oui, on n'est pas loin du golfe du Morbihan et à ce qu'il paraît, il y a tout un tas d'îles toutes proches à visiter, aussi jolies les unes que les autres, à moins d'un quart d'heure de bateau au départ de Vannes et sur lesquelles elle n'était jamais allée. Vous connaissez les îles, vous ?

J'ai répondu non même si en y réfléchissant, c'était faux. Je me rappelais avoir animé en tant que musicien une soirée sur une île privée dans une demeure plutôt cossue au bord d'une piscine devant un public de jeunes gens aussi blasés que bien habillés – on travaillait souvent pour le pognon et rien que pour ça – mais tout cela était si loin que j'ai préféré ne pas en parler, de toute façon, elle ne connaissait rien de ma vie, ou pas grand-chose, pas encore. La voix de Ludivine n'était nullement suppliante, encore moins aguicheuse, j'avais très vite compris que ce n'était pas son genre, mais il y avait dans son timbre une forme d'autorité naturelle, quelque chose d'évident, de limpide. Bien sûr elle comprendrait parfaitement que je continue mon étape, après tout un pèlerinage, c'est un pèlerinage, ajouta-t-elle dans ce que je crus interpréter comme une pointe d'espièglerie, mais si d'aventure le cœur m'en disait, le cœur ou les pieds, d'ailleurs, ça serait peut-être une bonne occasion de profiter de la mer, qu'en pensez-vous ?

— La mer ? ai-je bafouillé dans une insondable niaiserie devant laquelle elle a semblé hésiter une seconde.

— Euh… oui, la mer. Un grand truc plein d'eau avec des algues et des poissons dedans.

Et comme pour ajouter quelques gouttes à son moulin, elle a cru bon de chantonner les premiers vers de la chanson de Trenet où il est question de golfes clairs et de reflets d'argent. En bref, elle se payait carrément ma tête, ce qui était de bonne guerre eu égard à mes atermoiements. J'ai répondu sur le même ton que oui, en gros, je voyais vaguement à quoi ressemblait la mer et puisque c'était demandé avec une telle courtoisie de sa part, nonobstant la surprise de ce type d'invitation, j'étais prêt à faire une entorse à mon pèlerinage même si les entorses, en règle générale, c'est à la cheville, non ? Ha, ha. Je poussai ces quelques rires forcés pour appuyer ma blague qui tomba magistralement à plat comme c'était prévisible. Je n'avais jamais été très bon pour les jeux de mots, les histoires drôles, je n'étais pas ce qu'on appelle un boute-en-train, Christiane me reprochait souvent ma tête d'enterrement, pour reprendre ses termes, Christiane me demandait si ça m'écorcherait les lèvres de décrocher un sourire de temps en temps, encore décrocher, décidément. Parfois, je m'y pliais avec plus ou moins bonne grâce avant de retrouver sans le vouloir mon masque de chevalier à la triste figure mais pourquoi repenser à Christiane au moment même où cette femme quasiment inconnue me parlait au téléphone, me fixait un rendez-vous, un lieu, une heure, un embarcadère, une ligne de bus, une terrasse de café, que je notais en désordre sur une serviette en papier. Christiane était morte depuis deux ans, je ne le savais que trop. A l'heure qu'il était, il ne devait plus rester d'elle que des lambeaux, une empreinte, et je ne voulais pas y penser, surtout pas maintenant, je ne voulais plus y penser, point. Même six pieds sous terre au bout d'une allée du cimetière de Kerfautras, elle continuait à m'emmerder.

J'ai reposé mon portable puis, pensif, je me suis massé le menton pendant quelques secondes. Je ne m'étais pas rasé depuis deux ou trois jours et je me suis demandé s'il ne valait pas mieux le faire avant de la rejoindre bien que mon sac fût déjà prêt et ma clef déposée à l'accueil. Possible que certaines femmes fussent attirées par des joues hérissées de poils blancs et ce côté vieux loup de mer que je n'étais pas et que je n'avais surtout pas envie d'être, par cette fameuse gueule de rude Breton pur beurre aux yeux délavés à l'iode et à la peau tannée par les embruns du large, mais je ne jouais pas dans ce registre. J'ai prétexté un oubli dans ma chambre pour récupérer la clef et je suis monté me raser, quasiment dans l'urgence. C'est précisément lorsque mon visage m'est apparu dans le miroir que j'ai commencé à réfléchir. A voix haute, pour ainsi dire. Je ne me parlais pas à moi-même, je m'adressais au type qui se reflétait dans la glace, couvert de mousse à raser, ridicule en somme, ridicule et vulnérable, ridicule de coquetterie à vouloir jouer les vieux beaux, les séducteurs sur le retour, et je lui disais attention danger, tu ne sais pas où tu mets les pieds, Kerdéniel, tu ne sais rien de cette fille sinon sa jolie frimousse, sa tenue hors du temps et sa folie. Ouvre les yeux, elle est folle, ça se voit gros comme une maison, folle à lier, et toi, Ducon, tu as la mémoire bien courte, à croire que tu n'en as pas encore assez bavé, que ce concert chaotique ne t'a pas suffi et que tu serais prêt à réclamer un rappel.

J'ai mis mes mains en vasque sous le robinet pour m'éclabousser le visage à deux reprises avant de m'essuyer. Je n'avais pas d'eau de toilette ni d'après-rasage, tout le superflu était trop lourd pour le sac, dixit ma fille aînée, mais bon sang, ressaisis-toi, réfléchis une seconde, tout cela n'a aucun sens, pour qui te prends-tu ? murmurait mon reflet. J'ai fait une grimace dans la glace. Pas terribles, les dents, raison sans doute pour laquelle je ne souriais qu'avec parcimonie, pas terrible le reste non plus. J'approchais de la soixantaine.

Tôt ou tard, ça finirait par se savoir. Certains jours, je me disais que je n'en étais qu'aux deux tiers de ma présence sur cette jolie planète et qu'il me restait grosso modo une bonne trentaine d'années à vivre. A d'autres moments, j'avais l'impression d'avoir fait le tour de la question et qu'il était inutile de creuser davantage le sujet. La question de l'existence, je veux dire. En règle générale, le type dans le miroir choisissait la deuxième option et moi la première.

Elle n'était pas au rendez-vous et mon premier réflexe fut d'en rire, de moi-même, bien sûr, de ma naïveté et de mon empressement à répondre sur-le-champ à une invitation toute hasardeuse, d'autant plus qu'il m'avait fallu prendre un car rempli de collégiens braillards pour revenir à Vannes. En un mot, j'avais reculé de trois cases, ce qui était bien la preuve d'une stupidité sans nom. Son attitude au supermarché aurait dû me mettre la puce à l'oreille mais non, j'avais foncé tête baissée dans un mur de parpaings, tout ça pour répondre à une curiosité totalement incongrue. Une navette pour l'Ile-aux-Moines était prévue dans dix minutes et une vingtaine de passagers attendaient au bord de l'embarcadère, pour la plupart des touristes en ce jour ensoleillé de septembre, et peut-être quelques locaux, résidents de l'île à temps partiel ou îliens permanents. On comprenait sans difficultés le désir de demeurer dans un endroit d'apparence si paisible. Même les bernaches de Sibérie y élisaient provisoirement domicile lors de leurs migrations. Pour l'heure, j'attendais.

J'ai regardé l'écran de mon portable. Aucun message ne s'affichait, le contraire eût été étonnant. Elle m'aurait alors pris pour un pigeon, une carte de crédit est si facile à déplumer, et peut-être avait-elle trouvé en chemin une proie plus juteuse. C'était une éventualité qui me traversa l'esprit sans que j'y accorde davantage d'attention. Je savais qu'il fallait se méfier de tout et de son ombre mais non, je ne l'imaginais pas comme un escroc à la petite semaine, une détrousseuse d'honnêtes hommes, une garce en somme, quelque chose en elle m'avait aussitôt paru franc et spontané, sans que je puisse étayer cette première impression par une quelconque preuve tangible. Il fallait pourtant se méfier de ce qu'on appelle pompeusement l'intuition et qui se résume tout bien réfléchi à un a priori répondant la plupart du temps à des poncifs éculés, des mécanismes sociétaux. Voilà pourquoi cette fameuse intuition féminine, c'était du vent, ce n'était que du vent et rien d'autre. Un vieux subterfuge inventé par les hommes quand ça leur coûtait trop d'admettre l'intelligence de leurs compagnes.

Le navire de la Compagnie des Iles s'est amarré au quai. Quelques goélands ont poussé des cris désagréables, des sons de trompette mal embouchée. Il y a eu comme un tressaillement parmi les passagers qui ont aussitôt saisi leurs sacs et leurs valises. Pour ma part, j'hésitai. Une main s'est alors posée sur mon épaule. Ludivine était tout essoufflée. Elle était hyper-contente que je sois venu, j'avais dû la prendre pour une folle après son coup de fil, non, c'était juste une idée comme ça, cette petite balade sur les îles, ç'aurait été dommage de ne pas profiter du beau temps, est-ce que j'avais vu cette lumière ? Incroyable, n'est-ce pas ? Il n'y avait qu'en Bretagne qu'on voyait ce genre de ciel et est-ce que j'avais réellement bien dormi, parce qu'avec la pleine lune, ce n'était pas toujours évident, et est-ce que mon genou droit allait mieux ?

Elle m'a glissé mon ticket dans la main. Je n'y avais même pas pensé, aux billets, et je n'avais surtout pas imaginé qu'elle puisse penser que je n'y avais pas pensé et ainsi prendre les devants. Tout cela me laissait perplexe. On s'était aussitôt placés dans la file des passagers, si bien qu'on se trouvait côte à côte sans vraiment se regarder de face, elle avec son fourbi de colporteur de grands chemins et moi toujours avec cet encombrant sac à dos qui me cisaillait les clavicules et faisait de moi un bossu, une sorte de pauvre hère affublé d'une malédiction l'obligeant à porter tout au long de son existence le poids de je ne sais quel châtiment.

Franchissant la passerelle, je l'ai laissée passer devant. Un matelot l'a aidée à monter à bord puis nous nous sommes installés sur les bancs du pont arrière, le soleil en point de mire. Une légère brise venant de l'ouest bousculait ses mèches. Elle a ôté son gilet rouge puis un pull de laine noire qu'elle portait au-dessous, ne gardant sur elle qu'un débardeur gris à grosses côtes qui m'a semblé bien élimé avant de remettre aussitôt son gilet. Puis elle a sorti d'un de ses sacs une brosse à cheveux, m'a demandé si je pouvais lui tenir ça deux minutes – ça, c'était une pince à cheveux, un truc artisanal fabriqué par une copine dans les Cévennes, m'apprit-elle sans que je lui demande quoi que ce soit – le temps qu'elle se fasse une sorte de chignon et tous ses gestes étaient accomplis sans aucune ostentation mais avec une agilité qu'on aurait pu qualifier de grâce si le mot n'avait été déjà trop galvaudé. Cette manœuvre dura au maximum une vingtaine de secondes, après quoi elle tourna ses yeux fixement vers moi pour me déclarer de façon péremptoire et définitive qu'il n'y avait que trois choses dans la vie qui vaillent la peine : la lumière, le chemin et l'amour.

« Si tu le dis… ! » ai-je répondu en haussant les épaules et sans ajouter quoi que ce soit, préférant me taire sur le sujet. Ces trois mots mis bout à bout me rappelaient trop les sermons du curé. La lumière de Dieu, le chemin vers le Ciel, l'amour du Christ, tous ces mots empestaient l'encens à pleines narines mais bizarrement, prononcés comme ils l'avaient été entre les lèvres de Ludivine, ça passait, oui, ça passait. Comment dire ? Ça coulait, ça roucoulait, ça chantait comme un ruisseau de montagne. Elle m'aurait lu l'annuaire des marées que l'effet eût été le même, en somme elle m'amusait, et là, j'ai compris que j'étais prêt à faire un bout de chemin à ses côtés, le chemin qu'elle choisirait avec la lumière qu'elle souhaiterait. Le fait est que je m'emmerdais depuis des mois, peut-être des années. Ma trompette m'emmerdait, la musique désormais m'emmerdait, la marche à pied m'emmerdait et me faisait mal partout, tout m'emmerdait, la vie, la plupart des gens, même parfois mes filles. Je m'emmerdais comme la sentinelle du Désert des Tartares, comme un planton protégé de la pluie sous la guérite d'un check-point oublié aux confins du pays, et cette fille tombée à point nommé d'on ne sait où tout d'un coup me divertissait, semblait me réveiller de je ne sais quel morne rêve. Alors oui, pourquoi pas, la lumière, le chemin, qu'avais-je à perdre ? Quant à l'amour, ruminais-je en moi-même, laisse tomber, ma petite, laisse tomber… Un goéland est passé en rase-mottes au-dessus de nous en larguant sa fiente qui s'est écrasée à nos pieds. On a conclu la même chose au même moment, songeant à la chance qu'était censé porter ce genre de hasard, et on s'est esclaffés de nouveau, néanmoins un peu moins fort qu'on ne l'avait fait la veille sous l'abribus.

A peine descendus du bateau, elle m'a dit qu'elle avait une petite affaire à régler, des gens à voir, que ça ne prendrait pas tellement de temps. Je pourrais patienter dans un café ou en profiter pour me balader, ou encore l'accompagner mais c'était délicat, vois-tu, une affaire privée, professionnelle, le boulot, encore le boulot, elle en était désolée. Ce n'était pas loin, le mieux était que je l'attende ou encore que je fasse des courses pour le pique-nique, elle commençait à avoir faim, on pourrait se trouver un endroit peinard sur le rivage, à l'ombre, ce serait bien le diable si l'on ne se trouvait pas sur cette île un petit coin de paradis, des trucs simples, de la salade, des tomates, du fromage, qu'est-ce que j'en pensais ? J'ai haussé les sourcils dans sa direction sans chercher à en apprendre davantage puis j'ai fait une moue qui signifiait tu fais ce que tu veux de ta vie, mignonne, ce n'est pas mon problème, mais j'ai dit OK pour le pique-nique.

Nous suivions une petite route en direction du clocher de l'église. Ici et là les gens prenaient des directions adjacentes et le flot des passagers s'évaporait ainsi. Arrivée au bourg, Ludivine s'est arrêtée pour consulter son portable, vérifier une adresse, un plan sans doute – elle regardait maintenant autour d'elle d'un air concentré – puis elle a dit c'est tout près, a encore insisté sur le fait que ça ne prendrait pas beaucoup de temps et m'a montré la terrasse d'un café en me fixant rendez-vous dans, disons, une demi-heure. Sur ce, elle m'a fait un petit signe de la main avant de tourner les talons puis de se retourner d'un élan aussi preste pour m'apprendre, au cas où je ne l'aurais pas deviné, qu'elle était végétarienne.

9

Les îles du golfe du Morbihan possèdent de bien vastes propriétés privées, souvent ceintes de hauts murs de pierre. Ce sont la plupart du temps des constructions érigées au XVIIIe par d'anciens armateurs, capitaines au long cours, flibustiers ou tout simplement négriers, en tout cas, des gens qui avaient fait fortune grâce à la mer, peut-être même sans jamais quitter le port, et dont les dynasties s'étaient éteintes au fil des décennies. Ces nobles bâtisses avaient été rachetées par des Parisiens qui, eux, avaient fait fortune dans les médias ou la finance, je suppose, ou encore dans la culture. Beaucoup de ces gens étaient connus du grand public, raison pour laquelle ils préféraient rester à l'ombre de ces hautes murailles. De loin, maladroitement caché derrière un buisson, j'épiais. Ludivine avait sonné à l'une de ces demeures. Elle attendait sans s'impatienter, regardait sans crainte la petite caméra posée au-dessus du portail qui la fixait. Il semble que la porte se soit ouverte automatiquement et aussitôt refermée derrière elle. Je ne comprenais plus rien mais pour être honnête, cette petite pause dans mon périple arrivait à point nommé. Une journée sans égrener des kilomètres offrait un peu de répit à mes genoux, même chose pour les épaules, et, pour tout dire, le moral également. Après cette éprouvante première semaine de marche, je me sentais aujourd'hui un peu en vacances. Je faisais relâche.

Bien sûr, avec le temps, il est difficile d'appréhender la situation de manière objective, les souvenirs s'estompant à mesure que passent les années, et on peut craindre que mon interprétation des faits soit tronquée par ma mémoire, ou pire, par mon imagination. Je veux dire par là qu'il est possible que ce que je relate corresponde non à la réalité précise de ma rencontre avec Ludivine Kirchner mais à l'idée que je m'en suis faite par la suite. Un peu comme il nous arrive à tous d'échafauder des scénarios envisageables dans un futur proche avec telle ou telle personne, on peut tout aussi bien réécrire son propre passé. Refaire le match, pour ainsi dire. Le risque, bien sûr, serait d'édulcorer l'histoire et finir par lui faire perdre toute crédibilité, or il me semble de mon devoir de rester le plus fidèle à l'exactitude des faits. D'accord, le mot « devoir » est trop fort ou mal choisi, après tout, je n'ai de comptes à rendre à personne et encore moins à Ludivine, paix à son âme comme on dit, encore que le respect aux défunts fasse partie du b.a.-ba des conventions sociales mais, qu'on ne s'y méprenne pas, ce n'est pas lui manquer de respect que de parler d'elle avec les termes que j'utilise ici. C'est pourquoi je vais tâcher d'être prudent. Et particulièrement dans l'épisode qui suit.

J'avais attendu à la terrasse un petit moment, disons trois bons quarts d'heure, essayant de tuer le temps à la lecture d'un journal qui me raccordait à l'actualité que j'avais délaissée depuis mon départ mais c'était là un des objectifs plus ou moins avoués de mon périple. Ouvrir une nouvelle parenthèse comme me le conseillait le psy, créer un sas entre la réalité du monde (guerres, attentats terroristes, famines, épidémies, afflux de réfugiés, réformes prétendument sociales, remaniements ministériels...) et sa propre expérience. Se mettre en marge, en quelque sorte, ou se mettre des œillères, ce qui revenait au même. Passé les gros titres, je me suis aperçu que j'avais du mal à me concentrer sur la lecture des articles de fond. Dépité, je m'étais replié sur les mots croisés. Ludivine est arrivée à ce moment-là, s'est assise à mes côtés et m'a arraché le journal des mains pour voir où j'en étais de ma grille avant de me donner aussitôt deux ou trois solutions, haussant les épaules en signe d'évidence, ce qui avait eu le don de m'agacer. Elle ne prit pas la peine de faire la moindre observation sur son retard, en revanche elle s'inquiéta des courses que j'étais censé avoir faites (et dont je m'étais acquitté) parce que, pour ne rien me cacher, elle avait une faim de loup.

Qu'à cela ne tienne, on se mit donc en marche, nos sacs sur le dos, pour trouver une dizaine de minutes plus tard une petite crique à l'est de l'île qui semblait peu fréquentée à cette heure de la journée. Pour tout dire, la plage était déserte. On s'est assis à l'ombre d'un bosquet de pins sur un arpent dunaire où l'herbe était aussi tendre qu'une moquette de laine. C'était d'une beauté calme, apaisante et sans prétention. La marée était assez haute et quelques vaguelettes s'évanouissaient à nos pieds dans un bruit de succion.

Ludivine s'est délestée de ses sacs, de ses godillots et d'une bonne partie de ses fringues, après quoi elle a farfouillé dans sa petite sacoche en cuir pour en extraire une liasse de billets de banque retenue par un élastique et suffisamment épaisse pour que j'émette entre mes lèvres une sorte de bruit qui ressemblait davantage à un râle qu'à un sifflement. Elle comptait à présent les billets un par un, mouillant de temps en temps le bout de son index avec sa langue et marmonnant entre ses lèvres une addition de chiffres.

— Je recompte, m'a-t-elle dit pour répondre à une question que je ne lui avais pas posée. On ne sait jamais !

— Excuse-moi de me mêler de ce qui ne me regarde pas, j'ai dit, mais c'est quoi tout cet argent ?

— T'inquiète, c'est mon pognon. Je ne l'ai pas volé, je l'ai gagné honnêtement.

— Et il y en a pour combien, si je peux me permettre ?

— Mille cinq cents euros, c'est le tarif qui était convenu.

Elle répondait avec une franchise à pétrifier le plus sceptique des hommes. J'ai exigé des explications. Qu'elle m'a fournies sans ambages, comme si cela allait de soi. Le dialogue qui suit est bien évidemment écrit a posteriori pour donner davantage d'élasticité au récit mais je suis à peu près certain de ne pas trop m'éloigner de la vérité, en tout cas de ne pas en trahir l'esprit.

— Attends, répète lentement, s'il te plaît… Il y a un truc que je ne pige pas. Tu veux me faire croire que les gens te filent du fric pour que tu ailles vadrouiller à leur place…

— T'appelles ça vadrouiller, toi ? Tu as vu l'état de mes godasses ?

— Ne te fâche pas, Ludivine ! Vadrouiller, randonner, crapahuter, pèleriner si tu préfères, peu importe… Et ils te paient pour ça ?

— Ben oui, forcément. Cinquante pour cent à la signature du contrat, et les cinquante restants une fois la mission accomplie…

— Tu signes un contrat ?

— Un contrat moral, évidemment… Tu penses bien que ces trucs-là n'ont aucune valeur officielle. Et puis les familles avec qui je traite n'ont pas forcément envie de crier sur tous les toits le cancer de la prostate de papa ou les frasques du rejeton. C'est pour ça que tout se négocie en liquide. Hé, hé ! pas folle la guêpe !

— Et tu fais ça depuis quand ? Je veux dire, ce travail, ces missions…

J'ai attrapé une poignée de chips. Un goéland avait flairé la bonne affaire et, l'air de rien, s'approchait à petits pas du gueuleton. Lulu a attrapé une tomate cerise, l'a lancée en l'air et, ouvrant la bouche en grand, a tenté en vain de la gober. La tomate a roulé jusqu'à mes pieds. « J'ai droit à deux essais », elle a dit ! Elle a recommencé l'opération. Cette fois-ci, c'était la bonne. Elle m'a répondu la bouche pleine.

— Quéreur de pardons.

— Quoi ?

— Quéreur de pardons, oui monsieur. Ce n'est pas inscrit dans le registre du commerce et aucun diplôme n'est requis mais c'est ainsi que se nomme notre confrérie depuis le Moyen Age. Pour en revenir à ta question, je fais ça depuis une bonne dizaine d'années. C'est mon vingt et unième voyage, si je compte bien. Plusieurs fois Lisieux, c'est le top. Lourdes, bien sûr, ça marche toujours autant. Compostelle, non, je refuse catégoriquement, je l'ai fait une fois et terminé. On n'y croise que des cadres dynamiques en pleine dépression ou des saintes-nitouches qui veulent perdre du poids tout en gardant la foi. Ces gens-là confondent pèlerinage et thérapie.

— Je te remercie.

— Ne te fâche pas, je ne disais pas ça pour toi. Je remplis également des missions de moindre importance, Sainte-Anne-d'Auray, par exemple, où l'on s'est rencontrés l'autre jour. Un signe, non ?

— Et vous êtes plusieurs à faire ce métier de… quêteur de…

— Quéreur de pardons, tu es sourd ou quoi ? Non, on n'est pas vraiment nombreux, je ne sais pas trop au juste. Une vingtaine en Europe, peut-être… Ce n'est pas illégal mais c'est un peu confidentiel, vois-tu… En fait, j'ai pris par hasard la succession de quelqu'un. J'étais sur la route, un peu paumée, un peu vagabonde et pour tout dire carrément dans le pétrin. Je me cherchais, comme on dit. Le destin a voulu que je rencontre une dame assez âgée et vraiment mal en point. C'était dans un refuge pour indigents, non loin de Lisieux. Elle m'a proposé de faire un remplacement, d'achever la besogne à sa place, si j'ose dire… Il restait quoi, quarante bornes au maximum… Qu'est-ce que j'avais à perdre ? Je suis arrivée chez les gens. Ils ont payé sans tortiller, rubis sur l'ongle. Quand je suis revenue pour restituer le pognon à cette pauvre dame, elle était à l'agonie. Un cancer à la con qu'elle n'avait jamais voulu soigner. Elle a eu le temps de me donner son carnet d'adresses et quelques ficelles sur le métier. J'ai repris le fonds de commerce, tout bonnement.

— Le fonds de commerce ?

— Ben oui, et je te prie de me croire que je commence à avoir un carnet de commandes plutôt bien rempli. Je suis sur un gros coup, en ce moment. Un général de brigade. Paraîtrait que son fils est pédé comme un phoque et on m'a demandé d'aller prier pour sa guérison…

— Sa guérison ? Qu'est-ce que c'est que cette connerie ?

— Me regarde pas comme ça, Baptiste ! Je t'en pose des questions, moi ? Est-ce que je te demande pourquoi tu vas te bousiller les chevilles à Saint-Jacques-de-Compostelle avec tous ces clampins se chamaillant pour avoir la meilleure place dans le gîte et la signature de l'évêque au bas de la *credencial* en guise de certificat de bonne conduite ? Ecoute, c'est pas compliqué, on me demande d'aller faire quelques centaines de bornes pour aller prier pour la rédemption d'un jeune homosexuel, j'y vais… On me paie et point final…

— La rédemption… mon Dieu !

— Parle pas de ce que tu ne connais pas, s'il te plaît. Après, guérison ou pas, ça les regarde. J'assure pas le service après-vente. Bon, tu as fini ton interrogatoire, monsieur le détective, ou tu as d'autres questions ? C'est pas le tout mais je commence à avoir faim, moi.

Elle a rangé les billets dans la sacoche en cuir qu'elle appelait par raillerie son baise-en-ville puis elle a étalé sur le carré d'herbe une toile en plastique qui lui servait de sous-couche quand elle dormait à même le sol pour se protéger de l'humidité. J'ai saisi une poignée de chips sans faire de commentaires mais y avait-il quelque chose à ajouter. Ludivine était en quelque sorte un pèlerin professionnel qui, moyennant finances, se faisait payer pour accomplir le pèlerinage en lieu et place de ceux qui la payaient. Par procuration, en quelque sorte. Même si cela paraissait totalement incroyable, c'était aussi simple que ça. J'avais maintenant du mal à la regarder en face, et même de biais, je ne comprenais pas pourquoi elle se confiait à moi qu'elle ne connaissait que depuis moins de quarante-huit heures, et d'ailleurs je ne savais trop s'il fallait la croire ou non. Après tout, rien ne me prouvait que ce n'était pas une mythomane, mais enfin, il y avait ce paquet de pognon bien réel que j'avais de mes yeux vu alors qu'elle était vêtue comme une mendiante ou tout comme, qu'elle dormait dehors ou Dieu seul savait où et qu'elle quémandait le sandwich des inconnus aux terrasses des bistrots. Je cherchais une explication rationnelle et, bien entendu, naviguais dans le brouillard le plus épais. Nous grignotions notre casse-croûte en silence comme si un malaise s'était installé entre nous mais le malaise, tout bien réfléchi, c'était moi. Elle, elle s'amusait à lancer vers sa bouche ouverte une tomate cerise qu'elle gobait aussitôt. Et puis elle regardait la mer en écarquillant les yeux, et les miens allaient dans le même sens parce que ça, au moins, c'était rassurant. Le mouvement des vagues, le cri des goélands et les scintillements à la surface de l'eau me prouvaient que je n'avais pas rêvé.

— Grâce…

— Pardon ?
— Elle s'appelait Grâce.
— Qui ça ?
— La femme que j'ai remplacée. Grâce comme Grace Kelly, la femme de l'autre. C'était une femme bien. Une sainte.
— Décidément, c'est pas un nom qui porte chance.
— On ne va pas la plaindre. Là où elle est, elle est bien plus heureuse que nous.
— Je croyais qu'elle était morte.
— Elle est au Ciel, gros nigaud. Tu le fais exprès ou quoi ?

J'ai lancé quelques chips au goéland. Je n'aurais pas dû. Un de ses petits congénères s'est approché, puis un autre. J'ai frappé dans mes mains pour les faire dégager mais ces bêtes-là étaient plus teigneuses que la gale. Sans compter cet air narquois avec lequel elles nous fixaient.
— Je te signale que ce sont des créatures du Seigneur. N'oublie jamais ça.
— Je tâcherai d'y penser, promis.
Résultat, c'est toute une meute qui s'est rassemblée en arc de cercle autour de nous. Ces vautours de pacotille étaient vraiment stupides. Ils étaient censés aller chercher leur pitance à la surface des océans mais, trop flemmards pour se mouiller les ailes, ils préféraient taper l'incruste chez les humains, raison pour laquelle leurs fientes constellaient impunément les trottoirs de nos villes. Je me suis levé avec un bout de pain que j'ai émietté et balancé au diable Vauvert. L'orgie a commencé. Créatures du Seigneur de mes deux, ai-je

marmonné en prenant bien garde de ne pas me faire entendre par Ludivine qui semblait s'amuser follement de ce petit manège. Je n'en avais pas fini avec elle.

— Pardonne-moi d'insister mais c'est combien le tarif ?

— Ça dépend… entre cinq et dix euros du kilomètre, plus les frais, bien entendu. A vrai dire, c'est plus souvent cinq que dix. Nos clients sont pour la plupart pleins aux as mais, en général, on a affaire à des rapiats de première.

— Une dernière question, si je peux me permettre, parce qu'il y a un truc qui me turlupine, Ludivine. Comment peux-tu m'expliquer que tu n'as jamais un sou sur toi…

— L'argent, je le mets en lieu sûr… Viendra le jour où j'en aurai besoin.

— Besoin pour quoi ? T'acheter une bagnole ?

— Si on te le demande, tu diras que tu ne sais pas. A mon tour de vous poser des questions, inspecteur : Vous faites quoi dans la vie ? A part traîner un sac à dos sur vos épaules ?

J'ai hésité quelques secondes, me suis donné le temps de mastiquer ma bouchée bien consciencieusement et j'ai répondu que j'étais professeur, tout simplement. C'est la première idée qui m'était venue en tête. Un prof comme Christiane, un prof tout juste à la retraite, c'était crédible. Elle a dit qu'elle s'en était doutée, j'avais une tête à ça, d'ailleurs ce n'était pas compliqué, il n'y avait que des profs en retraite sur le chemin de Saint-Jacques. Ensuite elle m'a demandé prof de quoi. J'ai hésité à nouveau, j'aurais pu dire de musique, après tout j'avais donné par le passé quelques leçons à des gamins du conservatoire pendant les périodes de vaches maigres mais je n'avais plus la moindre envie de revenir sur le sujet alors j'ai fait appel à mon imagination. Les maths, n'en parlons pas, elle m'aurait piégé à la première opération de calcul, c'était couru d'avance. Anglais ou espagnol, c'était trop risqué, la voyageuse professionnelle en savait certainement davantage que moi. Français, c'était également limite. Sorti de Frédéric Dard et de quelques pointures américaines, mes connaissances littéraires ne volaient pas bien haut. Me restait quoi ? La technologie ? Le sport ? Le tango ?

— Attends deux secondes, laisse-moi deviner !

Le temps de réfléchir, elle a attrapé la dernière tomate cerise qui restait dans le sachet, l'a coincée entre ses lèvres ramassées en cul de poule, tandis que ses yeux louchaient vers le bas, ce qui lui donnait une expression obscène et à la fois bizarrement excitante puis elle l'a avalée et avant même de prendre le temps de déglutir, elle a lancé :

— Histoire. Je suis sûr que tu es un prof d'histoire !

Va pour l'Histoire avec un grand H si ça lui faisait plaisir. J'ai hoché la tête en guise de confirmation et maître de conférences à la fac, ai-je ajouté dans la foulée. Après tout, je n'en étais plus à un mensonge près. La tomate cerise est descendue à travers sa gorge tandis que ses lèvres avaient repris la forme d'un rictus niaiseux de satisfaction.

— Je l'aurais parié, a-t-elle conclu.

Ce soleil de septembre commençait à chauffer dur. Elle s'est débarrassée de ses vêtements, non qu'elle se soit déshabillée tout à trac mais disons qu'il ne restait plus grand-chose sur elle, sinon ce débardeur gris souris, trop grand pour elle et plutôt difforme. La grosse croix de ferraille pendait à son cou au bout d'une cordelette de cuir. C'est à cet instant que j'ai découvert pour la première fois le tatouage sur son épaule gauche. *Prends tout en gré, ne te chaille de ton martyre.* Elle a remarqué que je l'observais derrière mes lunettes de soleil, mais elle s'est contentée de dire qu'elle aussi adorait l'histoire, c'était d'ailleurs le Moyen Age qu'elle préférait, la grande période des monastères, l'édification des cathédrales, Jeanne d'Arc, Hildegarde de Bingen, tous ces saints et ces martyrs, que je devais savoir tout ça bien sûr jusqu'au bout des ongles et beaucoup mieux qu'elle. En guise de maillot, elle portait une sorte de caleçon d'homme de couleur kaki. J'avais vu plus séduisant.

Je n'avais jamais entendu parler de cette Hildegarde de Bingen mais j'ai hoché la tête en essayant de prendre un air entendu. Plus par gêne que par galanterie, j'ai détourné le regard vers les goélands idiots puis, déclinant son invitation à la rejoindre dans l'eau, j'ai dit que j'allais faire un tour, fumer une cigarette un peu plus loin, ramasser des coquillages en souvenir. Qu'elle aille se baigner aussi longtemps qu'elle le souhaitait, on avait tout notre temps. Et qu'elle ne s'inquiète pas pour son sac, je gardais l'œil. Je l'ai vue courir vers l'eau, vêtue de son débardeur et de son caleçon, la croix du Christ voltigeant par-dessus ses épaules.

Non, on n'avait pas tout notre temps. Elle, peut-être, mais pas moi. Pour Ludivine, le temps n'était qu'une addition de jours aux jours alors que me concernant, il s'agissait plutôt de soustractions un rien morbides.

Je n'avais plus la vie devant moi. Faute d'avouer que le fait de me montrer en maillot pour étaler mes rides, mes graisses et mes disgrâces au grand jour me mettait plutôt mal à l'aise, j'avais prétexté une réticence à l'eau froide, quand bien même j'étais prêt à parier qu'elle allait m'assurer de sa douce tiédeur. Boudeur, sans doute, je me suis baissé pour attraper un os de seiche que j'ai glissé dans la poche de mon short et qu'importe si l'on me juge fétichiste ou non, j'avoue avoir gardé après toutes ces années cet os de seiche aussi précieusement que s'il s'était agi d'une relique sacrée. Ludivine faisait la planche. Son corps disparaissait derrière une vague avant de réapparaître et ainsi de suite. Je ne la devinais en somme qu'en pointillé, puis elle reprenait sa brasse vers le large au risque de s'aventurer plus que de raison. Un dicton prétendait que le golfe du Morbihan comptait autant d'îles qu'il y a de jours dans l'année, ce qui relevait bien sûr de la légende mais étais-je bien certain de me trouver dans la réalité, la réalité palpable, j'entends. Tout paraissait bancal. Au bout d'un laps de temps que je ne saurais préciser, elle a disparu de mon champ de vision. La mer était relativement calme, pourtant, les vagues modestes, la visibilité impeccable mais elle semblait vraiment s'être volatilisée. Inquiet sans le vouloir, je suis retourné vers l'endroit où étaient entassées nos affaires et nos serviettes. Mille cinq cents euros chauffaient au soleil dans une improbable besace. Se serait-il agi de quinze millions de dollars ou d'une poignée de piécettes que je me serais posé la même question. Pourquoi m'accordait-elle une telle confiance ? Et de quelle façon me menait-elle en bateau ? Jusqu'à quel port ? Quel naufrage ?

Elle est sortie du bain en s'avançant lentement à ma rencontre. J'essaie aujourd'hui de me remémorer cette silhouette et ce n'est pas chose aisée. Les années ont passé et ce n'est que par fulgurance (j'admets que le mot est emphatique mais c'est le seul qui me vienne à l'esprit) que son image se rappelle à mon souvenir. Ludivine avait, me semble-t-il, les cuisses et les hanches assez affirmées et un ventre légèrement bombé mais elle avançait sur le sable avec une étrange décontraction comme si elle était en paix avec son corps, ou plus prosaïquement, comme si elle s'en moquait. Au risque de se fourvoyer, il serait facile de penser à l'une de ces statues de la Grèce antique qu'on admire dans nos musées, ou encore à un tableau mythologique de Botticelli, tout le monde voit ici de quelle œuvre je veux parler, Vénus et toute la clique, et c'est vrai qu'il y avait un peu de ça, c'est vrai qu'elle était plus proche des canons de la Renaissance que des mannequins anorexiques affichant sur papier glacé une mélancolie chronique et attendue. Mais elle était bien plus que cela puisqu'elle était présente devant moi, adorable, abordable, faite de chair et de sang, comme on dit, de voix et de silence, de regards et d'odeurs, mystérieuse et sans aucun doute fragile. Abordable, oui, pourquoi pas.

10

— *Qu'il me baise des baisers de sa bouche ! Car ton amour est meilleur que le vin. Oui, tes parfums ont une odeur suave, ton nom est un parfum qui s'épand ; voilà pourquoi les jeunes filles t'aiment.*

— Qu'est-ce que tu racontes ?

— Cantique des cantiques, chapitre 1.

Sur le bateau qui nous ramenait sur le continent, elle lisait à mon adresse la Bible à voix haute, une bible énorme qui devait bien peser pas loin de deux kilos. Bien que personne n'ignore que le poids est l'ennemi numéro un du randonneur, elle traînait toujours ce gros bouquin dans l'un de ses sacs, qu'elle sortait à tort et à travers, soit pour passer le temps, soit pour se remémorer un verset précis. Celui-ci venait à point nommé, si je puis dire, et il y avait tout lieu de penser qu'elle ne l'avait pas choisi au hasard, me jurant tous ses grands dieux qu'on y trouvait aussi – je reprends mot à mot les termes qu'elle a employés – « des passages de cul ». Elle referma le livre brusquement et, de la paume de sa main, frappa le cuir de la couverture dans un bruit de grosse caisse.

— Tout est là-dedans, mon cher Baptiste : l'amour et la haine, la vie et la mort, le chant des vivants et le râle des agonisants.

Mal à l'aise, j'ai regardé autour de moi au cas où d'autres passagers auraient été témoins de ces jérémiades, mais non, accrochés au bastingage, ils se contentaient de s'extasier devant les lumières déclinantes du golfe. Après avoir emprunté un étroit chenal, la navette s'approchait maintenant de l'embarcadère. Le ciel affichait vers l'ouest des couleurs aux tons pastel qui viraient du bleu sombre à l'orange. Je n'avais aucune envie de le quitter, ce bateau, je me sentais cloué à ses côtés sur un siège du pont extérieur, légèrement ballotté par les remous de l'eau. J'aurais voulu que cette traversée dure et dure encore, dût-elle me lire sa bible dans son intégralité, mais l'Ile-aux-Moines ne se trouvait qu'à une dizaine de minutes du port de Conleau et la parenthèse allait bientôt se refermer. Voilà, on avait eu un peu de bon temps et il ne s'était rien passé, je n'avais même pas osé lui tendre la main pour l'aider à monter sur le bateau et elle ne fit aucun signe pour m'y inviter. A sa demande, j'avais tourné le dos lorsqu'elle s'était rhabillée, à sa demande encore, je m'étais occupé de surveiller ses affaires le temps qu'elle aille faire pipi derrière un fourré. Arrivés à bon port, je l'ai invitée à prendre un verre à la terrasse d'un bistrot. Avant de nous dire au revoir, ai-je ajouté. Je me suis assis à ses côtés. Il valait mieux pour moi ne pas la regarder en face.

Merde, je n'étais plus un gamin !

Qu'on ne se méprenne pas, je ne m'étais jamais considéré comme un séducteur, le mot même me mettait hors de moi, et encore moins un homme à femmes même si j'en connaissais certaines qui m'auraient volontiers affublé de ce qualificatif, ce qui me faisait sourire amèrement lorsque je repensais aux mille et une nuits que j'avais passées en solitaire depuis que Christiane avait foutu le camp. Il m'était arrivé des aventures ici et là, à la fin d'un concert, mais elles étaient à compter sur les doigts de la main d'un amputé. Les réveils étaient parfois si démoralisants qu'à peine éveillé, je cherchais à tâtons mon slip au pied du lit. Je n'étais qu'un trompettiste abonné aux seconds rôles et, dans un orchestre, c'était en général le chanteur ou le guitariste qui se taillait la part du lion. Mon heure de gloire se résumait à deux ou trois solos qui duraient une trentaine de secondes, deux minutes au maximum, le reste du temps, les projecteurs se tournaient ailleurs, ce qui ne me dérangeait pas le moins du monde. Mon rôle de figurant convenait parfaitement à ma paresse naturelle que d'aucunes interprétaient comme une forme de timidité, ce en quoi je ne cherchais nullement à les contredire. Ça me donnait du répit.

Mais bon, je m'étais laissé embringuer dans cette histoire comme un angelot, j'avais croché à l'hameçon lorsque deux bouts de sein s'étaient pointés derrière un débardeur informe comme deux diables surgissant d'une boîte, c'était des choses qui arrivaient de temps en temps dans la vie d'un homme, rien de grave, rien qui puisse porter à conséquence. Pour solde de tout compte, il me suffisait de sortir un billet de ma poche afin de régler l'addition et au revoir, madame, bon voyage. Désolé pour le dérangement. J'allais reprendre mes esprits. Un bus faisait la navette jusqu'au centre-ville de Vannes, j'acceptai de l'accompagner. Après, il me suffisait de me dégoter un petit hôtel pour y passer une nuit réparatrice avant de reprendre ma route là où je l'avais laissée la veille. La question était de savoir comment j'allais me débarrasser de cette pauvre fille qui au final ne l'était pas, j'en avais maintenant la preuve. Elle regardait par la fenêtre du bus, me décrivait le paysage comme si elle accompagnait un aveugle, s'enthousiasmait devant la vitrine d'une boulangerie ou d'un fleuriste, or le décor n'avait rien d'exceptionnel, c'était juste la périphérie d'une ville de province, avec ses lotissements, ses immeubles, ses giratoires à n'en plus finir qui à chaque fois nous ballottaient l'un contre l'autre dans une valse perverse, et au terminus, un port de plaisance et maintenant qu'est-ce qu'on fait ? C'est quoi, ton plan ? Tu as peut-être un projet, un autre… contrat à honorer ?

— Le Temple de Jérusalem.

J'ai ironisé :

— Rien que ça !

— Non, bien sûr que non, hélas ! Pas le vrai Jérusalem de Palestine en Terre sainte, un jour peut-être, j'espère bien, si Dieu veut m'accorder le souffle. Cette fois-ci, c'est une toute petite mission de rien du tout. La routine. Je vais du côté de Pontchâteau où a été construite une imitation du Temple. Deux journées de marche au grand maximum. Tu peux m'accompagner, si tu veux.

Je me suis tourné vers elle :

— Tu plaisantes, j'espère !

— Est-ce que j'ai l'air de plaisanter ? Pas du tout. C'est sur ta route, pile-poil sur le chemin de Saint-Jacques-de-Compostelle. Tu as déjà oublié où tu allais, pèlerin ?

Je ne savais plus où j'allais et c'était devenu le dernier de mes soucis. Une sorte de lassitude qui tenait de l'apathie me gagnait peu à peu, raison pour laquelle, sans doute, je n'ai opposé aucune résistance lorsqu'elle m'a empoigné la main. J'ai baissé les yeux vers les bagues qui ornaient ses doigts. L'une était un anneau de métal dans les tons argentés, avec un vague symbole celtique, les deux autres n'étaient que des bijoux fantaisie de couleurs criardes et sans aucune valeur. Au poignet, une douzaine de bracelets du même acabit, ou parfois plus élaborés, dans un mode artisanal. Tous ces colifichets, je les avais déjà remarqués, notamment à la plage, mais c'était la première fois que j'y prêtais un minimum d'attention. Elle enchevêtra ses doigts dans les miens, comme pour s'y calfeutrer, joua un instant avec mon pouce avant de caresser ma paume. J'avais l'impression de regarder ces mains s'entremêler comme deux membres indépendants du reste de notre corps, complètement autonomes, comme s'il s'agissait de deux petits animaux qui s'amusaient en toute innocence.

On attrapa nos sacs. C'est un ciel gris, presque noir, qui recouvrait maintenant le port de Vannes. C'était l'heure de la sortie du travail, des lycées, des écoles. Il y avait des voitures partout, des cyclistes qui zigzaguaient entre les files et des piétons qui s'agitaient dans tous les sens. Dans un maelström sonore se mêlaient les bruits des moteurs, le vrombissement d'une mobylette et la rumeur de la ville, quelques coups de klaxon et les cris de deux enfants qui chahutaient sur les quais. Des jeunes gens s'interpellaient, des haut-parleurs diffusaient une musique inaudible entrecoupée de messages publicitaires tout aussi confus, une femme a couru après son chien, un bus a démarré dans un grondement sourd, le chien s'appelait Nestor et Ludivine a dit tiens, c'est marrant comme nom, Nestor. Un autre coup de klaxon, plus agressif cette fois-ci, a retenti tout près de nous, à l'adresse d'un homme qui titubait hors du passage piéton et qui lança un doigt d'honneur en direction du chauffeur. Un coup de tonnerre, me semble-t-il, se fit entendre au nord de la ville alors qu'on percevait, venant de la rue piétonne, le blues plaintif d'un saxophoniste qui faisait la manche sous la voûte de la porte Saint-Michel. Une goutte de pluie s'écrasa sur mon front et le ciel s'obscurcit davantage.

11

Ludivine se disait protégée par des forces divines qui la rendaient quasiment invulnérable. En toute franchise, elle se croyait investie d'une mission, d'ailleurs, à l'écouter, nous l'étions tous, le problème étant que nous ignorions laquelle ou, pire, que nous nous mettions des œillères pour faire semblant de l'ignorer. Par paresse, par bêtise ou par égoïsme. Ce qui, sans vouloir me blesser, paraissait être mon cas, encore que j'avais eu le mérite de franchir le seuil de ma maison, ce qui était un début honorable, un premier pas vers la recherche intérieure. Cependant, j'avançais sous le poids de mon sac à dos comme une bête de somme qui n'avait d'autres ambitions que de recevoir sa pitance au bout du sillon. En réalité, je n'étais pas un vrai pèlerin, pas même un nomade. Je n'étais qu'un passant, un badaud, un arpenteur du bitume. Je ne marchais pas, je déambulais.

Ainsi parlait Ludivine Kirchner.

Un serveur sapé comme pour un entretien d'embauche se pointa devant nous avec une assiette dans chaque main, demanda à qui était destinée la végétarienne et par la même occasion interrompit le monologue qu'elle avait entamé en attendant qu'on soit servis. Je tendis la main vers Ludivine qui, sans doute trop occupée à peaufiner sa démonstration théologique, écarta sa serviette sans porter la moindre attention au garçon. Il déposa les deux pizzas fumantes dans un geste qui me parut un peu trop solennel eu égard à la modestie du restaurant et de la même façon nous souhaita un excellent appétit. Pour les boissons, je commandai une demi-bouteille de ce petit vin italien proposé sur la carte, par exemple, ça irait très bien, ainsi qu'une carafe d'eau. Plate ou gazeuse ? Ludivine a levé les yeux au ciel. Répondant à sa place, j'ai demandé à ce qu'elle soit plate, tout simplement. Le serveur avait à peine tourné le dos qu'elle s'est aussitôt ravisée :

— Non, attendez, je vous en prie : gazeuse !

Il a sursauté comme un cabri. C'est tout juste si elle n'avait pas hurlé.

— S'il vous plaît ! J'ai besoin de bulles.

— Très bien, madame. Gazeuse.

Je me sentais affamé, l'air de la mer, sans doute, ou le besoin urgent de remplir cet estomac qui n'avait cessé de me tracasser tout au long de la journée parce que c'est ainsi à chaque fois que le cerveau a du mal à réagir, à comprendre ce qui lui arrive, c'est le ventre qui encaisse, tout le monde sait ça. Tantôt, ce sont les papillons qui virevoltent joyeusement à travers les intestins, tantôt ce sont de grosses araignées toutes velues qui grimpent aux parois abdominales. Me concernant, je ne savais toujours pas à quels insectes j'avais affaire. J'ai saisi mon couteau et ma fourchette, bien décidé à avaler en une seule bouchée un bon huitième de ma *del mare*, lorsque je fus littéralement coupé en plein élan par l'incongruité de la situation qui soudain me laissa bouche bée. Ludivine était en pleine prière, paupières et lèvres closes, paumes jointes au-dessus de sa végétarienne. J'ai reposé mes couverts, refermé ma bouche et posé mes coudes sur la table en joignant les mains en forme de tour Eiffel, attendant patiemment que prenne fin cette petite comédie. Car il ne s'agissait pas d'un simple bénédicité vite fait bien fait avant que ne refroidisse le poulet-frites familial du dimanche midi. De toute évidence, elle s'était allègrement donné l'autorisation de marmonner entre les lèvres dix bons Notre Père et autant d'Ave Maria dans la foulée, preuve en était que le serveur avait eu largement le temps de nous apporter les boissons, de me servir un fond de verre afin que je goûte ce fameux valpolicella, d'attendre mon assentiment et, bien qu'il eût jeté un coup d'œil furtif et étonné vers la statue de marbre qui me faisait face, de faire comme si de rien n'était, ce qui était tout à son honneur et témoignait d'un professionnalisme irréprochable.

J'ai compté intérieurement, en me disant qu'arrivé à dix, prière ou pas, j'attaquerais ma pizza. Ma patience avait des limites, mon estomac aussi. J'en étais arrivé à huit quand elle a rouvert les yeux comme si elle sortait d'un sommeil de mille ans puis elle a sorti du fatras de ses fringues la grande croix de ferraille qui lui pendait au cou, l'a embrassée du bout des lèvres avant d'achever la cérémonie par une interminable série de signes de croix.

J'ai balayé d'un regard mauvais la salle du restaurant. Mes craintes s'étaient confirmées, je n'étais pas le seul à avoir assisté à la scène et certains clients, à deviner leurs ricanements faussement retenus ou leurs chuchotements pincés, n'en avaient pas perdu une miette. On se poussait discrètement du coude en levant le menton en direction de notre table. J'ai balayé la salle d'un regard de tueur pour leur signifier que l'incident était clos puis je suis revenu à ma *del mare*.

La prière, dit-elle, la purgeait, la soulageait et la mettait en appétit. La nourriture était un don du Ciel et méritait qu'on lui accordât un minimum d'attention, la moindre des choses, n'est-ce pas ? ajouta-t-elle après avoir remarqué ma mine déconfite. Las, je me contentai de lui souhaiter à mon tour un bon appétit. Elle se plaignait. Les artichauts avaient un goût de conserve, la pâte était trop cuite, les poivrons avaient été élevés dans un bain de pesticides, le décor était nul et le serveur avait vraiment une tête d'abruti même si elle était obligée de reconnaître qu'il était plutôt canon. Cependant, j'avais été très aimable de l'avoir invitée et elle m'en remerciait. Il est vrai que sous cet orage, un pique-nique n'aurait pas été très confortable. Elle n'allait au restaurant qu'exceptionnellement, ses revenus l'en empêchaient, j'imaginais bien, et puis elle s'y ennuyait à mourir et puis tout ce faux luxe, tout cet étalage, cette abondance, ce superflu alors que tant d'enfants souffraient de la faim à travers le monde et parfois même à notre porte, qu'est-ce que j'en pensais ?

Je n'en pensais rien. Je lisais les journaux comme tout le monde, je regardais des images navrantes à la télé, j'abandonnais de temps à autre quelques paquets de spaghettis ou de café quand le Secours populaire faisait sa collecte annuelle à la sortie des hypermarchés et j'oubliais. Comme tout le monde. Il n'y avait pas écrit bureau de charité sur mon front.

— Il ne s'agit pas seulement d'être charitable pour se racheter une conscience, il s'agit de garder les yeux ouverts, d'ôter ses œillères. Tu comprends, Baptiste ? C'est important.

Nous y revoilà, pensai-je. Elle y tenait à ses œillères. Je ne l'avais pas invitée au restaurant pour recevoir des leçons de morale, lui dis-je avec un rien d'irritation, j'essayais simplement de vivre ma vie de la manière la plus cohérente qui soit, disons la moins déraisonnable, en passant si possible entre les gouttes. J'avais une maison à finir de payer, je m'occupais de mes deux filles qui étaient loin d'être sorties d'affaire, je m'acquittais de mes impôts, je triais mes déchets, je mangeais des fruits et des légumes et j'éteignais la lumière dès que je quittais une pièce, qu'on ne vienne pas me chercher des poux dans la tête.

— Elles s'appellent comment ?

— Qui ça ?

— Tes filles ?

J'ai reposé mon couteau et ma fourchette en les croisant sur mon assiette où ne restaient que deux olives rabougries. J'en ai saisi une dans chaque main, entre le pouce et l'index. Celle-ci, c'est Morgane, et celle-là, c'est Solenn. Le regard de Ludivine s'est soudain illuminé. Elle voulait en apprendre davantage, leur âge, leurs études, leur mère, est-ce que nous étions mariés, depuis quand, et comment ça se passait dans notre couple, parce qu'entre nous soit dit, j'avais toujours l'air un peu bougon, un peu serré du calcif, que j'excuse sa franchise. Elle s'appelait comment, ma femme ? Elle faisait quoi dans la vie ? Prof aussi, prof de quoi ? De philosophie ! C'est extraordinaire quoique entre nous soit dit, je ne devais peut-être pas rigoler tous les jours, les philosophes, faut sc les coltiner. Ne fais pas attention, je plaisante. Et pourquoi j'allais à Saint-Jacques-de-Compostelle sans elles ? Besoin d'une pause, je parie, lassitude de la routine, bobonne à la cuisine, bobonne au salon, bobonne au lit, philosophe ou pas, ça doit lasser à la longue, non ? Dis-moi, Baptiste, une pause ou une évasion ? Une fugue, peut-être ?

Je répondais par des grimaces, des mimiques, je répondais à côté de la plaque, j'esquivais, j'inventais, je plaisantais, je mentais comme un arracheur de dents. J'étais tout simplement un type normal, un père de famille attentionné, à ce propos il ne fallait surtout pas que j'oublie d'envoyer un message avant la nuit, un professeur d'histoire qui profitait d'une retraite bien méritée pour se lancer dans une aventure individuelle de manière à donner un nouveau sens à son existence, parce que j'étais à peu près certain que la notion de sens, de la confrontation avec soi-même, ça devait lui parler, à la Ludivine. Mieux, ça devait la titiller, mais qu'elle n'aille pas se méprendre, je vivais une vie de couple satisfaisante, harmonieuse et équilibrée. Qu'elle n'aille surtout pas se faire des idées, cette invitation au restaurant, ce n'était rien qu'une forme d'amabilité entre gens de bonne compagnie.

J'ai reposé les deux olives sur l'assiette et j'ai versé dans mon verre le fond de ma bouteille. Le vin italien me donnait des envies de soleil et de Toscane alors que c'est vers l'Espagne que j'étais censé descendre. Ludivine a souri.

— C'est bien plus que cela, Baptiste. C'est un moment de grâce, c'est une offrande.

Admettons, dis-je en retirant doucement ma main sur laquelle elle venait de poser la sienne pleine de bagues à quatre sous d'une façon que je jugeais plutôt embarrassante. Elle inversait les rôles. Le serveur est arrivé pour débarrasser et nous proposer la carte des desserts mais aucun d'entre nous n'avait réellement envie d'une panna cotta ou d'un tiramisu. Café ? Non merci, l'addition, s'il vous plaît. Une tisane pour madame, peut-être ?

J'ai tendu ma carte de crédit pour le faire taire.

Quand on est sortis, une pluie fine tombait sur la ville, ce genre de pluie qui imprègne plus qu'elle ne mouille, ce qui ne semblait nullement déranger Ludivine. Bien au contraire, prétendait-elle, elle adorait ce petit crachin qui purifiait l'air de la ville, lessivait les particules fines et qui plus est rafraîchissait le teint. Tout ce qui venait du Ciel ne pouvait être que bénéfique, ajouta-t-elle en un clin d'œil. Quant à moi, j'avais enfilé le poncho de plastique au-dessus de mon sac et de ma pauvre carcasse. Je ressemblais à pas grand-chose, une masse informe qui avançait à grand-peine sur le pavé mouillé des quais, mais qu'importe, le problème était de savoir où j'allais bien pouvoir dormir cette nuit, question qui ne semblait guère la préoccuper puisqu'elle certifiait arriver toujours à se débrouiller. Cette pluie était un don de la Providence et elle se sentait merveilleusement apaisée à marcher ainsi à mes côtés le long des quais. Ma présence, soutenait-elle, émettait des ondes positives.

Je commençais à être inquiet. Dans le bousculement des événements de la journée, j'avais oublié de réserver un hôtel mais des hôtels, il y en a partout, s'esclaffait-elle, regarde autour de toi, pèlerin, des hôtels flottants qui sont vides la plus grande partie de l'année et qui sont gratuits, je t'assure ! Je ne voyais pas où elle voulait en venir ou plutôt si, je ne le soupçonnais que trop bien. L'endroit était désert, nous nous étions peu à peu écartés du centre-ville. Elle s'est arrêtée d'un coup pour examiner un par un les bateaux de plaisance stationnés au port, comme si elle choisissait déjà sa proie. Puis elle a sorti quelque chose de l'un de ses sacs, il m'a semblé au son métallique qu'il s'agissait d'un ou de plusieurs outils, et m'a demandé d'attendre ici, elle n'en avait que pour une petite minute. Je l'ai vue descendre sur les pontons et ses intentions me parurent de plus en plus évidentes. Sans doute aurais-je mieux fait à cet instant-là de prendre mes cliques et mes claques et de l'abandonner séance tenante à ses funestes desseins mais j'étais incapable de faire le moindre geste. A peine avais-je eu le temps d'envoyer un texto à mes filles pour leur donner ma position qu'elle était de retour.

— J'ai trouvé un trois-étoiles.

Au motif qu'elle avait horreur des coques en plastique dans le genre promène-couillons pour reprendre son expression, et ne se refusant visiblement rien, elle avait choisi de fracturer la porte de la cabine d'un yacht de belle facture, un vieux gréement qui mesurait une bonne quinzaine de mètres de long, sans doute récemment rénové et d'une élégance toute britannique pour autant que je sache mais, à vrai dire, je ne connaissais rien au monde de la voile et de la navigation. Les bois étaient joliment vernis, aussi lisses à toucher qu'un drap de satin, et quand Ludivine a allumé sa lampe frontale, l'intérieur m'a paru magnifiquement accueillant. C'était un nid douillet, une sorte d'alcôve, un luxe interdit. Intimidé, j'ai posé le bout d'une fesse sur l'une des banquettes revêtues de cuir rouge devant une table ovale décorée d'antiques cartes marines, elles-mêmes protégées sous verre. J'ai soupiré. Jamais je n'avais trempé dans aucune forme de délinquance, la plus insignifiante soit-elle, non par un attachement moral et pointilleux à la loi, mais plutôt par la peur du gendarme, là où, dit-on, était censée commencer la sagesse.

— On ne fait rien de mal, Baptiste. J'ai juste taquiné un peu la serrure, question d'habitude. Crois-moi, ça sera facilement réparable.

Je me suis contenté de hocher la tête. Plutôt guillerette et même assez fière d'elle, elle faisait maintenant le tour du propriétaire comme si elle voulait s'en porter acquéreuse, ouvrait le frigo pour le refermer aussitôt, farfouillait les tiroirs, reniflait un à un les flacons. En un mot, elle s'installait. Elle était chez elle mais j'avais déjà la conviction qu'elle se sentait chez elle partout où elle atterrissait. A mettre sans doute au compte du privilège accordé aux vagabonds. Puis elle s'est débarrassée de sa parka, de ses chaussures et de ses écharpes, a commencé à vider le contenu de ses sacs sur la table.

— Et puis il me semble que ces gens-là ont suffisamment les moyens, non ? Tu as vu comme tout est raffiné jusqu'au moindre détail. Regarde-moi un peu cette lampe de cuivre. Sans doute des gens de très bon goût. Riches mais cultivés. Il suffira de faire attention et de respecter un minimum de discrétion, n'est-ce pas. Monsieur désirerait peut-être boire quelque chose : un thé ? Un cognac ? Je crois me rappeler que monsieur apprécie particulièrement le cognac. Allons de ce pas jeter un œil.

J'ai haussé les sourcils. C'était comme si elle voyait à travers les cloisons. La première armoire qu'elle ouvrit proposait un large choix d'alcools. Elle a attrapé une bouteille et deux verres qu'elle a remplis à hauteur raisonnable.

— Je ne bois jamais, a-t-elle dit.

— Je vois ça.

— Excepté dans les grandes occasions. A ta santé, capitaine !

On a trinqué. J'ai commencé à me détendre au deuxième cognac. Un très léger roulis faisait frissonner le bateau tandis que la pluie jouait sa petite musique de nuit contre les hublots. Dans les combien une telle embarcation allait chercher ? Un million d'euros ? Deux ? Je n'y connaissais rien. Même si j'avais eu ma part de galère et que je m'étais demandé plusieurs fois comment j'arriverais à nourrir ma famille jusqu'à la fin du mois, la fortune ne m'avait jamais vraiment excité, le luxe non plus. Les grosses cylindrées, les villas avec piscine, du caviar et des bijoux, en veux-tu, en voilà, ce n'était pas aussi glorieux que d'aucuns cherchaient à s'en convaincre. Je ne courais pas après les petits-fours et le champagne me donnait des aigreurs d'estomac. Oui, j'étais assez d'accord avec elle, il y avait une part d'indécence dans tout ce clinquant.

— C'est carrément obscène, tu veux dire. Alors autant en profiter, ne serait-ce que pour une nuit. Tu vois, on a chacun sa couche, bâbord et tribord, on dormira comme des bébés, comme des princes et des princesses ou comme des passagers clandestins. On fera la plus belle croisière du monde…

Elle s'était déjà allongée, tout habillée sous un épais plaid de couleur pourpre qui se trouvait à sa portée. On aurait dit un gisant. J'ai déployé mon sac de couchage et j'ai fait de même. La table nous séparait et nous empêchait de nous approcher et même de nous voir. C'était mieux ainsi. Je serais aujourd'hui bien incapable de définir les sentiments et les émotions qui m'habitaient à cet instant-là. Je voulais juste dormir, me laisser emporter par les effets du cognac et du roulis. Au-dessus de ma tête se trouvait un hublot à travers lequel je voyais tomber les gouttes de pluie qui, en s'étreignant les unes les autres, dessinaient d'étranges motifs sur la vitre, un peu comme des particules observées à travers la lunette d'un microscope. On entendait les câbles s'entrechoquer contre les mâts d'acier dans un cliquètement musical qui finissait par créer un rythme rappelant quelque danse exotique, bossa nova ou salsa. Entre mes lèvres s'est esquissé machinalement un solo de trompette. Je pensais que Ludivine s'était assoupie en même temps que la chandelle qui s'était éteinte d'elle-même mais elle a commencé à me parler dans le noir, de sa voix un peu rocailleuse que je commençais à bien identifier, à me parler longtemps sans craindre que je la coupe dans ses propos. J'imagine qu'elle aussi regardait en même temps les entrelacs des gouttes et entendait la musique saccadée des câbles d'acier.

12

Faut que je te dise, Baptiste, je n'ai pas toujours été une vagabonde. Et je ne suis ni une sorcière ni une sainte. Ambitionner la sainteté, c'est vouloir se mettre à l'égal de Dieu et il n'y a pas pire vanité. Même Mère Teresa n'arrive pas à la cheville d'une élue. Thérèse de Lisieux, à la rigueur, mais elle était folle, tout simplement, complètement marteau, la pauvre fille. J'ai grandi dans un petit patelin de la banlieue parisienne dont on n'entend jamais parler sauf quand il y a des bagnoles qui crament. Famille normale, enfin presque. Papa est mort quand j'étais ado et ça n'a pas été une grosse perte. Taquinait beaucoup la bouteille, le père, la main un peu trop leste aussi, que ce soit pour gifler ma mère ou la glisser dans la culotte des voisines. Et grande gueule, avec ça. Moi, il a jamais osé. Il savait qu'il n'avait pas intérêt. Peut-être que je lui faisais peur. J'étais sa fille unique.

En France, l'atmosphère commençait à puer. Il fricotait avec des groupes de petits nazillons, prenait du galon, était devenu responsable d'une organisation ultranationaliste qui prétendait avoir pignon sur rue pour défendre les intérêts de la patrie et les valeurs de l'Occident chrétien, tu vois le genre. Ça a fini par mal tourner. Au tribunal, il a dit pour sa défense qu'il s'était trouvé au mauvais endroit au mauvais moment, n'empêche qu'un pauvre gamin de dix-neuf ans était mort sous les coups de matraque de son service d'ordre et qu'il n'avait pas été le dernier à frapper. La vidéo l'accablait. Il aimait ça, mon père, il aimait cogner. Je me souviens encore de ses yeux qui brillaient pendant qu'il s'échauffait les poings.

On l'a retrouvé pendu dans sa cellule deux mois après sa mise en détention. Maman a dû tirer le diable par la queue pour qu'on puisse s'en tirer. On a déménagé dans une autre banlieue, ni pire ni meilleure. Elle s'est trouvé un boulot de caissière au Super U du coin. C'était pas la gloire mais c'était pas la misère, non plus. De temps en temps, elle ramenait un jules à la maison, un couillon pas bien méchant. Je n'aimais pas ça et le leur faisais bien comprendre. Ils ne restaient jamais très longtemps. C'est à cette époque que j'ai commencé à partir en vrille. Des petits trucs au départ, des bêtises de gamines. Pétards fumés dans les caves en échange d'une pipe, vol à l'étalage. Du rouge à lèvres, des fringues, des CD que je revendais au lycée, des bouteilles de vodka aussi, pour ma consommation personnelle et celle des copains... Ne rigole pas, je sais à quoi tu penses. Tu me revois l'autre jour au supermarché en train de pousser mon Caddie rempli à ras bord ! Que veux-tu, on ne se refait pas. J'ai fini par me faire choper au magasin où bossait maman. Pas malin de ma part. Forcément, elle s'est fait virer. J'avais tellement honte que je n'osai pas rentrer à la maison. A dix-sept ans, j'ai fait ma première fugue. Deux nuits dehors en plein mois de février. Sans fermer l'œil. Deux jours et deux nuits à marcher dans les rues, à errer sans but et sans rien dans le ventre. Quand je suis rentrée, la queue entre les jambes, tu parles, il n'y avait personne à la maison. Une voisine m'a appris que les urgences l'avaient envoyée à l'hosto au milieu de la nuit. Les ruptures d'anévrisme, ça pardonne rarement. Je dois t'ennuyer avec mes histoires de petite Cosette, non ? Ça fait un peu confessionnal. C'est marrant, je peux te raconter tout ça dans le noir alors que j'en serais bien incapable en plein jour.

J'étais donc orpheline, orpheline comme dans la chanson de Bourvil, tu connais peut-être, celle qui vendait des cartes postales et aussi des crayons, maman adorait cette chanson, car sa destinée fatale, c'était de vendre des crayons, excuse-moi, je chante comme une vache espagnole, et je me suis retrouvée le bec dans l'eau, au ras des pâquerettes. Passer le bac ? Même pas en rêve. Pourtant, je n'étais pas une mauvaise élève, crois-moi. Indisciplinée, bavarde, insolente, tout ce que tu voudras, mais pas idiote. Disons que j'avais du caractère. Toi qui es prof, ou qui l'étais, tu dois connaître ce profil de petite emmerdeuse, arrogante et provocatrice. A dix-huit ans, j'ai attrapé par le colback le premier mec venu ou presque, un garçon un peu niais qui passait l'essentiel de son temps à dézinguer des petits bonshommes sur son ordinateur parce que visiblement, les petits bonshommes explosés qui faisaient des grosses taches rouges sur l'écran, ça l'excitait davantage que mes fesses. Mais il avait du fric, cet abruti. Pourquoi je te raconte tout ça ? Je ne sais pas. Si, je le sais, mais je ne te le dirai pas, ou je te le dirai plus tard, un jour.

Tu peux dormir, tu sais. J'espère que tu ronfles pas parce que j'ai horreur des ronfleurs, j'en ai déjà assez soupé. Non, t'as pas sommeil ! Je ne t'ennuie pas ? Comme tu voudras, pèlerin. Mes histoires à la noix finiront bien par t'assommer.

OK, tu l'auras voulu. C'est reparti pour faire pleurer dans les chaumières, ou plutôt dans les yachts. Celui-ci me convient parfaitement, remarque ! Plutôt étrange de se retrouver là, tous les deux, comme des pachas en croisière, alors qu'on ne se connaît que depuis deux jours, qu'on s'est rencontrés par hasard mais le hasard est l'ombre de Dieu, c'est écrit dans le Coran. Le type dont je te parle, je l'ai largué au bout de six mois. Ces petits bonshommes ne me faisaient pas rire et il commençait à me foutre la trouille. Je me suis retrouvée à la rue sans un radis, sinon les quelques billets que j'avais pu lui soutirer avant de foutre le camp. Pour un homme, c'est déjà pas facile alors je te laisse imaginer ce qu'est la rue pour une jeune femme. Je me suis mise en quête d'un squat à Paris, dans le XIIIe. J'ai croisé des méchants et des vicieux, j'ai croisé des gentils aussi. Le monde des SDF est une miniaturisation de nos sociétés, comme les prisons, comme les bordels ou tout ce que tu voudras, c'est toujours la même chanson, le même bazar. Les dominants et les dominés, les cadors et les soumis. Solidarité, connaît pas. Fraternité, mon cul. Amour de son prochain, laisse-moi doucement rigoler.

J'ai survécu deux années ainsi, d'un squat à l'autre, et la rue entre les deux, les bancs des squares, la manche aux bouches du métro, la pique dans les magasins, les poubelles des supermarchés et des choses que je préfère autant garder pour moi. Même si tu as vécu bien au chaud à l'abri de ton statut de petit fonctionnaire, je ne vais pas te faire un dessin. Remarque, je ne te reproche rien. Moi aussi, j'aurais peut-être bien aimé un foyer chaleureux, la paie à la fin de chaque mois, les courses tous les samedis au marché bio, un ronfleur sur l'oreiller voisin même si l'assurance d'un frigo plein se paie souvent cash, par une bonne dose d'ennui et de frustrations. Mais attention, Baptiste, même si j'ai été parfois un peu limite, j'ai jamais dépassé les bornes, jamais.

A vingt-deux ans, j'ai cru que j'allais pouvoir m'en sortir. Grégoire était un gars qui paraissait honnête. Il habitait le quartier où j'avais l'habitude de faire la manche à la sortie du métro des Abbesses et on discutait souvent, de tout et de rien. Il m'offrait de temps en temps un chocolat chaud au bistrot d'en face, me parlait de son engagement à la paroisse, c'est lui qui jouait de l'orgue à la messe, et mine de rien, me faisait du gringue. Je le voyais venir avec ses gros sabots et je me suis dit pourquoi pas, après tout, pourquoi pas. Lui ou un autre… On s'est mis en ménage, disons que je me suis installée chez lui. Il était amoureux. Moi, je ne sais pas trop où j'en étais, j'avais du mal à faire confiance aux hommes. Mais je pouvais me doucher tous les jours, je mangeais à ma faim, je dormais dans des draps propres, en échange de quoi, fallait se coltiner la messe tous les dimanches parce qu'il n'était pas du genre à transiger avec ça, sans compter les réunions paroissiales à couper les cheveux en quatre pendant deux heures pour décider quels cantiques choisir au prochain service de la Toussaint. Je me suis dégoté un petit boulot de caissière à mi-temps, comme maman, au supermarché du coin, là même où je faisais les poubelles, et j'en ai profité pour reprendre mes études par correspondance. J'ai enfin décroché mon bac, me suis inscrite à un BTS de tourisme, bref tout allait pour le mieux dans le meilleur des mondes, mais mon Grégoire, il voulait coûte que coûte un enfant, un bébé, c'était son obsession, la concrétisation de notre amour, rabâchait-il, et pour ça, il lui fallait un mariage, un vrai mariage devant monsieur le curé, monsieur le maire, la Sainte Famille et tout le tintouin. Et devant Dieu, bien sûr. Le concubinage, quel mot atroce entre nous, ça n'avait qu'un temps et puis ça lui turlupinait les méninges. Il se sentait dans le péché. Bon, je me suis dit va pour le mariage s'il y tient tant que ça, et dans la foulée, j'ai arrêté la pilule. On a essayé, essayé, ça ne marchait pas. Les toubibs en ont conclu que j'étais stérile. Mon mec a commencé à me regarder de travers, méchamment, comme si c'était ma faute. A commencé par me traiter d'incapable, de bonne à rien, d'inféconde, de ventre vide et stérile, incapable de donner la vie, c'était sa façon à lui de parler, puis il est passé dans le registre au-dessus. J'étais une pécheresse. Mieux que ça, j'étais une pute, une traînée, une catin. J'ai jamais fait la pute, je t'assure. J'aurais pu mais j'ai jamais fait. Ou alors pour profiter d'un lit tellement j'en avais marre de me les geler sous un abribus mais ça ne compte pas, c'est pas pareil. Après la première gifle, il s'est agenouillé pour me demander pardon, pardon, pardon, je te jure, il était pitoyable, il bêlait comme un mouton, il ne ressemblait à rien. J'ai essayé de pardonner, ce n'était pas la première beigne que je recevais, on n'allait pas en faire une montagne, et puis le pardon, c'est un peu dans ma nature. Le Grégoire est parti courir à toute berzingue se faire confesser devant le premier prêtre venu. Après quoi, il est revenu avec un bouquet de roses et une énorme boîte de chocolats noirs parce qu'il savait que j'adorais ça. Le soir même, il m'a sautée dans le noir mais ça, c'était pas nouveau, on faisait toujours ça dans le noir, il détournait les yeux quand je prenais ma douche. Deux semaines plus tard, il a remis sa tournée. En plus violent, en plus méchant. Hors de question d'aller se plaindre chez les flics, j'avais déjà eu assez de soucis avec eux par le passé et mon nom devait traîner quelque part dans un recoin de leur ordinateur. Le temps qu'il retourne à la confesse en meuglant comme un veau qui aurait perdu sa mère, j'ai fait mon sac et j'ai pris mes cliques et mes claques sans laisser le moindre mot sur la table. Tu dors toujours pas, pèlerin ! Je te raconterai le chapitre suivant demain ou un autre jour à moins que ça te fatigue, ce que je comprendrais parfaitement. Je reconnais que c'est pas très bandant, mes histoires, faudra pas en parler à ta femme. En ce moment, elle s'imagine que tu dors comme un bienheureux dans un petit hôtel deux étoiles du centre-ville ou dans un gîte d'étape à la campagne, en tout cas pas dans un yacht de luxe aux côtés d'une pauvre folle dont tu te demandes si c'est du lard ou du cochon, ce qu'elle raconte. Pas vrai ? Comment c'est qu'elle s'appelle, déjà, ta femme ?

13

Nous avons quitté notre paquebot de poche au lever du jour, peu avant sept heures du matin, à l'heure où les quais sont déserts et les réverbères encore allumés. Le plus ennuyeux avait été de nettoyer toutes traces de notre passage et notamment les cuivres rutilants sur lesquels s'étaient posés nos doigts. Pour reprendre la formule d'usage, nous avions laissé l'endroit aussi propre qu'on l'avait trouvé en entrant et Dieu fut témoin que nous n'avions rien chapardé, exception faite d'un fond de cognac. Seule la serrure serait à remplacer mais les propriétaires avaient de toute évidence les moyens de le faire, on n'allait pas se ronger les sangs pour si peu, affirmait Ludivine avant de me pousser vers le ponton d'un haussement d'épaules.

Une longue étape nous attendait. J'avais accepté au nom de je ne sais quelle inconséquence de faire route avec elle pour les deux journées qui allaient suivre, et ainsi l'accompagner vers l'une de ses énigmatiques destinations, encore un lieu de bondieuseries dont je n'avais jamais entendu parler. La solitude m'avait quelque peu pesé depuis mon départ de Brest, et marcher une soixantaine de kilomètres à ses côtés n'était pas pour me déplaire. L'expérience valait d'être tentée. Certes, ma compagne de voyage était un peu fantasque, le moins qu'on puisse dire, et la confession qu'elle m'avait faite dans la nuit si tant est qu'elle était sincère m'avait bien évidemment remué, le mot est faible, mais c'était une bonne marcheuse qui avançait d'un pas vif, léger et régulier, respectait mes phases de silence et, aspect non négligeable, possédait un remarquable sens de l'orientation. Elle ne s'arrêtait pas tous les dix mètres pour s'extasier devant le premier papillon virevoltant dans les bruyères ou pour photographier une misérable orchidée sauvage en voie de disparition comme le faisait jadis une femme de ma connaissance. Suivez mon regard, j'avais vécu vingt ans avec Christiane, professeur de biologie de son état, accessoirement mère de mes enfants, et je savais de quoi je parlais. Nos promenades prenaient parfois des allures de conférence *in situ*.

Ludivine ne se plaignait ni du vent, ni de la faim, ni d'une quelconque douleur à la cheville ou aux genoux. Elle était d'une grande souplesse ainsi que d'une étonnante résistance et il lui arrivait de me distancer, notamment dans les montées où je traînais un peu la patte. Mon âge commençait à me jouer des sales tours. Elle m'attendait assise au bord d'un talus ou sur la souche d'un arbre mort, me tendait sa gourde en souriant, me taquinait sans malice sur mes cheveux grisonnants, sur ma bedaine proéminente, sur la sueur qui dégoulinait de mon front et mon souffle rauque qui lui faisait penser, prétendait-elle, à celui d'un chameau dans le désert. Je n'avais pas osé lui rétorquer que j'avais à peine dormi de la nuit et pour cause. Nous étions entrés par effraction dans un yacht et je n'avais aucune envie de passer la journée du lendemain dans un commissariat à entendre des questions dont je ne connaissais pas vraiment les réponses. Le moindre bruit suspect ajoutait à mon anxiété, comme ces pas retentissant lourdement en pleine nuit sur les pontons avant de s'éloigner. Le souffle de Ludivine résonnait à la façon d'une machinerie automatique. Elle dormait à poings serrés, maintenant délivrée de l'étrange confession qu'elle m'avait faite. Elle dormait comme une princesse s'endort pour mille ans, emmitouflée tout habillée sous sa couverture à moins d'un mètre cinquante de mes mains et de ma bouche.

La pluie avait cessé avant l'aube et c'est une généreuse journée de septembre qui maintenant nous accueillait. On emprunta d'abord un GR qui nous fit longer une réserve naturelle et des zones marécageuses peuplées de hérons, d'aigrettes mais aussi d'ibis, ces oiseaux au long cou et au bec courbé à la façon d'un saxophone. Ils avaient été ramenés d'Afrique et s'étaient échappés d'un zoo voisin. En moins d'une décennie, ils avaient eu la fâcheuse idée de se multiplier à l'envi, jusqu'à coloniser tout le secteur. Les autres oiseaux des marais n'en menaient pas large. On traversa quelques petits bourgs sans importance pour s'offrir un café et faire quelques emplettes. Les commerçants regardaient avec ce qui me semblait être de la suspicion, ou tout simplement de l'étonnement, l'étrange couple que nous formions. Moi, déguisé dans ma panoplie du parfait randonneur, et elle, affublée de frusques tout droit sorties des vestiaires d'un carnaval ou peu s'en fallait. Elle ne s'en souciait pas le moins du monde. Peut-être avait-elle l'habitude d'être ainsi observée comme une bête curieuse ou peut-être n'y prêtait-elle même pas attention. C'était sa façon à elle de se démarquer, j'imagine, de refuser son adhésion à toute caste, quelle qu'elle soit. Les premiers jours, je me sentais embarrassé de marcher ainsi à ses côtés et puis peu à peu, je m'en suis voulu de me comporter aussi gauchement. Après tout, qu'est-ce que j'en avais à faire ? Personne dans les parages ne nous connaissait. On visitait les églises et les chapelles quand elles étaient ouvertes. A chaque halte, elle marmonnait une prière à voix basse, agenouillée devant l'autel. Je patientais dehors, le temps de fumer une cigarette. Et dès qu'elle voyait une croix ou un calvaire sur le chemin, ce qui ne manquait guère dans le pays, elle se fendait d'un pathétique signe de croix.

Nous sommes arrivés en fin de soirée dans une ville dont je tairai le nom par principe de sécurité car même si on peut considérer qu'il y a prescription depuis les faits que j'énonce aujourd'hui, il est préférable de ne pas tout révéler. Bien sûr, ce n'était pas le crime du siècle de briser un carreau pour pénétrer, par effraction une fois de plus, dans un bâtiment public, mais je ne tiens pas à avoir d'emmerdements, un point c'est tout. Nous avions pour cette étape marché presque quarante kilomètres et nous étions fourbus, surtout moi qui ressentais à nouveau des douleurs au genou gauche et aux épaules. Mais paradoxalement, je me sentais serein. De toute évidence, les endorphines avaient fait leur travail. Mon cerveau ne fonctionnait plus qu'à un centième de ses capacités, ce qui était largement suffisant. C'était une ville moyenne située sur les bords de la Vilaine, une petite cité de caractère ainsi que l'indiquait le panneau à l'entrée, comme un imparable argument touristique. Des vestiges de remparts dominaient le fleuve et le quartier historique abritait quelques étroites ruelles occupées par des galeries ou des échoppes d'artisans qui proposaient poteries, vanneries et verroteries en tout genre. Sur les rives du fleuve était parquée une multitude de voiliers immobiles qui rêvaient de prendre la mer un jour.

J'avais proposé de louer deux chambres dans un hôtel, celui-ci, par exemple, me paraissait accueillant même s'il était un peu cher, ce à quoi Ludivine avait répondu qu'il était stupide de dépenser autant d'argent alors qu'avec un peu de jugeote, on pouvait se dégoter un gîte bien douillet aux frais de la princesse, si je voyais de quoi elle voulait parler, d'autant plus qu'elle avait horreur de tout le tralala hôtelier, les madame par-ci, les monsieur par-là, les chambres cafardeuses et les petits déjeuners à 9 euros. Payer pour avoir le droit de dormir dans un lit lui paraissait immoral et indécent. Elle m'a demandé de la suivre. J'ai haussé les épaules.

C'était une salle omnisports située un peu en retrait de la ville, sur les hauteurs, au bout d'une interminable montée. Arrivé là-haut, je n'aurais pas pu faire un pas de plus. Ludivine a posé son index verticalement contre ses lèvres de manière à me faire taire en m'ordonnant de rester sur le parking avec les sacs. Une fois de plus, j'ai attendu. Une bonne vingtaine de minutes, peut-être davantage, en tout cas suffisamment pour que je recommence à me poser tout un panel d'interrogations et que je me grille deux cigarettes tout en reconnaissant combien c'était ridicule de m'être ainsi remis à fumer. J'ai jeté mon mégot et j'ai broyé entre mes poings serrés au fond de ma poche ce qu'il restait de mon paquet. Puis j'ai envoyé mon texto rituel à mes filles. *Suis arrivé à*... (le nom de la ville)*, tout va bien. Vous embrasse fort.* La réponse ne tarda pas, accompagnée d'une série de cœurs rouges. *Courage, papa ! On t'aime ! M & S.* Le mien, de cœur, se ratatina douloureusement sous ma poitrine. Je tiens à rappeler qu'il avait été décidé entre moi et mes filles d'être le plus concis possible et d'éviter, sauf en cas d'urgence bien entendu, les conversations à voix haute, contrainte qui était respectée depuis mon départ. Mais ce soir-là, je n'étais pas loin de céder à la tentation de leur parler et d'entendre leur voix, de leur avouer que leur père était un fieffé imbécile qui se faisait mener par le bout du nez par une... par une fille à moitié folle se prétendant en mission pour le Seigneur. J'ai éteint mon portable au moment où Ludivine est apparue dans l'embrasure d'une porte de service en esquissant de grands moulinets avec le bras pour m'inviter à la rejoindre.

Elle avait déniché les vestiaires et repéré dans un coin du gymnase des tapis de sol qui nous serviraient de matelas. Cerise sur le gâteau, dit-elle, il y avait des douches et on en avait sacrément bien besoin, n'est-ce pas. Regarde-moi un peu ça ! On dira ce qu'on voudra mais pour pas un rond, reconnais quand même que c'est d'un autre standing que ton hôtel du Lion d'Or !

J'ai posé nos sacs à même le carrelage et je me suis assis sur un banc à la lumière écrue du boîtier d'issue de secours. J'ai regardé autour de moi comme si j'avais atterri sur une autre planète et que suite à de funestes erreurs de calcul, ce n'était pas exactement celle sur laquelle mon engin spatial aurait dû se poser.

Des armoires métalliques. Des portemanteaux. Une peinture orange, criarde et défraîchie. Des sanitaires en piteux état. Pas de fenêtres. Voilà où j'étais tombé. Je me sentais lessivé et vaincu. Quarante kilomètres dans les mollets, un paquet de chips, quelques tomates et une boîte de sardines à l'huile comme unique perspective de festin et une chambre d'hôtes qui empestait la sueur et le détergent industriel. Mieux valait en rire qu'en pleurer, non ? Ludivine préparait déjà notre couchage, en superposant ces tapis de gymnastique qu'elle avait traînés depuis la salle de sport et dont elle testait maintenant la résistance en esquissant, assise en tailleur, quelques figures apparentées au yoga.

— Fais pas cette tête, on va être bien, tu verras ! On sera comme des coqs en pâte. C'est la loi de la route, pèlerin, c'est l'aventure, la vraie ! C'est ce que tu voulais, non ? Le confort, c'est en soi qu'on le trouve, pas dans les hôtels. Le confort, c'est la paix de l'âme. Tout le reste n'est qu'artifice et mensonges.

Il n'y avait rien à répondre à ce genre de propos à quatre sous, à ces sentences surfaites de sagesse piochées dans les bouquins du dalaï-lama ou de je ne sais quel gourou de fond de cour, d'autant plus qu'elle était en train de se déshabiller sous mes yeux sans m'accorder la moindre attention sinon pour concéder que la paix de l'âme, OK, mais ça serait encore mieux si les douches étaient chaudes. Elle envoya valser ses godillots au diable, se débarrassa prestement de ses frusques comme si elles étaient infestées de parasites, enleva en un éclair des couches et des couches de fringues, un sous-pull, un tee-shirt, un soutien-gorge, ses chaussettes bariolées, sa jupe, jeta le tout en vrac sur le tapis de sol, retira un par un ses bracelets et ses bagues ainsi que l'épaisse croix de fer qui pendouillait sur son buste, avant de les ranger avec soin dans une trousse en plastique, fit glisser sa culotte avec autant de grâce que si elle dépiautait un lapin tandis que je restais là, cloué sur mon banc, bouche cousue, incapable de faire le moindre geste, de prononcer un seul mot même si elle me conseillait d'en faire autant parce que sans vouloir me blesser, dit-elle en se pinçant les narines, je ne sentais pas la rose non plus.

D'un bond, elle s'est enfuie vers le bloc sanitaire qui se trouvait juste de l'autre côté de la cloison. J'ai entendu l'eau frapper le carrelage et de toute évidence, elle était chaude, presque trop chaude, gloussa-t-elle. Un nuage de vapeur commençait à inonder la pièce. Je ne sais quelle force m'a aidé à me lever et à faire les quelques pas qui me séparaient des douches. C'était un bloc commun. Ludivine était nue comme un ver, je pouvais seulement la deviner à travers le voile opaque de la buée et à la lueur famélique du boîtier d'issue de secours. Elle se faisait un shampooing, les yeux fermés, le cou relevé. Ses bras et ses mains semblaient accomplir une danse rituelle autour de ses cheveux blanchis d'écume mousseuse, une danse lente et troublante qui entraînait ses seins et ses hanches dans un mouvement légèrement saccadé. Désemparé, je regardais ses seins à travers la brume, je regardais tes seins, Ludivine, je regardais tes deux petits seins blancs aux tétons pourpres qui durcissaient sous la morsure de l'eau, je regardais ton ventre se gonfler et se creuser au rythme de ta respiration, je voyais ta toison noire vers laquelle maintenant tu dirigeais à présent ta main avant de te retourner dès que tu t'es rendu compte que je t'observais et je n'ose imaginer l'air hébété, aussi grotesque qu'une gargouille de cathédrale, qui devait déformer mes traits au moment où justement tu t'es tournée dans un réflexe de pudeur, sans doute, ou de gêne en devinant mon trouble mais, crois-moi, il n'y avait aucune subversion dans mes intentions, j'étais juste interdit, subjugué, désemparé, je l'ai dit, même si ce n'était pas la première fois que je voyais une femme nue sous sa douche, tu le devines aisément, inutile d'en faire étalage, et ce corps n'était pas plus exceptionnel qu'un autre, mais il m'est si difficile aujourd'hui de faire la part des choses après toutes ces années et de juger des sentiments que j'ai éprouvés devant ce dos cambré où se dessinait un Y majuscule au creux des reins que je ne peux affirmer avec certitude si c'est à ce moment précis que je suis tombé entre les griffes de Ludivine Kirchner. J'admettrais volontiers qu'il ne s'agissait que d'une pulsion sensuelle, sexuelle, osons le mot, quasiment bestiale, pourtant il me semble que c'était bien au-delà de toutes ces contingences d'ordre charnel. Difficile d'éviter la caricature mais inutile cependant de se voiler la face, il s'était passé quelque chose, ce soir-là, quelque chose qui me dépassait, et c'est à partir de là, me semble-t-il, que ma trajectoire a pris une autre direction. Elle s'est retournée à nouveau, la tête levée, les yeux toujours fermés, accueillant le jet de la douche comme une pluie purificatrice. Autour d'elle, un halo de vapeur l'enrobait telle une aura et c'est encore cette vision m'apparaissant dans la fugacité de ma mémoire embrouillée qui est responsable, je crois, de ces douleurs qui, encore aujourd'hui, me broient sans sommation les intestins et me terrassent le cœur. Je l'ai entendue rire.

— Alors, pèlerin, tu viens ou quoi ? Je ne vais pas t'attendre toute la nuit.

C'était sans aucun doute une invitation à la rejoindre. Profitant du peu de lumière ambiante, sinon celle du boîtier, je me suis désapé à mon tour. A mon âge, on ne faisait plus trop le malin. La confiance en soi s'étiolait de manière pernicieuse et on se débrouillait du mieux qu'on pouvait pour rentrer le ventre et faire taire les pulsations de son cœur. Je l'ai rejointe sous la douche, me suis collé à sa peau et j'ai posé mes mains sur ses seins luisant d'eau chaude, j'ai posé mes mains tremblantes sur ses deux seins blancs parce que rien au monde n'est plus consolateur que ce geste-là, presque tous les hommes savent ça, tous les hommes aux yeux secs qui pleurent la nuit et se réveillent au matin le corps en sueur connaissent ce vertige qui apaise comme un baume l'épiderme de leurs mains et cicatrise leurs blessures d'enfants, tous les hommes ou presque savent ça, et j'en faisais partie. J'aurais préféré qu'elle garde les yeux clos mais elle les a baissés vers mes mains qui ne tremblaient plus pour observer le chemin de mes pouces sur la courbe inférieure de ses seins, pour mieux sentir mes autres doigts qui ne faisaient qu'effleurer la rondeur, qui englobaient le galbe sans vraiment le toucher puisque l'eau enveloppait son corps d'un écran épais d'à peine un dixième de millimètre, comme une armure invisible, une infranchissable pellicule de chasteté. J'ai baisé ses yeux, j'ai baisé l'arête de ses lèvres, lentement, du plus lentement qu'il m'était possible, j'ai glissé ma langue dans le creux de son cou et le long de son épaule, j'ai léché son tatouage. Elle a bombé le ventre contre le mien, dans le même temps, j'ai abandonné ses seins pour saisir ses fesses et soulever sa cuisse droite, on a reculé d'une cinquantaine de centimètres pour prendre appui contre le carrelage de la paroi pendant que l'eau continuait à couler, à couler, à couler, puis elle a exercé une légère flexion du bassin avant de m'empoigner le sexe pour le guider à travers elle.

14

L'effet de surprise doit être à peu près semblable lorsque des policiers du GIGN armés jusqu'aux dents débarquent chez vous à six heures du matin avec un mandat de perquisition signé par le procureur de la République mais, passé ce moment de panique et d'effroi, j'ai compris qu'il ne s'agissait que d'une bande de collégiens surgissant dans les vestiaires dans un fracas sans nom. Ils se sont arrêtés net, comme pétrifiés devant cette apparition. L'un d'eux a balbutié : hé, les mecs, elle est à poil ! et les autres ont ricané confusément. Je me suis empressé de recouvrir Ludivine d'un plaid tout en lui secouant les épaules pour la réveiller. Elle a demandé l'heure en bâillant – huit heures, j'ai dit –, a ouvert les yeux, s'est redressée sans prendre conscience de sa nudité et les ricanements ont repris de plus belle jusqu'à l'instant où elle leur a lancé un bonjour ensommeillé avec un sourire qui aussi sec les a tous métamorphosés en statues de sel. Ils devaient avoir quatorze, quinze ans. C'est pas rien, à cet âge-là, d'assister à un tel spectacle. On aurait dit un troupeau de petits veaux voyant passer un train pour la première fois de leur existence.

— Faut qu'on se casse, j'ai dit. Et fissa !

— Minute, papillon. Laisse-moi le temps d'émerger.

Puis elle s'est adressée aux élèves sur un ton qui ne laissait aucune place à la négociation pour leur demander si ça ne les dérangeait pas trop de lui laisser quelques minutes, s'il vous plaît, le temps qu'elle s'habille, autrement dit fermez cette putain de porte et fichez-moi immédiatement le camp avant que je vous botte le cul, merci.

Et c'est ce qu'ils ont fait sans protester. Ils sont sortis à reculons, certains visiblement à regret. On s'est levés, je me suis habillé en deux secondes. Ludivine est partie vers les sanitaires, toujours à poil. Au même moment, un coup de sifflet a retenti dans les couloirs et un type en survêtement est alors entré sans se donner la peine de frapper en criant qu'est-ce que c'est que ce bazar, mais vous vous croyez où ? et celui-là, croyez-moi, avait plus l'apparence d'un membre du GIGN que d'un innocent professeur d'EPS. C'est peu de dire que l'homme paraissait plutôt furieux.

— Ecoutez, écoutez, j'ai dit, calmez-vous, c'est un malentendu, comment dire ? On s'excuse, on s'est trompés de porte, n'ayez crainte, on va tout ranger, je vous assure…

— Je n'en ai rien à foutre de vos excuses, je veux rien savoir, vous vous expliquerez à la gendarmerie. C'est pas un bordel, ici, c'est une salle de sport, je vous signale, un espace scolaire !

Il était déjà en train de tripoter son portable lorsque Ludivine lui a demandé à qui elle avait l'honneur et, à voir sa tête, ce n'était pas un train qu'il voyait rouler au bout du pré, c'était une locomotive qui allait lui rentrer en pleine poire s'il ne détournait pas le regard dans la seconde qui allait suivre. Il a rangé son portable dans la poche, a rajusté le col de son survêtement tout en s'efforçant de reprendre un semblant de dignité, puis, sans doute pour affirmer qu'il n'avait pas totalement perdu les pédales, il a pris la voix la plus caverneuse qui soit pour nous dire en joignant le geste à la parole par deux doigts pointés en V qu'il nous accordait deux minutes, pas une de plus, compris ? Après quoi, il a claqué la porte derrière lui.

— Prends pas cet air de chien battu, m'a lancé Ludivine pendant qu'elle se rhabillait, c'est un abruti, on s'en bat l'œil.

Le gymnase retentissait de cris, de coups de sifflets et d'échos qui rebondissaient en écho contre la voûte. Quelques gamins, garçons et filles, s'entraînaient au basket sous l'œil toujours furibard de leur prof. Sans attendre sa bénédiction, Ludivine est entrée sur le terrain comme si elle s'intégrait à l'une des équipes, a aussitôt réceptionné un ballon, astucieusement dribblé un escogriffe maladroit qui tentait de lui barrer le passage, avant de faire une passe adroite à une jeune fille toute maigrelette qui visa le panier en plein dans le mille. Quelques applaudissements se firent entendre mais un coup de sifflet, celui-ci plus strident que les autres, déchira l'espace. Le visage du prof d'EPS était maintenant plus rouge qu'un feu rouge. Amusés et espiègles, les gamins ont repris le jeu. Ludivine a attrapé la balle, aussi vive qu'un mouflon des montagnes, l'a fait rebondir deux ou trois fois en se faufilant entre les joueurs. Quelques passes se sont enchaînées très rapidement pour revenir à Ludivine qui, dans un élan d'une incroyable audace, se risqua à un lancer d'une quinzaine de mètres. Le ballon a tourné deux secondes au bord du panier comme s'il hésitait à donner le point ou non, avant de se décider à glisser dans le filet. Un autre coup de sifflet a déchiré le plafond, celui-ci aussitôt écrasé par une salve d'applaudissements. Tous les élèves sont restés figés sur le terrain, frappant leurs mains dans une cadence allant crescendo pour terminer par ce qu'il fallait bien appeler une ovation.

Ludivine fit quelques bises au passage avant de récupérer ses sacs et de retrouver la sortie. Passant devant le prof, elle le remercia pour son accueil chaleureux qu'elle n'oublierait pas de sitôt et le gratifia également d'une bise exagérément retentissante sur la joue droite. Du rouge, son visage passa à l'écarlate, puis au violet. Sa journée avait vraiment mal commencé. Dans un sens, je le comprenais un peu. Je n'aurais pas voulu être à sa place. Des gamins aussi arrogants que turbulents, un boulot qui perdait de son sens au fil des années et des réformes, une paie au ras des pâquerettes et une emmerdeuse qui avait eu le culot de se payer ouvertement sa tête devant ses propres élèves. Il soupira :

— Disparaissez ! Je ne veux plus vous voir.

On a repris notre marche après s'être offert un substantiel petit déjeuner dans un salon de thé du centre de la ville. Ludivine trempait avec gourmandise sa tartine dans sa tasse de thé. Elle avait réclamé du beurre sans sel et avait fini par en obtenir malgré le manque évident de bonne volonté de la patronne qui la toisait mais un seul regard avait suffi pour la faire plier. C'était ainsi que les choses se passaient quand on avait affaire à Ludivine Kirchner et ce pauvre professeur d'EPS n'était pas près non plus de l'oublier. La gendarmerie pouvait dormir sur ses deux oreilles. Il ne s'était rien passé la nuit dernière dans le gymnase du collège, sinon un coup de vent qui avait brisé une vitre. Pendant qu'elle pianotait sur son portable, ourdissant je ne sais quel autre complot, je consultais la carte. Il nous restait encore une bonne vingtaine de kilomètres pour arriver à destination, beaucoup moins que la veille, après quoi, comme convenu, nos chemins divergeraient. J'allais descendre plein sud vers la Loire et peu importait ses intentions. C'était mieux ainsi. Notre petite comédie avait assez duré. Chacun sa route, chacun sa destinée, répétait-elle en boucle. Mon aventure avec Ludivine se résumerait à une anecdote, voilà tout. Pas impossible que je raconte à des amis par un soir de beuverie de quelle façon j'avais fait l'amour avec une femme un peu foldingue dans un gymnase, épisode qu'ils mettraient aussitôt sur le compte d'un excès de vantardise. Possible aussi que je confie plus tard à mes filles que j'avais fait une rencontre fort curieuse et comment dire… quasiment mystique, en évitant, bien sûr, de mentionner la scène de la douche que je n'étais pourtant pas près d'oublier, moi non plus.

On n'en avait pas reparlé, d'ailleurs on avait très peu parlé ce jour-là, chacun restait dans ses songes à l'image de ce paysage, plutôt morne et assez plat. Pour éviter la voie express, nous avions dû emprunter des petites routes qui traversaient une campagne agricole sans grand intérêt, la plupart du temps bordées d'une muraille de maïs haute de deux mètres. C'était bien monotone et très peu esthétique. On souriait davantage lorsqu'on longeait un champ de tournesols ou une prairie envahie par un troupeau de génisses mais le maïs reprenait aussitôt le dessus. Et lorsque Ludivine ouvrait la bouche, c'était pour pester contre le remembrement, l'agriculture productiviste et les méfaits du glyphosate.

Elle tenait absolument à marcher sur le côté droit de la route, ce qui n'était guère prudent. On m'avait toujours appris – et ça depuis mon plus jeune âge, j'entends encore mon père insister sur ce point – qu'un piéton devait se tenir sur le côté gauche, de manière à anticiper un éventuel danger venant de face, j'entends par là les voitures, les tracteurs, les camions, raison de plus quand il n'y avait pas de trottoir ou même de bas-côtés suffisamment larges. Mais Ludivine ne voulait rien entendre. Elle marcherait où bon lui semblerait et la Providence jugerait du reste. La Providence ? Elle qui avait eu une enfance affligeante, une vie plus que chaotique, elle qui avait failli chuter vingt fois de l'autre côté du parapet, comptait toujours aussi aveuglément sur la Providence, avec un P majuscule, s'il te plaît, ainsi qu'elle m'en avait fait la remarque la fois où j'avais écrit ce mot-là sur une carte postale adressée à mes filles qu'elle avait lue sans vergogne par-dessus mon épaule sans même remarquer le second degré avec lequel j'utilisais le mot providence mais qu'importe, elle y tenait dur comme fer à sa majuscule, alors va pour le grand P, ce qui ne m'empêchait nullement de penser qu'il était hautement recommandé de marcher sur le côté gauche. De fait, on avançait de concert de chaque côté de la route, en conséquence de quoi on se parlait peu et quand on le faisait, il nous fallait presque crier. Les véhicules qui nous croisaient s'en étonnaient. On distinguait en un éclair les yeux dubitatifs du chauffeur braqués sur son rétroviseur. Certains klaxonnaient sans qu'on sache si c'était pour nous avertir de leur présence ou pour nous faire part de leur hargne, comme si nous marchions impunément sur leurs plates-bandes.

Volontairement ou non, il m'arrivait de me mettre en retrait et de lui laisser quelques longueurs d'avance de manière à l'observer. Je commençais à m'habituer à sa démarche, très souple, je l'ai déjà dit, féline n'exagérons rien, car en même temps régulière, presque métronomique. La journée était encore très chaude et elle s'était débarrassée de ses vêtements les plus lourds. Ne restait sur elle qu'un débardeur rose, une jupe en jean et ses chaussettes à rayures multicolores qui lui remontaient jusqu'aux genoux. J'ignore comment elle pouvait supporter le poids de tous ces sacs accrochés sur son dos, à ses épaules ou ses hanches à la va-comme-je-te-pousse. Elle était comme une mule harnachée par un incapable ou un sadique et ne s'en plaignait pourtant jamais. Et je la regardais. Je regardais ses épaules, son cou, ses bras qui battaient la mesure de ses pas, je regardais ses cheveux qui volaient aux soubresauts de ce vent tiède, je regardais son dos sur lequel j'avais la nuit précédente posé ma tête étourdie, questionnante, épuisée. Je ne suis bien sûr pas le premier à m'en rendre compte, d'autres que moi en ont fait plusieurs fois l'amère expérience, mais il arrive qu'on soit incapable d'établir un lien tangible entre la femme nue avec laquelle on a passé une partie de la nuit à faire l'amour, ce qui était présentement mon cas, et la personne tout habillée qu'on recroise le lendemain dans la vie de tous les jours, si toutefois on peut qualifier de « vie de tous les jours » l'expérience que nous étions tous les deux en train de vivre. Je suppose qu'il doit en être pareil pour les femmes, en l'occurrence pour Ludivine. Mais je crois également qu'une relation considérée comme amoureuse ne peut s'installer durablement qu'à partir du moment où chacun des protagonistes arrive à transcender ce lien tangible et à équilibrer ainsi ce décalage entre le vécu charnel et le vécu social, entre la nudité et la parure, sans qu'il y ait ni gêne ni malentendu. Le Ciel soit loué, nous n'en étions pas encore là.

Je préférais garder pour moi ces pensées qui m'accompagnaient le long du chemin, s'échafaudaient lentement, se contredisaient le plus souvent. Chacun sait que la marche à pied procure à l'esprit une certaine liberté de mouvement, comme si les rênes se relâchaient, jusqu'à se permettre quelques envolées lyriques. Ludivine louait les bienfaits de la méditation tandis que je me contentais de ces élucubrations qui me venaient par à-coups. Son esprit lévitait au-dessus de la lande et le mien pataugeait dans les marais. On suivait maintenant une départementale très droite. Les voitures prenaient de la vitesse, certaines nous frôlaient à moins d'un mètre. Les camions nous envoyaient des bourrasques qui nous faisaient vaciller et leur klaxon retentissait sur des centaines de mètres. C'était très pénible et ça devenait dangereux. A partir du moment où notre sécurité devenait dépendante de la conduite du premier chauffard venu, il n'était plus question pour nous de divaguer sur nos pensées, si futiles soient-elles. Je la suppliais de venir à mes côtés, à gauche de la route, question de prudence, je lui disais s'il te plaît, sois un peu raisonnable, mais elle ne m'écoutait déjà plus. Au contraire, elle avait accéléré le pas et j'avais un mal de chien à la suivre. Mon corps qui avait pris désormais la place de mon esprit pour diriger les opérations, mon corps me disait stop, mon corps me disait assez, terminé, ça suffit. Ma gourde était vide, la sueur me dégoulinait le long du dos et jusque dans la raie des fesses, les lanières de mon sac à dos m'incendiaient les épaules, j'ai hurlé son prénom, j'ai hurlé de rage, mais elle était à présent trop éloignée pour m'entendre. Je ne distinguais que le flou d'une silhouette qui peu à peu s'effaçait derrière le voile opaque d'une brume de chaleur. Je courais après un fantôme.

Ludivine m'attendait au pied d'une butte coiffée d'un calvaire monumental. La mine toujours aussi réjouie, elle se rinçait le visage, les aisselles et les bras à l'aide d'un gant de toilette imbibé d'eau. J'ai jeté mon sac comme un soldat déposant ses armes aux pieds de son vainqueur et je me suis effondré sur un arpent de pelouse. Elle m'a tendu sa gourde. Nous étions arrivés à destination, m'informa-t-elle, il y avait ici de quoi dormir, de quoi se sustenter et de quoi prier à notre guise. On ne pouvait trouver meilleur gîte et ça nous changerait des yachts et des gymnases.

J'ai levé les yeux vers le calvaire et c'en était un. En fait, il s'agissait plutôt d'une sorte d'ahurissante pièce montée. Autour des trois grandes croix du Golgotha se pressait une foule de personnages sortis tout droit d'un évangile pour débutants. Toutes les statues étaient d'un blanc éclatant, un blanc immaculé, aurait à coup sûr préféré Ludivine, et je n'aurais su dire si c'était kitsch ou rococo, baroque ou tout simplement immonde. Toujours est-il que ça me paraissait épouvantablement prétentieux mais je n'avais encore rien vu. Au pied de la butte, une pancarte demandait au passant de faire silence et de réfléchir. *Le calvaire Saint Louis-Marie de Grignion, commencé en 1709, fut terminé en 1710 et détruit par ordre du roi l'année même,* ajoutait la pancarte. *La restauration définitive, commencée en 1821 par l'abbé Gouray, fut menée à terme par le père Barré et ses travailleurs bénévoles. Ce lieu est saint.*

Vivait ici une communauté de missionnaires, religieux ou laïcs, qui accueillaient les pèlerins de passage. Ça tombait bien, j'étais pèlerin et tant qu'à faire, autant jouer le jeu jusqu'au bout.

Ludivine devait se rendre à la chapelle au plus vite. Après quoi, on pourrait se reposer, surtout moi qui semblais en avoir grand besoin. A voir ma tête de déterré, je ressemblais à Lazare sortant de son tombeau. Lazare, celui que le Christ avait ressuscité, au cas où je l'ignorais. Je lui ai rendu sa gourde. Il lui fallait d'urgence trouver un prêtre. Naïf, j'ai demandé les raisons de cet empressement soudain.

— Pour me confesser, bien sûr, qu'est-ce que tu crois ?

Je l'ai agrippée par le bras.

— Te confesser de quoi ? Mais enfin, Ludivine, ça n'a pas de sens. On n'a rien fait de mal. Nous étions des adultes consentants, que je sache ! Et c'est la vie, c'est tout simplement la vraie vie. C'est juste normal, c'était presque dans l'ordre des choses.

— Je sais, Baptiste, je sais qu'on n'a rien fait de mal. Je n'ai prononcé aucun vœu, ni de pauvreté, ni d'obéissance, ni de chasteté – ça, tu as dû le remarquer ! –, donc je n'ai failli en aucune manière mais j'ai juste besoin de me confesser devant un prêtre afin d'apaiser mon âme. C'est pas si sorcier à comprendre, non ?

— Si, justement ! C'est même incompréhensible. Parfois, tu es un peu…

— Un peu quoi ? Vas-y, crache le morceau !

— Comment dire ? Un peu imprévisible, un peu difficile à suivre. En tout cas, je n'y arrive pas. Je ne comprends pas.

— Peut-être mais ça ne t'a pas empêché de me sauter !

Elle m'a lancé un regard appuyé que je n'arrivais pas à interpréter. Je ne savais si c'était de la colère ou de l'amertume, ou bien encore autre chose qui s'apparenterait à une simple taquinerie. J'ai lâché son bras. Son regard s'est radouci.

— Tu peux m'attendre ici, Baptiste, je ne pense pas en avoir pour très longtemps.

Sans exagération, j'avais poireauté trois bons quarts d'heure. Nos gourdes étaient vides, je rêvais d'une bière fraîche et d'une cigarette mais je n'avais ni l'une ni l'autre. De guerre lasse, je m'étais contenté de croquer une pilule que m'avait prescrite le psy. Puis je suis resté allongé sur l'herbe à étudier la forme des nuages, façon comme une autre d'éviter de trop cogiter. Je l'imaginais assez mal dans l'obscurité d'un confessionnal expliquer à un prêtre africain ou polonais de quelle façon elle avait péché dans les douches d'un gymnase scolaire, puis sous un sac de couchage étalé sur de poussiéreux tapis de sol. Le seul fait d'y penser me remuait l'estomac. J'essayais vainement de retrouver le grain de sa peau, le saillant de ses hanches, l'ourlet de sa bouche. Qu'est-ce qu'elle s'imaginait ? Qu'il suffisait de déblatérer des obscénités derrière une grille pour s'absoudre de ses fautes, si toutefois fautes et obscénités il y avait, aussi facilement qu'on blanchit de l'argent sale dans une banque des Caraïbes ? Toutes ces simagrées étaient ridicules, obsolètes et immatures. Autant revenir à mes nuages, à la bière que je n'avais pas à portée de main, à la cigarette que je ne fumerais pas, aux nuits de solitude qui m'attendaient.

Quand Ludivine est sortie de l'église, elle était accompagnée non par un prêtre, mais par une dame plutôt âgée, vêtue de blanc du col jusqu'aux sandales, qui lui tenait le bras. Elle semblait ravie de me présenter son amie Marie-Edith, membre permanent de la communauté spirituelle, qui elle-même serait ravie de nous accompagner sur le Chemin de croix si toutefois ça ne me dérangeait pas. Bien sûr que non, ai-je balbutié alors que je n'avais plus guère le courage de faire un pas de plus et encore moins avec ces deux harpies. J'avais l'impression qu'une bave verdâtre et visqueuse me coulait des lèvres dès que j'ouvrais la bouche tant j'y mettais peu de sincérité. Ludivine m'avait bien évidemment présenté comme un pèlerin se rendant à Compostelle, ce qui me nimbait d'une inébranlable légitimité. Nous avons traversé la départementale pour entrer dans un petit bois. Tous les cinquante mètres à peu près avaient été édifiés parmi les arbres des groupes de statues censées représenter des scènes de l'Evangile.

Le sermon sur la montagne, le couronnement de la Vierge, la prière au Jardin des Oliviers, m'apprit-on de source sûre. Ça ressemblait à un parc d'attractions. Puis, plus loin, des pancartes clouées sur les chênes nous expliquaient les différentes étapes de la vie de ce saint homme, fou de Dieu pour les uns, fou furieux pour les autres. Louis-Marie de Grignion s'était vu confier par le Seigneur une mission de purification morale à grande échelle. Chemin faisant, il secourait les pauvres, guérissait les lépreux, s'habillait d'oripeaux, pratiquait volontiers l'autoflagellation et chassait à coups de crucifix une jeunesse *dévoyée* se livrant sur la place du village à des danses impies. Ce brave homme fut si zélé qu'il commença à inquiéter les autorités religieuses et politiques de l'époque, ce qui explique que son calvaire un rien pharaonique fut détruit sur ordre du roi avant même qu'il ne soit achevé. De nos jours, on aurait peut-être traité ce Louis-Marie de fondamentaliste religieux et il aurait été classé dans le fameux fichier S comme individu potentiellement dangereux, mais il fut canonisé deux siècles plus tard – en 1947, nous précisait la pancarte – par le pape Pie XII, ce qui laissait présager une glorieuse postérité pour les illuminés de son espèce, et ils étaient hélas légion sur la planète. Je clopinais derrière elles qui papotaient comme deux vieux larrons en foire et n'avais nulle envie de les entendre. Toutes ces bondieuseries commençaient à sérieusement me fatiguer. On fit une pause devant la Scala Santa, un escalier monumental dont on ne saisissait pas vraiment l'utilité, on en fit une autre au Temple de Jérusalem, reconstitution architecturale plus ou moins heureuse de l'original, on pénétra dans la grotte de la Nativité pour allumer un cierge et adresser une prière à la Sainte Vierge. J'étais censé m'y mettre à mon tour. Marie-Edith me tendit d'autorité un cierge et m'invita à ôter ma casquette. On allait prier Marie ensemble, tous les trois, pour mes filles et pour mon épouse, pour les déshérités de la Terre et pour la paix dans le monde pendant qu'on y était, et c'était reparti comme en 14, je-vous-salue-Marie-pleine-de-grâce, le Seigneur est avec vous… Des années après, je m'en souvenais par cœur de cette satanée prière. Sans vouloir retourner le couteau dans la plaie, je n'oubliais pas que j'avais été baptisé et que j'avais reçu une éducation religieuse comme presque tous ceux de ma génération jusqu'à ce que les parents nous fichent la paix avec ces liturgies de pacotille comme avec les radotages de la dame-caté. Eux-mêmes commençaient à avoir des doutes, on organisait un gueuleton avec toute la famille et on offrait une montre Lip au jeune communiant trop heureux de n'avoir plus à se farcir chaque dimanche les sermons lénifiants de monsieur le curé.

Mais force était de constater que la prière avait été tatouée dans notre mémoire, ainsi que le Notre-Père-qui-êtes-aux-Cieux et j'étais là, dans cette simili-grotte de carton-pâte, me demandant à nouveau qu'est-ce que je fais là, nom d'un chien, à égrener une prière comme on mâchonne un vieux chewing-gum, coincé face au chandelier entre deux grenouilles de bénitier. La bave verdâtre dégoulinait de plus belle sur mon menton. Je me sentais pris au piège. Si mes filles m'avaient vu, elles m'auraient volontiers arraché les yeux de leurs propres ongles quand bien même je pensais à elles à cet instant précis, quand bien même mon portable au fond de ma poche me brûlait les doigts de ne pouvoir les appeler et entendre leur voix.

— Vous vous sentez mieux, n'est-ce pas ? m'a demandé Marie-Edith après un dernier signe de croix.

J'ai opiné du menton. Pas osé lui dire que ce qui m'avait vraiment fait du bien, sauf votre respect, ma chère Marie-Edith, c'était la nuit que j'avais passée la veille avec la petite brune d'à côté, oui, avec votre amie Ludivine, Lulu comme vous dites, la sainte-nitouche qui présentement tenait son cierge allumé tout en gardant les yeux fermés, parce que je suis au regret de vous confesser que je n'avais pas fait l'amour depuis plus d'un an, oui, madame, quatorze mois exactement, autant dire depuis des siècles, bien assez pour se dessécher l'âme et les couilles, et que depuis la nuit dernière, je n'avais cessé de trembler de tous les os de ce qu'il restait de mon squelette.

En rire ou en pleurer. Une fois de plus, j'hésitais.

Tout avait été prévu. La messe du soir, le souper, la prière commune avant le coucher. Mais ne te sens pas obligé, m'avait réconforté Ludivine, je comprendrais. N'aie crainte, je comprendrais.

Marie-Edith nous avait habilement attirés dans le magasin de dévotion, chez les marchands du temple, en quelque sorte. Il fallait bien financer tout ce merdier d'une façon ou d'une autre, ce qui ne m'avait pas empêché de surprendre Marie-Edith en train de glisser discrètement une enveloppe marron entre les mains de Ludivine qui la fit aussitôt disparaître dans son baise-en-ville. Il y avait sur les rayons tout un bric-à-brac de chapelets, de médailles, de talismans ou d'amulettes, à croire que les gens avaient besoin de cette armada de colifichets pour croire au bon Dieu, que la seule lecture des écritures saintes et l'écoute des sermons ne leur suffisaient pas. Il leur fallait du concret, du palpable, des statuettes de plâtre ou de plastique, un crucifix à se mettre entre les seins, des encensoirs, de l'eau bénite en jerrican. Il leur fallait des totems devant lesquels s'agenouiller et des poupées vaudoues pour y planter des aiguilles. On ne s'en sortait jamais. J'ai attrapé Ludivine par les épaules, derrière le présentoir de cartes postales. J'ai planté mes yeux dans les siens. Je ne rigolais plus :

— Je veux dormir avec toi, Ludivine.

— Pas possible, Baptiste, les cellules sont individuelles.

— Les cellules ?

— Oui, enfin… les chambres ! Tu m'as comprise.

— Non, je ne te comprends toujours pas. Je ne comprends rien à rien. Tu ne m'as même pas raconté la suite de ton histoire.

— Un jour, peut-être ! Si Dieu le veut…

— Laisse Dieu en dehors de tout ça, s'il te plaît. Il n'a rien à voir dans notre histoire et tu le sais parfaitement.

— Tu te trompes, Baptiste. Dieu est amour.

— Avec un grand A, j'imagine, ai-je ironisé.

— Oui, monsieur, avec un A majuscule pour vous servir. Et Dieu est également Lumière, si tu veux tout savoir.

Réponse à tout, mam'zelle Lulu. Dépité, j'ai attrapé deux cartes postales. L'une représentant la pièce montée sur la colline, et l'autre la même chose mais à l'heure du coucher de soleil. C'était difficile de faire plus cucul la praline. Mes filles allaient se tordre de rire mais j'étais déjà certain que Solenn s'empresserait de les accrocher avec un aimant sur la porte du frigo. Je suis passé à la caisse. Derrière, il y avait un type qui semblait aussi animé que les statues environnantes. J'avais envie de lui tapoter les joues pour m'assurer qu'il n'était pas en plâtre, lui faire toc toc sur le crâne pour voir si ça sonnait creux ou non. Il m'a rendu la monnaie en s'inclinant à la manière de ces petits anges automates qui baissent la tête dès qu'on glisse une pièce dans la fente creusée sur leur front.

— On se retrouve après la messe, m'a lancé Ludivine.

— Cette nuit, je te ferai la sérénade sous ton balcon jusqu'à ce que tu lances un drap noué pour que je puisse y grimper et te rejoindre dans ta couche.

15

J'ai appris le lendemain que Marie-Edith servait d'intermédiaire entre Ludivine et ses clients, si j'ose m'exprimer ainsi. J'ignore si elle prenait un pourcentage sur la commission, ce qui n'aurait rien eu de scandaleux. Après tout, il ne s'agissait que d'une pratique commerciale assez banale, même s'il allait de soi que ce genre d'activité n'entrait nullement dans une comptabilité ordinaire. Les versements en liquide étaient bien sûr la règle et l'administration fiscale semblait tout ignorer de ce qu'il fallait bien nommer un trafic.

Le contrat était simple : en échange d'une somme d'argent qui restait à définir entre, d'une part, le donneur d'ordre et, d'autre part, le commissionnaire, ce dernier s'engageait à se rendre à pied d'un point A, en général le lieu de résidence du donneur d'ordre, à un point B connu pour être un centre de pèlerinage religieux plus ou moins réputé, une préférence étant donnée aux sites où la Vierge serait apparue, et ce n'est pas ça qui manquait, mais également sur des lieux où se seraient accomplis des miracles – Sainte-Anne-d'Auray, par exemple – ou auraient vécu des personnages reconnus pour leur piété, voire leur sainteté, ainsi cette communauté où nous avions passé la nuit, chacun de notre côté. Arrivée sur place après un nombre x de kilomètres, la commissionnaire – Ludivine en l'occurrence – était chargée d'accomplir différents rituels regroupés sous le nom d'actions de grâce afin de répondre aux exigences du donneur d'ordre : génuflexion, prières, assiduité aux messes et aux vêpres, allumage de cierges, offrandes financières, messages rédigés dans le livre de doléances et de prières prévu à cet effet, éventuellement confession auprès d'un prêtre patenté et dans les cas de remerciements suite à une guérison ou à l'accomplissement d'un vœu, scellement d'un ex-voto sous la forme d'une plaque de marbre. En règle générale, le commissionnaire recevait 50 % de la somme au départ, de quoi couvrir une partie de ses frais, et l'autre moitié une fois la mission accomplie, sur présentation d'une attestation signée par une autorité ecclésiastique.

La nuit précédente, pour des raisons que l'on devinera sans peine, j'avais à peine fermé l'œil. On m'avait relégué dans une cellule monacale meublée d'un petit lit aux armatures en ferraille, d'une table minuscule et d'un lavabo à peine assez large pour se brosser les dents. Le crucifix au-dessus du lit constituait l'unique élément de décoration. Ludivine dormait à un étage supérieur réservé aux femmes mais c'était aussi bien, je crois qu'on en avait déjà trop fait et qu'il était inutile de se fourvoyer davantage. Pour tromper mon ennui et espérer trouver le sommeil, j'avais pianoté sur mon portable les quelques mots clefs qui m'auraient éclairé sur le sujet. Le sujet des pèlerinages par procuration, j'entends. Bien que peu connue du grand public, il s'agissait d'une pratique très ancienne. A la fin du Moyen Age, des familles aristocratiques avaient coutume d'embaucher des pèlerins professionnels joliment nommés « quéreurs de pardons » pour se rendre à leur place dans les plus grands sanctuaires de l'Occident chrétien : le Mont-Saint-Michel, par exemple, Rocamadour ou Saint-Martin de Tours en France, Walsingham en Angleterre mais encore le Saint-Sépulcre en Terre sainte et bien sûr, Saint-Jacques-de-Compostelle qui tenait en la matière le haut du pavé. Des rois et des princes n'hésitaient pas à faire appel à ces mercenaires un peu spéciaux. Ainsi, Isabeau de Bavière ou Charles V pour ne citer qu'eux embauchèrent des quéreurs de pardons pour se racheter une conduite. Les archives précisent qu'une grille de tarifs était même établie : 20 livres pour Jérusalem, 10 pour Rome, 7 pour Compostelle et seulement 40 shillings pour Walsingham[1].

Les raisons de ces pèlerinages par procuration étaient diverses. Soit le mandant était handicapé, trop vieux ou trop malade pour s'engager lui-même dans une telle randonnée, soit ses occupations militaires ou politiques lui interdisaient une si longue absence. Mais le plus souvent, il s'agissait de gens fortunés qui avaient tout simplement la flemme ou la trouille d'accomplir leur vœu par eux-mêmes et de salir leurs beaux brodequins sur des chemins peu fréquentables, raison pour laquelle ils envoyaient contre espèces sonnantes et trébuchantes un pauvre bougre faire la besogne à leur place, de

1. *Les Marcheurs de Dieu : pèlerinages et pèlerins au Moyen Age*, Pierre André Sigal, Armand Colin, 1974.

préférence pieds nus et dans le plus grand dénuement, histoire de corser la chose par un supplément d'abnégation.

A partir de la Renaissance, l'engouement pour les pèlerinages s'estompa peu à peu. Luther et ses amis protestants rejetaient ces pratiques considérées comme superstitieuses, vénales et donc impies, et les guerres de Religion qui ensanglantaient l'Europe rendaient les routes trop dangereuses. Même Saint-Jacques-de-Compostelle était quasiment tombé dans l'oubli. Il faut attendre la fin du XIXe siècle pour que la vogue reprenne vers de nouveaux sanctuaires. Comme par un fait exprès au moment même où la République s'imposait en France, où la science remettait tous les dogmes antiques en question, où la pratique religieuse commençait à décliner, la Vierge se mit à apparaître soudain un peu partout. Dotée d'un étonnant don d'ubiquité, on la vit à Lourdes, à La Salette dans les Alpes, à Pontmain dans la Mayenne où justement Ludivine devait bientôt se rendre pour honorer un nouveau contrat. La mère du Christ apparut au Portugal comme en Allemagne, en Italie comme en Bretagne. Les autorités ecclésiastiques émettaient parfois des doutes, donnaient ou non leur aval à tel ou tel miracle, tel ou tel témoignage, mais les masses pieuses se ruèrent sans se poser trop de questions vers ces nouvelles églises édifiées à toute berzingue et les pèlerins professionnels – les quéreurs de pardons, autant adopter dès maintenant l'expression – se pressèrent de nouveau au bureau des embauches. Sur les chemins, Ludivine m'avait en effet parlé non sans émotion d'une certaine Marc'harid Fulup – Marguerite Philippe en français –, une mendiante bretonne du pays trégorrois, connue entre autres pour ses talents de conteuse et de chanteuse, et qui se rendait régulièrement à pied jusqu'à Sainte-Anne-d'Auray pour le compte de quelques familles aisées en échange d'une modeste rétribution. Outre Grâce, cette femme dont elle avait repris le flambeau, Ludivine avait également évoqué une Française qui, en 1968, connut une fin tragique sur la RN 6, près de Lyon. Au cours d'une mission, Madeleine Fouchet fut écrasée par une voiture alors qu'elle marchait sur le bas-côté de la route. Le côté droit ? avais-je lancé. Ça ne la fit pas rire.

Il semblait toutefois que la motivation principale de ces arpenteurs de sentiers n'était pas seulement pécuniaire et il faut croire que la foi leur donnait des ailes. Ces quéreurs étaient les chemineaux de Dieu, ainsi se définissaient-ils parfois. Tout cela me dépassait et m'intriguait cependant. Ludivine avait récolté 2 000 euros pour se rendre de Paris à Sainte-Anne-d'Auray, ce n'était pas rien, d'autant plus qu'il ne s'agissait que de la moitié due, l'autre moitié ayant été réglée à l'acceptation tacite du contrat. Je connaissais les tueurs professionnels, je découvrais maintenant les pèlerins à gages. J'ai haussé les épaules. Après tout, j'avais moi aussi échangé mes services contre de l'argent. Mon instrument avait maintes fois résonné dans des églises pour accompagner un orgue dans un mariage de bonne famille ou bien encore au bal des pompiers ou des anciens d'Algérie, et même dans les maisons de retraite pour faire trémousser les anciens au son de *La Java bleue*. Pour obtenir son statut d'intermittent du spectacle, il fallait attester pas moins de quarante-trois représentations par an (ou encore cinq cent quatre heures de travail déclaré) et il ne s'agissait pas de faire la fine gueule. Faire gigoter ses doigts sur les touches d'une trompette ou mettre un pied devant l'autre vers je ne sais quelle grotte de la Nativité, en échange de quoi payer son loyer et nourrir ses gosses, quelle différence au fond ? Sauf que Ludivine n'avait ni enfants, ni loyer à payer. Mais elle ne faisait visiblement de mal à personne et de toute façon, ce n'était pas mes affaires. Je n'allais pas ramener ma grande gueule pour faire la leçon à qui que ce soit. Aujourd'hui, elle se préparait à prendre la route de Pontmain, un patelin de la Mayenne dont je n'avais jamais entendu parler, en mission pour une jeune fille de douze ans atteinte d'une leucémie. Sachant que la famille était relativement modeste, c'était un point sur lequel Marie-Edith avait insisté, Ludivine leur avait fait un prix. Et puis Pontmain, dit-elle, ce n'est peut-être pas la porte à côté, mais ce n'est pas le bout du monde non plus. Trois ou quatre jours à tout casser, d'autant plus que la météo paraît plutôt souriante. Regarde-moi ce beau soleil de septembre.

Elle était en train de nouer ses cheveux en chignon à l'aide d'un élastique. A ses pieds, l'amoncellement de ses sacs faisait penser à une portée de chiots. A ses jambes, ses éternelles chaussettes arc-en-ciel. Ses épaules et ses bras étaient nus et avaient pris de la couleur. Son tatouage était un tag balafrant sa peau comme si elle avait délibérément voulu se l'entailler. Sa peau, bonté divine, je ressentais des picotements au bout des doigts rien que d'y penser. Je n'étais pas obligé de l'accompagner, ajouta-t-elle, j'étais libre, libre comme l'air, libre comme l'oiseau sur la branche, la liberté était l'un des biens les plus précieux de l'homme, avec l'amour de Dieu bien entendu, que je l'accepte ou non, et patati et patata, c'était parfois insupportable de devoir écouter son rabâchage. Elle remontait les bras vers ses cheveux, défaisait le tout, changeait soudain d'avis et choisissait maintenant de se faire une tresse. Ses seins se redressaient par à-coups, j'en devinais la pointe à travers la rugosité du coton de son débardeur. Déjà, une mince pellicule de sueur brillait au creux de ses aisselles. J'avais envie de la lécher à cet endroit précis, j'étais prêt à lui mordre le cou, je le jure, à lui mordre le cul, j'aurais voulu y laisser une trace, n'importe laquelle pourvu qu'elle fût ma trace.

— Faut que j'y aille, j'ai dit. Prends soin de toi, Ludivine !

Je l'ai embrassée sur les joues en prenant bien soin d'éviter ses lèvres. J'ai enfilé mon barda et j'ai tourné le dos vers la départementale qui descendait vers le sud, vers Saint-Jacques-de-Compostelle, vers là où j'étais censé me diriger pour paraît-il donner un sens à ma vie, donner un putain de sens à ma putain de vie, du moins ce qu'il en restait.

— Que Dieu te garde, pèlerin ! ai-je entendu derrière mon dos, mais il était maintenant inutile de me retourner.

16

A vrai dire, je ne sais pas trop ce qui s'est passé sur les deux ou trois jours qui ont suivi nos adieux. Je marchais mécaniquement sans faire attention au paysage, je suivais des pancartes, j'obéissais à des flèches imaginaires, j'avalais des litres et des litres d'eau et il m'avait fallu arriver à mi-chemin du pont de Saint-Nazaire avant de me rendre compte que je marchais sur un pont, un pont interminable qui enjambait l'estuaire de la Loire. Cette nuit-là, j'avais dormi sur la plage, entouré d'une brochette de goélands hargneux, après m'être enivré d'une petite bouteille de rhum dégotée à la supérette d'une station balnéaire moribonde. La gueule de bois du lendemain occupa l'essentiel de mes pensées sur environ une trentaine de kilomètres. Je parlais à voix haute, me traitant de tous les noms d'oiseaux, je hurlais des obscénités que seules les vaches entendaient sans toutefois s'en formaliser outre mesure. J'étais mortifié. Le soir, alors que je me morfondais dans la chambre d'un hôtel qui puait l'eau de Javel, Solenn avait pris le risque de me téléphoner alors que j'avais formellement exigé que les coups de fil, ce soit en cas d'urgence et seulement en cas d'urgence, mais c'est urgent, papa, c'est urgent de chez urgent, c'est même grave de chez grave ! Elle était en pleurs, Aurélien l'avait larguée, Aurélien ou Sébastien, je ne sais plus, un imbécile quoi qu'il en soit. Rends-toi compte, papa, un SMS de quatorze mots et terminé. Jetée comme une patate pourrie, comme je sais pas… comme un tampon usagé. Reste polie, ma chérie. Quatorze mots, pas un de plus, c'est dégueulasse, qu'est-ce que j'en pense ? Oui, mon trésor, c'est dégueulasse, mais c'est la vie et ça prouve bien que c'est un abruti de première et d'ailleurs, si j'étais là, je lui ferais bien son compte à cette petite ordure ! Mais c'est la vie, ma pauvre chérie, allons, allons, pleure pas, mon lapin ! Je te l'ai toujours dit, tu mérites mieux que ce sale type. Et la fac, ça va ? Ton exposé sur l'architecture romane, ça s'est bien passé ? Comment ça, c'est pas le moment ? Comment ça, je comprends rien ? Ta sœur est là, passe-la-moi, passe-moi tout de suite ta sœur. Et pendant que j'entendais en arrière-plan les râles de Solenn, Morgane s'est crue dans l'obligation de pimenter la sauce. Je ne comprenais rien, j'étais un égoïste fini. Depuis que maman n'était plus là, je ne comprenais plus rien à rien, je me foutais de tout, je me foutais de mes propres filles et même de la musique. C'est bien simple, je n'avais plus rien dans les couilles. Elle avait bien fait de se barrer, maman, oui, elle avait sacrément eu raison.

Je me suis raidi. Il y eut un silence un peu trop appuyé de ma part. J'ai profité de ce laps de temps pour me masser le menton. Fallait que je pense à me raser un de ces quatre. Je ne devais pas être joli-joli à voir.

— Et à part ça, tout va bien ? j'ai demandé.

Je l'ai entendue déglutir.

— Pardon, papa. Je voulais pas dire ça.

— J'aurais autant préféré ne pas l'entendre.

— Tu nous manques un peu, tu sais… Tu nous manques trop.

— Qu'est-ce que tu crois, ma puce ? Vous aussi, vous me manquez. Mais il faut que j'aille jusqu'au bout, Morgane ! C'est toi-même qui me l'as dit. Sinon… sinon, ça n'a pas de sens.

— Tiens bon, papa ! Ne lâche rien.

Cette conversation m'avait autant épuisé que ces deux journées de marche que je m'étais avalées le nez dans le guidon. Une soixantaine de kilomètres au bas mot. Je gisais en travers du lit, incapable de me secouer, incapable de délacer mes souliers. L'idée même de me lever jusqu'à la douche était hors de mes forces. Quant à me raser, n'y pensons même pas, j'aurais tout fait pour éviter de me regarder dans une glace, et elles étaient trop fières de moi, paraît-il, c'est du moins ce que Morgane avait prétendu mais je n'étais pas dupe. Le daron n'était pas là, bon débarras, et les souris dansaient la tarentelle en tutu sur la table du salon, vidaient allègrement mon stock de bonnes bouteilles et se faisaient sauter par des étudiants en philosophie qui assistaient aux cours une fois tous les trente-six du mois. Elles avaient la maison à leur disposition et moi, je n'habitais plus nulle part. J'avais perdu ma musique, j'avais perdu mon jouet, mon doudou, ma trompette, je m'étais perdu je ne sais plus précisément où et à quel moment et pourquoi. J'étais devenu un SDF à ma façon, un errant, un vagabond, comme l'autre, la Ludivine dont, soit dit en passant, je n'avais toujours pas reçu la moindre nouvelle et encore heureux. A l'heure qu'il était, elle devait être en train de forcer la serrure d'une quelconque villa et je n'avais aucune envie de finir en taule. Ses seins, sa nuque, la courbe de ses hanches, n'en parlons plus. Sa peau, sa peau de satin, oublions. Elle m'aurait essoré l'âme avant que je puisse lever le petit doigt. J'ai avalé deux anxiolytiques que m'avait prescrits le toubib avant de partir, au cas où, seulement au cas où, et le sommeil me surprit dans cet état, tout enrobé de crasse et de poussière, le ventre vide et le moral en berne. La sueur me coulait par les yeux.

A cinq heures du matin, j'étais debout, douché, rasé, bien décidé à reprendre coûte que coûte cette maudite route. J'avais payé ma chambre la veille et c'est de nuit, comme un malandrin, que je quittai cette petite ville par le sud, en direction de Machecoul, un patelin où je me souvenais avoir joué à la fin des années 70 avec l'orchestre des Golden Stars et sa chanteuse Deborah Memphis, s'il vous plaît, alias Christiane Caradec, devenue plus tard madame Kerdéniel, accessoirement mère de mes deux filles, après quoi elle raccrocha ses paillettes et sa minijupe pour reprendre ses études et mener une honorable carrière d'enseignante en biologie jusqu'au moment où une BMW dans laquelle elle était assise à la place du mort heurte une chicane à la sortie d'un virage et percute de plein fouet un tracteur de 150 CV. Le conducteur, par ailleurs son amant attitré, s'en était sorti avec quelques égratignures et un retrait de permis de douze mois avec sursis. La passagère avait chopé la perpette. Alors j'ai passé Machecoul sans même prendre la peine de m'y arrêter et j'ai continué au-delà, sans me soucier de l'endroit où j'allais dormir le soir, sans me soucier des kilomètres ni même du paysage, de toute façon ce n'était rien que du maïs. Quant à mes genoux, mes chevilles ou mes épaules, je leur demandais simplement de la mettre en veilleuse, c'était vraiment pas le moment de me titiller les nerfs. Je me contrefoutais du nom de la petite ville où j'atterris en fin de journée, ce que je voulais, c'était de quoi manger et dormir, un petit hôtel, un gîte d'étape, un bout de canapé, une paillasse, peu importe mais il n'y avait rien dans cette paroisse qui puisse offrir ce genre de service, pas même un presbytère. Le curé avait mis les voiles depuis des lustres. Il n'y avait rien qu'un bar-tabac sur la place de l'église. Devant ma mine déconfite de réfugié climatique, la patronne du Café des Sports paraissait désolée ou faisait semblant de l'être car tout portait à croire qu'elle s'en moquait comme de son premier tablier et sans doute avait-elle raison. Des types de mon espèce, elle s'en méfiait un peu, vous comprenez ? Je n'avais pas l'air d'un Marocain ou d'un Afghan mais je n'étais pas un gars de chez nous non plus, vous comprenez ? Oui, je comprenais, bien sûr. Avec tout ce qu'on lisait dans les journaux, au jour d'aujourd'hui, et d'ailleurs, elle était sur le point de fermer, encore deux ans et elle allait prendre sa retraite, trente-sept ans qu'elle officiait derrière son comptoir, trente-sept ans, oui monsieur, je pourrais vous écrire un roman, elle et son mari avaient repris l'affaire de ses beaux-parents en juin 1968, le jour de l'assassinat de Robert Kennedy, pensez si elle s'en souvenait, et puis son mari est mort dix ans après, le même jour que Claude François, un peu trop porté sur la bouteille, le vieux, non, pas Claude

François, mon mari, remarquez j'ai pu me débrouiller sans lui, trente-sept ans, monsieur, trente-sept ans, oui, un roman de cinq cents pages qu'elle pourrait écrire si elle savait écrire, fallait pas lui en raconter, vraiment elle était navrée, on ferme, et il n'y avait pas marqué hôtel sur sa devanture.

J'ai fini mon demi en m'essuyant les lèvres contre ma manche. Je lui ai acheté un paquet de cigarettes, une demi-douzaine de barres chocolatées (elle n'avait que ça à me proposer), un pack de bières et je suis allé me réfugier vers l'église qui bien évidemment était fermée. Il y avait au moins un porche, de quoi m'asseoir et entamer mon festin de roi déchu, de quoi m'allonger même, ne fût-ce que sur un banc de pierre froide, c'était déjà ça. Devant mon aspect misérable, les douze apôtres rigolaient dans leur barbe, sauf Jean, toujours aussi glabre qu'un œuf. Parmi eux, j'ai reconnu saint Jacques, pas difficile à repérer, tout grassouillet qu'il était, avec sa coquille et sa besace et son grand chapeau comme Zorro, et son bâton, pardon son bourdon, avec cet air satisfait et repu de celui qui ramasse des royalties chaque fois qu'un pèlerin emprunte son chemin, par ici la monnaie, messieurs-dames, droit de péage, droit de cuissage. Ça me donnait envie de le frapper d'un coup de masse comme au bon vieux temps de la Révolution. J'étais assis face à lui en train de me pourrir les dents sur une barre de Mars tout en lui tenant le crachoir.

— Hé, hé, les affaires sont les affaires ! ricanait-il.

Le chemin de Saint-Jacques était devenu un marché juteux depuis que des hordes de pèlerins venus de tous pays s'y précipitaient, des hordes de pèlerins « en quête de sens », depuis que des écrivains en faisaient leurs choux gras, des écrivains en quête de sens, eux aussi. Les retombées économiques n'étaient pas négligeables, n'est-ce pas, hôtellerie, restauration, équipements pour randonneurs et j'en passe, sans compter le bénéfice spirituel, vente de cierges, aumônes diverses, achats de messes, etc. Bien vu, mon Jacquot, les affaires sont les affaires. Je me souvenais à présent de ce qu'avait dit Ludivine à notre première rencontre à propos de Compostelle. Je me le rappelais mot pour mot. C'est nul, avait-elle lancé avec un agacement non feint, c'est surfait, c'est fini désormais. C'est qu'un truc à touristes, une autoroute, une foire d'empoigne pour petits-bourgeois en mal de bonne conscience.

Je me suis soudain rendu compte que depuis un bon quart d'heure, je dialoguais à voix haute avec une statue, la bouche pleine de barres chocolatées infectes. Je devenais dingue ou tout au moins j'en prenais le chemin, et j'avais soudainement froid. Il était temps que ça s'arrête, oui, il était grand temps d'en finir. J'ai sorti mon portable de ma poche et j'ai composé le numéro de Ludivine.

17

Je pensais à cette chanson tendre et mélancolique que le regretté Jacques Higelin avait écrite au milieu des années 70. L'histoire se situait dans la salle d'attente de la gare de Nantes, à l'endroit même où je me trouvais présentement. J'essayais de me remémorer les paroles. Un légionnaire s'endormait devant sa bière en pleurant et une jeune femme de Saint-Malo serrait tendrement sur le quai son beau matelot pendant que le chanteur, pour tuer le temps, feuilletait un magazine et s'attardait sur une publicité pour une mousse au chocolat vantée par une jolie petite rousse aussi appétissante que la mousse. La chanson s'appelait d'ailleurs *La Rousse au chocolat*. La musique était lancinante, un accordéon et une guitare faisaient l'essentiel du travail, les musiciens ne s'énervaient pas, prenaient leur temps comme s'ils attendaient eux aussi un hypothétique train. C'était une très belle chanson. A la même époque, j'avais fait quelques sessions en studio pour Higelin, ainsi que pour d'autres grands noms du show-business, et pas des moindres. Mon nom commençait à circuler dans les backstages. J'étais fiable, j'avais du style et de la discipline, il suffisait de me tendre n'importe quelle grille, je savais m'adapter. On m'appelait à Paris ou à Londres pour des séances d'enregistrement, je participais à des tournées européennes. J'avais joué dans des salles mythiques, toujours un peu en retrait, rarement sous les feux des projecteurs mais j'avais appris à me rendre indispensable. Ce fut ma période de gloire, mes années-lumière. Jusqu'à ce que le téléphone commence à sonner de plus en plus rarement.

Trente ans plus tard, je me retrouvais assis dans la salle d'attente de la gare de Nantes. Je me sentais crasseux et je l'étais. Je me sentais vieux et, litote à quatre sous, je n'étais plus tout jeune. J'avais des courbatures dans les reins et le long de la colonne vertébrale, suite logique d'une nuit démoralisante passée allongé sur un banc de pierre à l'abri de ce porche d'église, sous la bénédiction de ces maudits apôtres. *Prends tout en gré, ne te chaille de ton martyre*, aurait psalmodié Ludivine avec la voix rocailleuse de ceux qui n'ont pas la chance de dormir dans des draps toutes les nuits. Au matin, j'étais retourné en boitillant au Café des Sports chez la dame de la veille, prétextant une tendinite ou une déchirure musculaire, enfin une saloperie quelconque qui m'obligeait à mon plus grand regret à renoncer à ce pèlerinage et à me voir dans l'obligation de faire appel à un véhicule qui pourrait me ramener à Machecoul afin de consulter un médecin ou tout au moins de prendre un train, si toutefois elle connaissait quelqu'un dans le coin qui pourrait me dépanner. Ça tombait pile-poil. Un grand gringalet habillé d'un costard trop étroit qui prenait son café à mes côtés avait écouté la conversation et proposa instantanément ses services. Pas de souci, c'est ma route ! Il était vraiment désolé pour moi, vraiment. Compostelle, c'était son rêve, mais que voulez-vous, le boulot, la famille, les gosses, la baraque à payer… Oui, je comprends bien, avais-je répondu en payant son café. C'était un commercial spécialisé dans les pompes à chaleur, un secteur en plein essor, affirmait-il tout en conduisant. Quand il m'a déposé devant la gare de Machecoul une demi-heure plus tard, je connaissais à peu près tout sur la question des pompes à chaleur, de leurs tenants et aboutissants en termes économiques et environnementaux. Puis il m'a serré la main pour me souhaiter un prompt rétablissement. J'ai cru qu'il n'allait plus me la lâcher, mais c'était un type bien, tout simplement un type bien. Une espèce de bon Samaritain. On n'en croisait pas tous les jours de ce gabarit. Oui, Compostelle, ça avait du sens, rabâchait-il. Se retrouver face à soi-même. Faire le point. Se remettre en question. Aller à la rencontre de son prochain. Outrepasser ses limites. Forcer sa destinée et prendre une bonne leçon d'humilité, oui, c'était ça, une vraie leçon d'humilité. Il était convaincu que j'allais m'y remettre au plus vite, il était convaincu qu'il n'y avait pas de hasard, que notre rencontre allait être pour lui déterminante. Dès ce soir, il en parlerait à sa femme.

J'ai attendu une petite heure à la gare, devant un demi et un jambon-beurre qui avait autant de goût que la serviette en papier qui l'enrobait. De temps en temps, je sortais sur le quai fumer une cigarette en regardant tomber cette modeste pluie automnale qui était tout bien pesé la bienvenue puis je retournais au comptoir avaler un café. La fatigue m'empêchait de réfléchir avec un minimum de lucidité et c'était aussi bien ainsi. C'était même parfait. Je faisais marche arrière pour une pathétique histoire de cul et n'en éprouvais pas le moindre remords. A 11 h 25, un TER entra en gare. J'attrapai mon barda et y grimpai. Le nez collé à la vitre, je regardais sans les voir défiler des champs de maïs. Le train me déposa trois quarts d'heure plus tard dans une gare dont je n'ai pas retenu le nom. Au téléphone, Ludivine m'avait donné rendez-vous dans une abbaye qui se trouvait à une douzaine de kilomètres, à tout casser trois heures à pied à moins que je fasse du stop, l'important était que je sois là. Je lui avais manqué, assurait-elle. Pour elle non plus, il n'y avait pas de hasard, nos destins s'étaient croisés sous le signe de la Providence, c'était une offrande du Ciel, nous devions parler tous les deux, en toute sincérité, cela allait de soi, nous ouvrir l'un à l'autre, entrelacer les filaments de notre âme et se laisser pénétrer par la Lumière. J'avais raccroché en me demandant si elle parlait de rituels mystiques un peu obscurs ou d'une simple partie de jambes en l'air.

J'avais surtout besoin d'une douche mais c'était l'heure de la célébration des vêpres où j'étais bien entendu le bienvenu. Après une dizaine de jours de vadrouille et plusieurs nuits à coucher dehors ou presque, je prenais peu à peu l'allure d'un humble vagabond. Ma panoplie n'avait pas fait illusion très longtemps. Mes vêtements étaient sales, déchirés à plusieurs endroits, mes chaussures avaient pris la boue et la poussière, je portais une barbe de trois jours et empestais le vieux bouc à trois lieues à la ronde, cependant, Ludivine ne sembla pas s'en offusquer, bien au contraire, puisqu'elle me fit une accolade que je trouvai même un peu trop surjouée avant de me prendre la main pour m'entraîner prestement vers l'église. La maison de Dieu nous ouvrait grand ses portes et elle avait hâte de me présenter à ses amis.

Une cloche sonna. Quelques bigots et bigotes entrèrent à leur tour dans l'église, une quinzaine tout au plus, et s'assirent sans ordre précis sur les bancs. Nous fîmes de même. L'église était sobre, presque austère, dénuée de toute ornementation. Un autel, un grand cierge, une croix et une statue de la Vierge, point final. Mon Dieu, où étais-je encore tombé ? Mon pèlerinage virait à l'Odyssée. Trois minutes s'écoulèrent dans un silence froissé par quelques toussotements et raclements de chaises. Puis une vingtaine de moines arrivèrent du fond de l'église à la queue leu leu, les garçons par la droite, les filles par la gauche. Ils étaient tous vêtus d'une longue robe d'un blanc écru et alors que je m'étais attendu à un escadron de vieux moines chauves et décrépits, tout droit sortis d'un Moyen Age poussiéreux, tous paraissaient assez jeunes, et même très jeunes pour certains, la vingtaine à peine. Ils se rangèrent de chaque côté du chœur devant des sièges qui leur étaient réservés, se tournèrent vers la croix et entonnèrent un cantique. A l'exemple de la maigre assistance et de Ludivine qui était à mes côtés, je me mis debout, sans oser ouvrir la bouche. Quand il s'agissait de souffler dans un instrument, je connaissais mon métier sur le bout des lèvres mais pour l'amour du ciel, en eussé-je la force, qu'on ne me demande pas de chanter, et encore moins un cantique. J'en avais assez soupé dans mon enfance car on ne porte pas un prénom comme le mien sans en subir les conséquences.

En revanche, je remarquais que Ludivine s'en sortait plutôt pas mal. Timbre clair bien qu'un peu rocailleux, modulations subtiles, souffle régulier, rien à voir avec les voix de faussets qui parvenaient des rangs derrière. Peu importait la mièvrerie des paroles, on aurait dit qu'elle chantait un vieux blues pêché dans le fin fond de l'Alabama. Je me suis tourné vers elle en repensant à Janis Joplin, Dieu la bénisse. Elle avait les paupières baissées, le cou légèrement relevé et au terme de chaque couplet le bout de sa langue venait humecter sa lèvre supérieure. Sa respiration était très contrôlée, ses seins se soulevaient lentement avant d'expirer et j'étais bien placé pour savoir que le chant, autant que la trompette, était aussi et avant tout une affaire de respiration.

Ça a duré une bonne heure durant laquelle je dus lutter contre la fatigue et mes bâillements inopportuns. Dans le sermon prononcé par le père abbé, le plus âgé de la troupe, il était question de l'Esprit et de la Lumière, de l'Esprit à travers la Lumière, de la Lumière en tant qu'Esprit mais aussi de l'Esprit en tant que Lumière, la Lumière étant concept, l'Esprit postulat, à moins que ce ne fût le contraire, nom d'un chien, je n'y comprenais strictement rien. Après le départ des derniers vieux moines, cette nouvelle communauté religieuse s'était établie dans une ancienne abbaye cistercienne du XIIe siècle, avec la bénédiction de l'évêché, tint-on à me préciser. Elle accueillait à présent des jeunes gens venus de différents pays qui avaient quitté leur famille pour revêtir cette robe de bure écrue. Il y avait là des Polonaises, des Hongroises, des Africains, un Australien et bien sûr une bonne poignée de Français. L'universalisme et l'œcuménisme, au même titre que l'écologie et le développement durable, constituaient pour eux, m'apprit-on plus tard, des fondements essentiels de leur démarche. La communauté vivait du profit qu'elle retirait de la vente de son magasin (livres, CD et objets religieux, produits parapharmaceutiques, huiles essentielles…), de ses productions locales (confitures, miel, jus de pomme, pâtes de fruits…), de dons et de donations privés ainsi que des revenus de l'hôtellerie puisqu'un bâtiment était réservé à l'accueil de séminaires et de résidents de passage dont nous faisions, nous, partie. Ludivine m'a conduit à la chambre qu'elle m'avait réservée pour m'indiquer immédiatement les douches parce qu'une fois de plus, ça cocotait grave, dit-elle en se pinçant le nez. Par contre, pas un seul commentaire sur mes atermoiements, ma marche en arrière et ce qu'il fallait bien appeler ma désertion du pèlerinage de Compostelle, et encore moins sur la relation qui semblait se tisser entre nous d'une façon plutôt cahoteuse. « Je suis contente que tu sois là », s'était-elle contentée de murmurer à mon arrivée, ce à quoi j'avais répondu « Moi aussi », de la manière la moins convaincante qui soit.

Pour un prix très raisonnable, c'était on ne peut plus correct. On a pris le repas en commun et en silence dans un grand réfectoire, tous en civil, filles d'un côté, garçons de l'autre, raison pour laquelle je me trouvais éloigné de Ludivine. Ils s'intéressaient aux techniques de la permaculture, refusaient bien sûr tout pesticide et tout engrais chimique, et leurs légumes frais étaient issus du potager de l'abbaye. C'était une communauté un peu écolo, un peu baba cool. Un par un, je les observais et quand mon regard croisait celui de l'un d'entre eux ou d'entre elles, j'avais immanquablement droit à un sourire d'hôtesse de l'air. Je l'ai dit, c'était pour la plupart de beaux jeunes hommes et de belles jeunes filles venus pour une raison qui ne me concernait pas se perdre dans ce petit coin de Haute Bretagne. Beaucoup d'entre eux exerçaient un noviciat de deux années d'études et de vie en communauté avant de prononcer leurs vœux définitifs. Leurs vœux ? Travail, prière, obéissance, j'imagine. Chasteté, bien évidemment, avec ici le handicap supplémentaire d'être confronté directement à l'autre sexe. J'aurais pu en rire, me moquer intérieurement, imaginer des situations salaces dans les couloirs du couvent mais je ne riais pas. D'une, je ne m'en donnais pas le droit, de deux, ces gens-là étaient aussi respectables que n'importe qui. Ils avaient fait ce choix de vie sans y être contraints, cuisinaient leur popote ensemble et n'emmerdaient personne. C'eût été trop facile et bien stupide de ricaner dans ma barbe. S'isoler, se retirer du monde, sarcler ses poireaux, fuir les Ikea, les Carrefour, les Auchan, les H&M, les Leclerc, les McDo, Burger King, Amazon, Google, Facebook et toute la clique, échapper au journal télévisé de 20 H et aux Instagram de la voisine d'en face, c'était une façon aussi respectable qu'une autre d'envisager son existence. Et ma foi, faire la vaisselle ensemble, c'était plutôt sympathique. Dans cette cuisine, on entendait tous les accents du monde ou presque, c'était une petite tour de Babel, une ruche, une secte auraient peut-être soupçonné certains, toujours est-il que j'essuyais la vaisselle en discutant avec une petite Hongroise d'à peine dix-huit ans qui me tendait les assiettes en essayant de répondre à mes interrogations de la manière la plus polie qui soit. Elle avait laissé sa famille dans une banlieue de Budapest, abandonné ses études de français à l'université, largué son petit ami et était venue se réfugier dans cette communauté avec la ferme intention d'y accomplir son noviciat. Une lumière, m'avait-elle confié, oui, c'était ça, elle avait senti jaillir une lumière au fond de son cœur et, joignant le geste à la parole au cas où je n'aurais pas compris, elle avait laissé son éponge au bord de l'évier pour croiser ses mains mouillées contre la croix de bois pendue à sa poitrine.

Je n'y comprenais toujours rien et n'étais pas certain d'avoir envie de comprendre mais va pour la lumière puisqu'ils y tenaient tant, va pour leur foutue lumière si ça leur faisait plaisir. Le monde me paraissait plutôt ténébreux dans son ensemble et depuis quelques années je ne pouvais pas dire que je brillais de mille feux. Non que je fusse un dépressif chronique ou un ardent mélancolique, mais l'intranquillité, le doute et l'infélicité constituaient ma pitance quotidienne. J'arrivais toutefois à survivre tant bien que mal, en me cachant derrière un nez rouge de clown, c'était le prix à payer pour ce que je nommais parfois et sans doute un peu trop sentencieusement ma liberté.

C'est la première fois que je me confiais ainsi à Ludivine. Du moins en partie, car je n'avais nulle intention de tout lui dévoiler. La trompette, l'accident de Christiane, les antidépresseurs, mes filles, tout ça, c'était mes oignons. Motus et bouche cousue. Après le souper et la vaisselle, elle m'avait entraîné faire le tour de l'abbaye alors que l'étang se nappait d'étranges couleurs tombées du ciel déclinant. Une statue de la Vierge était plantée au milieu des eaux, on avait l'impression qu'elle flottait. L'air fraîchissait. La lumière déclinait. Nous étions les seuls à nous promener à cette heure dans le parc. Moines et moniales avaient réintégré leur maison de solitude. Ludivine fit un nœud à son écharpe et me prit le bras comme l'aurait fait n'importe quelle fiancée. C'était maintenant à son tour de passer à table, elle ne m'avait pas raconté la suite de son histoire.

18

SDF, j'ai horreur de ce mot. D'ailleurs, c'est pas un mot, c'est un sigle, une insulte, un crachat, un truc administratif pour nous caser dans un de leurs fichiers qu'on n'ouvre jamais. Appelle-moi clocharde, fille de la rue, vagabonde, nomade ou tout ce que tu voudras mais s'il te plaît, pas SDF. C'est une étoile jaune. J'ai vécu une dizaine d'années ainsi, d'un squat à l'autre mais un squat, tout pourri qu'il soit, c'est quand même un domicile fixe, même si ça ne dure que quelques semaines. J'ai largué Grégoire avant de recevoir le coup de trop. Le pire, ce n'était pas les beignes. Non, le pire, c'était ce qui venait après, ses excuses en carton-pâte, ses remords, ses larmes de crocodile, tout le tralala. Fallait le voir s'agenouiller devant moi en pleurs, me supplier, implorer mon pardon. Il aimait bien ce terme-là : implorer, il avait dû l'apprendre chez les curés et il me le répétait à tout bout de champ. Il s'insultait, se traitait de misérable, de damné, de méchant homme voué aux enfers, de malade, pleurnichait dans ma jupe, après quoi pour se faire absoudre, là aussi un mot auquel il tenait, il m'invitait à « l'œuvre de chair », je n'invente rien, c'était son expression. C'était, disait-il, la voie de notre rédemption, n'importe quoi, le ciment réparateur de notre amour, de mieux en mieux, l'effacement de notre péché, tu as bien entendu : « notre » péché, texto ! En un mot il voulait tout simplement me sauter, à croire qu'il n'y avait que les marques rouges sur mes joues et mes poignets pour le faire bander. Ça me dégoûtait. J'essayais de me défendre, tu parles, il était bien plus costaud que moi. Et le pompon, c'est qu'il chialait tout en baisant, j'avais ses larmes plein le visage, il dégoulinait de partout. Dieu du Ciel, tu peux pas savoir à quel point ça me dégoûtait. Après quoi, je n'ai pas pu approcher un mec pendant des années, je veux dire jusqu'à l'autre soir, dans les douches du gymnase, ça doit te rappeler quelque chose, non ? A ce propos, entre parenthèses, c'est même pas la peine d'y compter ce soir, tu penses bien que c'est pas l'endroit pour ça. Désolé de te déballer tout cela tout à trac, Baptiste, comme si je jetais mon bac à ordures devant ta porte mais fallait que ça sorte d'une manière ou d'une autre, j'en ai jamais parlé à personne et pour l'amour du Ciel, ne me demande pas pourquoi je te dis tout ça à toi, à toi et à personne d'autre. Tais-toi, s'il te plaît, ne me coupe pas la parole, laisse-moi continuer, tu veux. J'ai pas fini.

La rue, ça s'apprend vite, crois-moi. Les embrouilles aussi. J'ai trouvé asile dans des refuges pour femmes, me suis fait quelques copines et pas mal d'ennemies. C'était des lieux assez démoralisants, chacune y allait de sa petite misère. C'est à qui avait les plus belles cicatrices, le plus gros hématome, un vrai concours de Miss Œil-au-beurre-noir, ça puait le désespoir à plein nez, mais moi, je voulais vivre, tout simplement, et sortir de ce cauchemar. J'ai trouvé des squats qui empestaient le chien mouillé et la dope trafiquée. Les occupants passaient des journées à refaire le monde affalés sur des matelas infestés de punaises. Mais je suis aussi tombée sur un squat dans le XIIIe où on triait ses déchets, où on cultivait des tomates sur les toits et où on se faisait entre filles des séances de yoga et des parties mémorables de Scrabble. C'est là que j'ai rencontré Bénédicte et Véro, je t'en reparlerai, on passera peut-être les voir si on a le temps, elles habitent dans la pampa, au fin fond de la Bretagne, elles élèvent des chèvres. Mais la vie en communauté, ça n'a qu'un temps. Dans le fond, je suis une solitaire. C'est à cette époque que j'ai commencé à squatter à mon compte, si j'ose dire. Un copain un peu voyou qui s'y connaissait en matière d'effraction m'avait appris comment déverrouiller une serrure sans lui faire trop de mal, faut juste avoir les bons outils, et les appartements inoccupés, c'est pas ça qui manque à Paris. Ni ailleurs, du reste. Les villas sur la côte, les yachts des ports de plaisance, n'est-ce pas. Je faisais le guet dans le quartier, repérais les volets qui ne s'ouvraient jamais, me débrouillais pour avoir le code en me faisant passer pour une aide-soignante ou une employée des services sociaux et le tour était joué. C'était souvent des appartements soigneusement meublés. Il y avait dans les placards de quoi tenir un siège de plusieurs mois et les étagères étaient pleines de bouquins. Souvent, il s'agissait de personnes âgées parties en maison de retraite ou de bourgeois qui passaient une partie de leur hiver sur la Côte d'Azur. Je ne volais pas, je me servais, c'est tout. Je ne faisais rien de mal.

Je lisais leurs livres, les vieux journaux qui traînaient, mangeais leurs conserves et leurs tablettes de chocolat, utilisais le lit et la douche, empruntais des fringues qui de toute façon ne seraient plus portées. J'y restais trois ou quatre jours, rarement plus. Les bijoux de famille, je n'y touchais jamais, et si par hasard je découvrais des billets au fond d'un tiroir, je ne prenais pas toute la liasse, j'en laissais toujours un peu, question de principe. Avant de partir, je faisais le ménage et je vidais les poubelles. Quand j'étais satisfaite de mon séjour, il m'arrivait par courtoisie de laisser un mot de remerciement sur la table du salon, avec un petit dessin représentant une fleur ou un cœur. Puis je retournais à la rue. C'est aussi à cette époque-là que ma frénésie d'achats bidon dans les supermarchés a commencé. Le manque, sans doute. Je sais ce que tu penses, c'est complètement débile. Tais-toi, Baptiste, tu as raison.

J'ai vécu ainsi deux ou trois ans. Ça n'avait pas beaucoup de sens mais je dormais au chaud et je mangeais à ma faim, ou presque. Véro et Bénédicte avaient quitté Paris pour s'installer en Bretagne dans une ferme à moitié en ruine qu'elles avaient achetée avec leurs économies et un prêt à la banque. J'aimais bien aller les voir, ça me faisait des vacances et ça me changeait de l'air de Paris. Les chèvres, je n'y connaissais rien, et la fabrication du fromage encore moins, mais j'ai un peu appris. En même temps, elles rénovaient la ferme, avaient le projet d'un gîte d'étape. Elles bossaient comme des dingues et elles étaient heureuses, elles le sont toujours. Cette vie me plaisait bien mais j'avais besoin de bouger. Je donnais un coup de main pendant deux ou trois semaines, un peu de peinture, un peu de jardin, puis je retournais sur la route, je reprenais ma vie de vagabonde. Les chèvres, les poules, les lapins, ça n'a qu'un temps. Je ne sais pas si le monde avait encore envie de me voir mais moi, j'avais envie de voir le monde. Sur les autoroutes, il y a des panneaux marqués « Toutes directions », et d'autres indiquant « Autres directions ». J'ai suivi le deuxième panneau, tu comprends ? Je prenais un train au hasard ou juste parce que le nom de la ville de destination me plaisait, je faisais du stop de temps à autre et je marchais de plus en plus. C'est sur les chemins de montagne ou le long des sentiers côtiers que je me suis sentie libre pour la première fois, vraiment libre. Je ne savais pas que ça existait, un tel goût de liberté. Personne pour m'emmerder, aucun lourdingue à me faire du gringue. Une nana de ma trempe, les mecs y regardent à deux fois. Sauf toi, peut-être, mais toi, c'est pas pareil. Je veux dire que toi, c'est différent. Ne me demande pas pourquoi. Je squattais ici ou là, on ne se refait pas, demandais l'asile dans les monastères comme ici, encore que celui-ci a quelque chose de particulier, tu as dû le remarquer, je rencontrais des tas de gens intéressants jusqu'à me constituer au fil des années un carnet d'adresses assez étoffé et comme un oiseau migrateur, je passais les mois d'hiver à Paris, bien au chaud dans le confort d'appartements vides et cossus.

Je crois t'avoir déjà parlé de Grâce, non ? cette femme que j'ai rencontrée en Normandie sur la route de Lisieux il y a presque six ans. Lisieux, c'est sainte Thérèse, mais tu dois savoir ça, toi le prof d'histoire. Grâce passait sa vie à marcher d'un sanctuaire à l'autre, au service des autres. On la payait pour cela, c'était son boulot. A l'époque, j'ignorais bien sûr que ça existait. Grâce avait calculé qu'en trente-cinq ans de métier, elle avait parcouru à pied deux fois la circonférence de la Terre, plus de 80 000 bornes. J'ai su plus tard que ce n'était pas son vrai prénom. Grâce, c'était son pseudo professionnel, si tu veux. Nous nous sommes croisées par hasard sur la route, un peu comme toi et moi, à ceci près que j'ai dû la prendre en charge pour qu'elle finisse l'étape. Nous avons partagé le soir la même soupe et la même chambre dans un refuge pour les gens comme nous, une sorte de Samu social mis en place par la mairie. Elle était dans un piteux état. A presque soixante-dix ans, cette femme était usée jusqu'à la moelle, rongée par ce cancer qu'elle ne voulait pas soigner, c'était l'affaire de Dieu et surtout pas des médecins, s'entêtait-elle. Sa démarche faisait peine à voir, elle était comme dégingandée, et d'une maigreur épouvantable, elle ne cessait de boiter et chaque pas lui coûtait des douleurs atroces qu'elle s'efforçait de taire. Une sainte, je t'ai dit.

C'est cette nuit-là qu'elle m'a suppliée de prendre le relais de sa mission, en me tendant de son bras tout tremblant la sacoche en cuir où se trouvait le nécessaire à ce genre de business, les cartes, l'argent, les adresses. En quelque sorte, elle me transmettait son fonds de commerce, m'adoubait à sa propre succession. La croix que je porte à mon cou, c'est elle. Cette sacoche, c'était la sienne. Ce matin-là, elle fut incapable de se lever. On appela les urgences, une ambulance l'embarqua et je ne l'ai plus jamais revue. J'ai appris son décès quelques jours plus tard. Elle avait été enterrée aux frais de la municipalité dans un coin du cimetière réservé aux indigents. J'ai repris la route de Lisieux, j'ai fait ce qu'elle m'avait demandé de faire. J'ai sonné à la porte d'un manoir. Un domestique sapé comme un majordome dans les films m'a tendu une enveloppe sur le seuil de la porte et le reste a coulé de source. Ce fut aussi simple que cela. J'allais enfin pouvoir vivre en faisant tout simplement ce que j'aimais sans rien demander à personne. Je n'avais aucun diplôme, je n'avais plus de famille, pas de mari, pas d'enfants, je n'avais même pas le permis de conduire mais j'avais désormais un métier : quéreur de pardons. Ou quéreuse, si tu préfères, encore que c'est moins joli.

19

Je m'étais écrasé comme un arbre mort sur mon matelas et j'avais dormi une bonne douzaine d'heures sans que personne ne cherche à me déranger. Le retentissement lointain d'une cloche m'extirpa du sommeil non sans douleurs. Mon portable affichait 9 h 45 ainsi qu'un mitraillage de messages en attente. Mince ! j'avais oublié mes filles. Hors de question de leur avouer ce qui se passait en réalité, la seule chose que j'avais à faire était de simuler la suite de l'itinéraire. Il me fallait rester crédible, surtout ne pas les inquiéter. J'ai consulté la carte, évalué grossièrement les kilomètres que j'aurais dû parcourir si tout s'était passé comme prévu, c'est-à-dire si j'avais continué normalement ma route vers le sud. L'étape suivante devait m'emmener dans le département de la Vendée. J'ai pointé mon doigt sur une ville moyenne dont j'ai entouré le nom d'un cercle rouge. C'était plausible. Après, il me suffisait de prétexter un problème de batterie et de les informer grosso modo sur ma position. Tout allait pour le mieux, bien sûr, sinon des petits soucis d'articulation, rien de grave, j'avais dit bye bye à la Bretagne, il faisait beau, je les embrassais, je comprenais très bien l'amertume de

Solenn après cette déconvenue amoureuse mais l'important était qu'elle se concentre sur ses études, il ne fallait pas lâcher, surtout ne rien lâcher, pensez à votre avenir, les filles, je les aimais, je pensais à elles chaque jour.

Jamais je n'avais écrit un SMS aussi long, à tel point que je me suis demandé une fois le message envoyé si je n'en avais pas fait un peu trop. Mon portable vibra aussitôt et se contenta d'afficher un cœur rouge. A l'heure qu'il était, Solenn était en train de planter une punaise sur une carte à l'emplacement d'une ville où je n'avais jamais mis les pieds. Je me suis senti péteux. Ce n'était pas la première fois que je mentais à mes filles, ou tout au moins que je leur dissimulais la vérité, mais cette fois-ci, le mensonge avait comme un arrière-goût de trahison. J'ignorais tout de la suite des événements, je me demandais où était Ludivine. La nuit précédente, elle s'était excusée de m'avoir saoulé avec ses histoires tordues mais au bord de l'étang, alors que le jour avait disparu et qu'il ne restait comme repère lumineux qu'un réverbère au loin, c'est elle qui avait pris l'initiative de m'embrasser. Nos chemins s'étaient séparés dans le couloir du bâtiment d'hébergement. Ivre de fatigue, j'étais parti au lit sans me brosser les dents, sans doute pour me donner l'illusion naïve de garder dans ma bouche le goût de la sienne. Je m'attendrissais sottement sur mon sort et dans le même temps, j'envoyais valser d'une pichenette le chagrin d'amour de ma fille. Ce n'était pas très glorieux.

Ludivine était dans le potager avec une demi-douzaine de moines et de moniales, j'avais encore un peu de mal à les nommer ainsi tant ils me paraissaient éloignés de l'idée qu'on se fait en général de la vie monastique. Leur communauté appartenait à une fédération charismatique qui essaimait à travers le monde et s'il y avait chez eux bien sûr une part de prosélytisme, ce qui était de bonne guerre, personne n'avait cherché à me poser des questions désagréables ni à me vendre ses salades. Frère Xavier m'avait tenu la veille un petit discours après les vêpres pour m'expliquer que leur église était ouverte à tous, à ceux qui croyaient au Ciel comme à ceux qui n'y croyaient pas et même à ceux qui n'y croyaient pas mais au cas où, sait-on jamais, faisaient comme s'ils y croyaient afin que ceux qui n'y croient pas comme ceux qui y croient n'y voient que du feu. Du moins était-ce ainsi que j'avais plus ou moins interprété la chose. La messe était dite.

Ludivine avait revêtu une combinaison de travail trop grande pour elle, ainsi que des bottes en caoutchouc. Elle plantait des jeunes pousses de poireaux et elle donnait l'impression d'avoir fait ça toute sa vie. Je lui fis un signe de la main, en échange de quoi je fus gratifié d'un sourire particulièrement radieux. D'ailleurs le sourire semblait de mise dans cette abbaye, il faisait partie de l'uniforme, en somme, au même titre que la robe écrue et la croix stylisée. C'en devenait parfois irritant. J'aurais bien voulu voir de temps à autre se dessiner sur un visage des marques de lassitude ou de doute, des grimaces de perplexité, voire se creuser des rides à la commissure des paupières, mais je n'y lisais que le masque d'une félicité chronique qui tenait de la béatitude des anges ornant les retables des églises. C'était un peu trop lisse. « Vous avez l'air d'un homme heureux », avais-je dit à frère Xavier qui m'avait rejoint à l'entrée du potager, s'enquérant de savoir si j'avais bien dormi. Sa réponse ne se fit pas attendre : « Je le suis, en effet. »

Sur ces bonnes paroles, on s'est assis sur un banc, à l'ombre, entre hommes, et on s'est demandé tous les deux ce qui pouvait bien nous rendre heureux ou pour le moins nous offrir une once de paix. Frère Xavier venait d'un petit pays du centre de l'Afrique qui sortait d'un épouvantable bain de sang. Gamin, il avait connu plus d'horreurs que ne pourrait le supporter un être humain normal. Sa famille avait été décimée à coups de machette, ses sœurs violées durant leur agonie, son village et son église incendiés. Recueilli par un couple belge, il avait passé le reste de son adolescence à Bruxelles, entamé des études brillantes d'économie, passé ses diplômes haut la main jusqu'à ce qu'il décide de virer sa cuti, direction le premier monastère venu. Ici, il avait trouvé la lumière, dit-il d'une voix ourlée, ici s'était éteinte sa colère, ici s'était apaisée sa douleur.

J'ai soupiré. Encore un qui me refaisait le coup de la « Lumière », cette garce de lumière dont je n'avais toujours pas été foutu de trouver l'interrupteur. Frère Xavier a rigolé. Ce type qui n'avait pas trente ans semblait tenir en lui une force de sumo capable de vous clouer au tapis en moins de deux secondes. Je ne pouvais pas rivaliser. De manière très subtile, il m'avait entraîné sur ma vie à moi, moi qui n'avais rien à dire, qui n'avais jamais connu la guerre ni les boucheries en gros, qui me contentais de passer entre les gouttes, entre les bombes, entre les mailles du filet. C'est venu comme ça, je lui ai tout déballé, ou presque, comme à confesse. Tout à trac, je lui ai servi sur un plateau la mort accidentelle de Christiane, mon divorce d'avec la musique, la dépression qui ne voulait pas dire son nom, les cachetons d'anxiolytiques planqués au fond de ma poche et cette fuite en avant vers Compostelle, tout ce que je n'avais osé dire à Ludivine, en somme, en le priant de garder ça pour lui. Secret professionnel, n'est-ce pas. Histoire d'hommes.

Dans le potager, l'équipe continuait de s'activer. On entendait des rires. Certains poussaient la chansonnette. Ludivine n'était pas la dernière à mettre de l'ambiance. De temps en temps, elle s'essuyait le front avec sa manche, nous lançait un signe. Et elle ? m'a demandé frère Xavier en pointant le menton vers le champ de poireaux.

Elle, comment dire… ? Elle, c'était autre chose. C'était un elfe qui s'était mis en travers de mon chemin. Un elfe ou une fée qui me menait par le bout du nez. Je ne savais absolument pas vers où elle voulait m'emmener et je ne crois pas que je désirais vraiment le savoir. J'étais comme une pierre qui roule. En revanche, Ludivine faisait rouler le dé sur le tapis, doublait les six et avançait son pion d'autant de cases. C'était elle la maîtresse du jeu. Inutile de me monter le bourrichon, elle était reine et j'étais son valet.

La journée traîna un peu en longueur entre les offices religieux auxquels je n'assistais pas et les repas pris en commun. S'il n'y avait eu cet arrière-goût de culpabilité vis-à-vis de mes filles, j'aurais été le plus heureux des hommes. Je me sentais oisif et inutile mais personne ne semblait m'en faire grief. L'idée même de saisir un râteau était au-dessus de mes forces. Les jeunes nonnes que je croisais m'adressaient des sourires que je ne cherchais même plus à décoder. On aurait dit qu'aucun regard méchant ne s'était jamais posé sur elles, que les vingt et quelques premières années de leur vie avaient glissé sur la peau de leur visage sans laisser la moindre trace, tels une rosée du matin, un souffle tiède, et qu'elles étaient immunisées contre toute agression physique ou morale. Je les trouvais jolies mais elles étaient intouchables, c'était des vestales.

Désœuvré, j'allai m'allonger à l'écart avec un bouquin sur un coin d'herbe à l'ombre d'un pommier, tout près de l'étang, et malgré la nuit précédente où j'avais quasiment fait le tour de l'horloge, je fus surpris de m'être assoupi pendant presque une heure. Ludivine s'était discrètement assise à mes côtés, un mug de thé à la main, et sa présence avait dû me réveiller. Un peu confus, je me suis frotté les yeux.

— Ne t'excuse pas, dit-elle, tu avais sans doute besoin de récupérer. Une longue route nous attend. Nous partirons demain à l'aube si toutefois tu acceptes toujours de faire ce bout de chemin à mes côtés.

Je n'ai pas répondu, me contentant de bâiller pour faire diversion. Elle m'a tendu son mug dans lequel elle avait déjà trempé ses lèvres, m'apprenant au passage qu'il s'agissait d'une infusion d'herbes médicinales cultivées dans le potager de l'abbaye. Je me suis défendu :

— Mais je ne suis pas malade !

— Peut-être mais c'est toujours mieux que les saloperies de médocs que tu t'avales en douce.

— De quoi parles-tu ? Tu me fais les poches, maintenant ?

— S'il te plaît, Baptiste, ne fais pas l'innocent. J'ai des yeux, c'est tout. Sais-tu que le millepertuis et la passiflore ont des vertus apaisantes, voire… antidépressives.

Non, je ne le savais pas et je m'en contrefichais. Et d'ailleurs, je n'étais pas dépressif pour un sou. A ce sujet, je me permettais de lui dire qu'elle se mettait le doigt dans l'œil, elle me connaissait mal, ces médicaments, c'était juste au cas où, mais s'il n'y avait que ça pour lui faire plaisir, allons-y pour son pisse-mémé. Ça n'avait aucun goût ou plutôt si, ça avait un arrière-parfum de sacristie. De sacristie ? Oui, madame, de sacristie. Parfaitement. Elle a ri un peu bêtement. J'ai pris deux gorgées et lui ai repassé le mug sur lequel était reproduite une photo de Jean-Paul II avec son chapeau foutraque et son bâton d'opérette. Il était difficile de faire plus kitsch.

— C'est un clown triste, j'ai dit.

— C'est un saint.

A ce moment précis, je ne savais plus trop si je devais l'étrangler de mes propres mains ou la trousser sans préavis. J'ai hésité quelques secondes. De guerre lasse, je me suis allongé à nouveau, les mains derrière la nuque, j'ai respiré une bonne lampée d'air frais et j'ai fermé les yeux.

— Je ne t'ai pas tout dit, Lulu. J'ai eu par le passé comment dire… j'ai eu quelques soucis.

Elle s'est allongée à son tour, comme moi, les mains derrière la nuque, la tête dans l'herbe et les paupières closes. On ne se touchait pas sinon par l'extrémité de nos coudes par lesquels semblait passer une sorte de fluide. L'air nous enveloppait d'un voile tiède. Au-dessus de nous s'effilochaient de grands nuages blancs tandis que le sillage d'un avion coupait le ciel en deux.

— Voilà, j'ai dit, c'est un peu compliqué à expliquer.

20

Depuis l'abbaye, il nous avait fallu quatre bonnes journées de marche pour nous rendre à Pontmain, son objectif, soit pas loin de trente kilomètres en moyenne par jour mais je garde cependant le souvenir d'une promenade de santé plutôt agréable. Le temps était clément, le relief ne présentait aucune difficulté majeure et mes petites misères articulaires s'étaient fait oublier. Le paysage, la plupart du temps voué à la culture agricole, n'avait rien d'exceptionnel, c'était même assez terne, parfois décourageant, et on avançait pour l'essentiel sur des petites routes bitumées et peu fréquentées. J'avais très vite compris que Ludivine ne considérait pas la marche comme une randonnée récréative et encore moins comme un exercice sportif. Il s'agissait pour elle de se rendre à pied d'un point A à un point B dans un but purement professionnel. La beauté des panoramas, le pittoresque des chemins ne l'intéressaient guère. De même qu'il était inutile de lui demander de s'appesantir sur des questions d'ordre sentimental et encore moins sexuel. Elle se voyait en mission, un point c'est tout. Marcher n'était pas un art, c'était une fonction. Son cahier des charges se réduisait à un nombre donné de kilomètres à parcourir dans un espace délimité de temps. Même si rien ne lui aurait été plus facile, il n'était pour elle pas question de gruger sa clientèle. Tricher en prenant de temps à autre un car ou en faisant du stop ne lui serait même pas venu à l'idée. Je le lui avais suggéré, plus par taquinerie que par conviction. Après tout, ils n'en sauraient rien, lui disais-je ! Elle me taclait aussitôt en retour : Moi, je le saurais.

Il fallait que je me fasse une raison puisque, porté par je ne sais quelle curiosité incongrue, j'avais décidé de la suivre et pour tout dire, je préférais ne pas y penser. Au gré du chemin, nous nous arrêtions dans des petits bistrots de campagne même si ceux-ci se faisaient de plus en plus rares, même punition pour les boulangeries, les bureaux de poste ou les pharmacies. Nous traversions des régions oubliées, des espaces que les géographes appellent avec une pudibonderie déplacée les territoires ruraux périphériques et qui souffraient non d'abandon mais d'une indifférence totale. Ce n'était pas le désert, les champs comme les fermes étaient soigneusement entretenus, les troupeaux paraissaient bien nourris mais on ne croisait quasiment personne. Même les aboiements des chiens se faisaient rares et le chant du coq résonnait si peu qu'on s'en faisait la remarque dès qu'on en entendait un. Un tracteur surgissait de nulle part. Des éoliennes déchiquetaient l'horizon. Le temps paraissait suspendu, le monde immobile.

Peu de bistrots, donc, et pas d'hôtels du tout, ce qui, on le sait, ne posait guère de problèmes à Ludivine qui ne voyait pas trop l'intérêt de débourser des sommes qu'elle jugeait astronomiques alors qu'avec un minimum de jugeote et de savoir-faire, refrain désormais rabâché, on pouvait s'offrir toutes les commodités requises pour s'assurer d'une nuit confortable. A l'arrivée de notre étape dans une petite ville ou tout simplement dans un hameau croisé au hasard de notre itinéraire, elle repérait une maison, de préférence isolée, mais pas obligatoirement, avec un net penchant pour les résidences bourgeoises, ce qui en quelque sorte la dédouanait. Emprunter le lit des riches n'était selon elle pas un péché, à peine un délit et encore moins une faute de goût. Et puis on ne faisait rien de mal, répétait-elle en leitmotiv.

Je l'attendais avec les sacs au bout de la rue. Parfois, ça prenait un peu de temps. Je trépignais sur place jusqu'à son retour, partagé entre le besoin de me poser confortablement après une rude journée de marche et la trouille d'être dénoncé à la police par des voisins se prétendant « vigilants ». Mais elle avait le flair, affirmait-elle, et que je lui fasse confiance, il n'y avait rien à craindre. Madame la Providence, toujours elle, veillait sur nous comme sur le berceau de ses enfants chéris.

On aurait dit que cette demeure avait cessé d'être habitée depuis les années 1950. Cependant, elle était parfaitement entretenue. Une odeur d'encaustique que je n'avais pas respirée depuis mon enfance vous prenait délicieusement à la gorge et le parquet de bois luisait telle une patinoire. Nous retirâmes nos chaussures dans l'entrée avant de pénétrer dans une pièce qui tenait lieu de salon et de salle à manger. Pas de télé mais il y avait là un vieux piano droit ainsi que des étagères remplies de livres reliés et disposés avec rigueur par ordre alphabétique depuis Louis Aragon jusqu'à Stefan Zweig.

Trois fauteuils et une petite méridienne de style Empire étaient disposés en arc de cercle autour d'une cheminée. Une commode, une table ronde et une armoire vitrée à travers laquelle on devinait une collection de vieilles porcelaines complétaient le mobilier de la pièce. Les rideaux étaient épais, ainsi que les tapis qui couvraient une partie du sol. Aux murs, des toiles représentaient des portraits, des paysages ainsi qu'un nu. J'ose à peine l'écrire et je me suis bien gardé de le dire à Ludivine par crainte d'un malheureux malentendu mais l'endroit m'avait fait penser aux décors des premiers films pornographiques qu'on appelait jadis avec malice les films suédois. Les messieurs gardaient leur cravate quand ils en venaient au fait tandis que la tenue des dames se résumait à une paire de bas résille et de porte-jarretelles ainsi qu'à un collier de perles gigotant à l'unisson avec leurs seins dès qu'elles décidaient de prendre les opérations en main. Ce n'était que du théâtre, plutôt bon enfant, je me surprenais à en éprouver un brin de nostalgie. Ludivine m'a demandé pourquoi je souriais avec cet air niais. Je me suis tourné vers le piano pour qu'elle ne me voie pas rougir et j'ai biaisé sur le comique de la situation, rends-toi compte, me retrouver là dans cette maison qui ne me ressemblait pas, dans une ville où je n'étais pas censé être et avec une femme qui avait fait de moi son assistant, si ce n'est son complice, il y avait de quoi rire, du moins sourire, non.

— Personne ne t'a obligé, le sais-tu !

J'ai plaqué quelques accords. Le piano était en parfait état. Elle ignorait que je jouais de la musique, je ne lui en avais jamais parlé, j'avais toujours un peu de mal à évoquer cette question, préférant me terrer dans le déni. Elle croyait toujours à mon histoire de prof, pourquoi ne lui avais-je rien dit, laisse tomber, je pianote à peine, je gratouille un peu, juste pour passer le temps, rien de transcendant, ce qui était en partie vrai. Même si le piano n'était pas mon instrument de prédilection, je savais me débrouiller, j'avais appris sur le tas, en regardant les doigts des copains s'agiter sur le clavier, et quand il y avait besoin d'un coup de main ou quand le titulaire du Yamaha était trop bourré ou défoncé, il m'était arrivé de jouer les remplaçants. J'ai senti derrière moi sa main se poser sur mon épaule tandis que de l'autre main, elle déboutonnait les premiers boutons de ma chemise. Mes doigts se sont arrêtés sur un *mi* mineur. Je me sentais sale et poisseux après cette longue journée de marche, elle aussi puait la transpiration à plein nez, assez pour m'affoler. On s'en fout, elle a dit, on prendra notre douche après. Elle m'a poussé jusqu'à la méridienne et s'est aussitôt jetée à califourchon sur moi. Les deux derniers boutons de ma chemise n'ont pas tenu le coup bien longtemps, elle me les a arrachés sans sommation. Mon ceinturon ne lui a pas posé davantage de problèmes mais elle a dû s'y reprendre à deux ou trois fois pour la fermeture Eclair. Puis elle a ôté son tee-shirt d'un seul geste, on a entendu comme une déchirure, un froissement douloureux. Elle ne portait pas de soutien-gorge, c'était toujours ça de gagné, on n'avait plus de temps à perdre, désormais, pas une seconde à gâcher, la fin du monde était à nos portes, les glaciers disparaissaient à vue d'œil, les réacteurs de centrales nucléaires parvenaient à saturation, les ouragans devenaient de plus en plus violents, les inondations de plus en plus problématiques, les catastrophes de plus en plus catastrophiques, et les épidémies, les guerres, les indifférences. On n'avait plus le temps de se priver de quoi que ce soit, à commencer par l'inéluctable. On n'avait plus le choix, il fallait échapper au déluge, aux flammes de l'enfer, au naufrage et à la décrépitude. Elle m'a chevauché comme si le diable était à ses trousses.

On est restés immobiles, stupéfaits et haletants une bonne dizaine de minutes, allongés ainsi de travers sur la méridienne, tels deux pantins désarticulés. Ce n'était que la seconde fois qu'on faisait l'amour et je me sentais comme au réveil d'une cuite monumentale où l'on ne se souvient que très confusément et par bribes de ce qui s'est passé la veille. Elle, je ne sais pas. Elle se contentait de presser ma tête avec ses deux mains contre sa poitrine de manière à ce que je puisse entendre un par un chaque battement de son cœur, que je puisse m'imprimer dans le crâne une bonne fois pour toutes la flamboyante connerie qu'on venait de récidiver. Avait-elle peur que je m'envole ? S'ensuivit comme toujours ce pénible moment de flottement où chacun, soudain embarrassé par sa nudité ou sa négligence, les deux sans doute, ramasse et réajuste ses fringues sans rien dire, sans oser se regarder en face, la tête basse, le corps gluant, le souffle court et l'âme en cendres.

Elle s'est levée, a balayé d'un œil étonné le salon, la cheminée, les bouquins, les tableaux au mur et elle a dit c'est rigolo, on dirait un décor pour un vieux film érotique. J'ai souri, cette fois-ci sans rougir. A y réfléchir, je me demande à présent si ce n'est pas à cet instant précis que tout a basculé, me concernant, j'entends, que le désir s'est transformé en quelque chose au-delà du simple désir, ou mieux encore le lendemain au réveil quand elle s'est offerte à moitié nue à la lumière de la fenêtre de cette chambre aux meubles désuets et au parfum d'encaustique où nous avions passé la nuit et fait l'amour à nouveau mais cette fois-ci plus lentement, plus intelligemment, dirais-je, en y ajoutant ce qu'il faut de patience et d'altruisme pour ennoblir l'acte. Nous avons repris la route dès l'aube après avoir fait un minimum de ménage et laissé sur la table de la salle à manger un petit mot et un billet de vingt euros pour le désagrément et la bonne bouteille de bourgogne dénichée à la cave. Nous avons marché toute une journée jusqu'à notre objectif, Vitré, une ville où je n'avais jamais mis les pieds, toute une journée sans évoquer en aucune manière, sans même y faire la moindre allusion, à l'instar de la fois précédente dans le gymnase, ce qui s'était passé entre nous, physiquement je veux dire, ce qui s'était passé sur la méridienne et dans ce lit de merisier qui grinçait atrocement, l'acte charnel proprement dit, bien sûr, mais pas seulement, les mains aussi, glissant lentement sur la peau de l'autre, les doigts qui courent le long des bras, les lèvres mouillées de l'un sur la nuque de l'autre, le ventre se gonflant à chaque respiration contre le dos de l'autre, les mots qui ne viennent pas, le sommeil qui ne vient pas davantage malgré la fatigue jusqu'au moment où son souffle s'est suspendu, puis s'est raidi avant de prendre un rythme plus lourd qui me fit réaliser qu'elle dormait enfin, et qu'elle dormait entre mes bras, la tête écrasée sur mon épaule.

21

C'était le 17 janvier 1871 alors que la France était vaincue par la Prusse. Pendant trois heures, Eugène et Joseph Barbedette, Françoise Richer et Jeanne-Marie Lebossé vont contempler la « Belle Dame » vêtue d'une robe bleue parsemée d'étoiles, avec un voile noir sur la tête et une couronne d'or avec un liseré rouge, aux pieds des chaussons bleus avec une boucle d'or. Elle tend les mains en avant et sourit aux enfants. Elle apparaît dans un triangle formé par trois grosses étoiles d'or en plein ciel.

Ainsi commençait le dépliant distribué à l'entrée de la basilique de Pontmain, une paroisse située aux confins du département de la Mayenne, à une vingtaine de kilomètres au nord-est de Fougères, et que je parcourais pendant que Ludivine faisait ce qu'elle avait à faire et ce pour quoi elle était payée. Pour ma part, je préférais me tenir à l'écart de ce business un rien sulfureux. A partir du milieu du XIXe siècle, à une époque où les grands bouleversements technologiques de la Révolution industrielle entraînaient de profondes mutations politiques et religieuses, la Sainte Vierge, j'en ai déjà parlé mais j'insiste, s'était comme par hasard mise à apparaître un peu partout, histoire de rappeler à ses ouailles qu'elles fileraient un bien mauvais coton si elles commençaient à déserter les églises. Marie *la Belle Dame* en faisait des tonnes et déplaçait des foules aux quatre coins de la planète. En règle générale, c'est devant des enfants le plus souvent issus d'un milieu très modeste qu'elle se montrait. Sans vouloir faire de mauvais esprit, on pouvait remarquer en passant que c'était rare qu'elle apparaisse devant un ingénieur en mécanique des fluides, par exemple, ou dans le boudoir d'une marquise désœuvrée en train de se poudrer le nez.

Pour ma part, j'étais virtuellement en route pour Saint-Jacques-de-Compostelle, ce qui entre nous soit dit ne valait guère mieux. Ici aussi, il s'agissait de légendes et de superstitions, d'icônes et d'illusions. Un évêque de Galice avait pris sa pioche pour creuser au pied d'une étoile et, miracle, avait découvert le tombeau de l'apôtre dont on pouvait à juste titre se demander ce que faisait sa dépouille à plus de cinq mille kilomètres de la Palestine. Chaque soir, j'avançais méthodiquement mon pion sur ma carte d'une trentaine de kilomètres et mine de rien, je m'approchais, c'est du moins la version officielle que j'adressais avec une assiduité de jésuite à mes filles qui ne se doutaient pas une seule seconde que leur vieux schnock de père était en train de faire des cabrioles sur des sommiers qui couinaient comme des gorets avec une fille ramassée au bord du chemin, pour ne pas dire dans le caniveau, celle-là même qui était présentement agenouillée sur un prie-Dieu devant le brûloir où se consumaient des centaines de cierges dont les prix s'échelonnaient de un à neuf euros l'unité selon la forme et la taille. Pour passer le temps, je fis un rapide calcul mental. Au moment même où Ludivine était en train de prier pour la guérison de Pierre, Paul, Jacques ou la réussite à un concours quelconque de Marie-Caroline Duchemolle, quatre mille euros au bas mot étaient en train de partir en fumée, entraînant dans leur sillage une suie qui noircissait insidieusement les murs intérieurs de la basilique de Pontmain.

D'un point de vue religieux, je marchais plus ou moins dans les clous car entre la Vierge Marie et l'apôtre saint Jacques, soyons francs, il n'y avait pas des kilomètres, façon de parler puisque des kilomètres, j'en avalais à la pelle, j'en dévorais même, à croire que je commençais à y prendre plaisir. Mes petits bobos s'étaient volatilisés par l'opération du Saint-Esprit et faut-il l'avouer, il me semblait retrouver une énergie physique qui m'avait un temps abandonné. De plus, j'avais divisé par trois la dose de mes médicaments et par deux celle des cigarettes. Nos journées s'étiraient ainsi. Nous marchions pendant six ou sept heures en nous octroyant ici et là des pauses casse-croûte, des petites siestes sur l'herbe si le temps nous le permettait, parfois même des visites de musées et bien sûr de chapelles et d'églises quand elles étaient ouvertes. Ludivine parlait beaucoup, s'enthousiasmait ou s'énervait pour un rien, un papillon, une libellule, une borne d'incendie, avait un avis sur tout, préférait les coquelicots plutôt que les roses, détestait les 4 × 4, abhorrait les banquiers, exécrait les boucheries-charcuteries et adorait par-dessus tout le bruit des cours de récréation quand on passait devant une école. Il m'arrivait de la contredire mais à ce jeu-là, je m'en sortais rarement gagnant. Lulu était ainsi : exigeante, autoritaire, tranchante, bardée de certitudes quand bien même elle se serait brisée comme un verre Duralex sur le carrelage d'un réfectoire. En revanche, jamais un mot sur notre relation que j'avais toujours autant de mal à définir. Amis ou amants ? Compagnons ou complices ? Dès que j'essayais d'amorcer la conversation sur ce sujet, elle prenait un malin plaisir à l'esquiver par la libellule, le coquelicot, la borne d'incendie ou la boucherie-charcuterie qu'on croisait comme par hasard juste à ce moment-là. Le soir, c'était la chasse au gîte, la quête du squat, la parole au couteau suisse sauf quand j'insistais par simple souci de sécurité et de confort pour louer une chambre d'hôtel, à Vitré, par exemple, la veille de notre arrivée à Pontmain, à ceci près qu'à Vitré, ça ne s'était pas passé exactement comme je l'aurais souhaité.

C'était le jour de son anniversaire. L'air de ne pas y toucher, elle m'en avait soufflé mot quelques jours auparavant. Je le savais déjà ! Sa date de naissance, lui ai-je dit, ça ne s'invente pas, tombait pile-poil le jour du décès tragique de Janis Joplin dont elle n'avait que vaguement entendu parler. Une chanteuse américaine, non ? Plus que ça, ma pauvre, beaucoup plus que ça, avais-je répondu en sifflotant les premières mesures de *Move over* sans réussir à l'émouvoir. La musique et elle, ça faisait deux, prétendait-elle un peu sottement, et puis avais-je oublié, sans vouloir me blesser, qu'on n'était pas de la même génération, toi et moi, que l'époque des hippies et de Woodstock, c'était derrière nous, après quoi j'argumentais en vain sur l'universalité des chants du monde, le gospel, le blues, la soul et même le rap, toutes étaient des musiques de l'âme, toutes ces voix ne visaient qu'à tutoyer les dieux. Il n'y a qu'un seul Dieu, tranchait-elle, un seul Dieu, point final. Admettons, admettons, mais ce que je veux te dire, Ludivine, c'est que la musique n'a d'autre ambition que de libérer le corps et l'esprit, de transcender les misérables mortels que nous sommes. Et de les consoler, aussi, autant que faire se peut. C'est peu dire que le monde n'est plus le jardin d'Eden constellé de fleurs sauvages mais sans la musique, crois-moi, ça serait bien pire. Sans la musique, le monde ressemblerait à un vaste champ de cendres froides. Elle dressait ses sourcils en accent circonflexe.

— J'aime bien quand tu parles ainsi. Tu as l'air de t'y connaître en musique !

J'ai détourné la tête vers le fossé. Mieux valait que je ne m'égare pas trop sur le sujet, je risquais de m'embourber. Nous sommes arrivés à Vitré en fin de journée après une fois de plus une bonne ration de kilomètres dans les jambes. A Vitré, elle devait rencontrer des gens. Le boulot. Je ne posais plus de questions. On s'était donné rendez-vous dans un bar du centre-ville autour de vingt heures, d'ici là j'aurais tout le loisir de réserver une chambre et de faire quelques emplettes. Quartier libre, en somme. Elle avait bien évidemment tiqué pour l'hôtel mais cette fois-ci, j'avais insisté, posé ma mauvaise conscience sur la balance et de toute façon, c'est moi qui payais, par conséquent c'est moi qui décidais.

Il y avait un petit établissement à deux pas de l'ancienne forteresse médiévale qui était dans mes prix. J'ai déposé les sacs dans la chambre du deuxième étage et aussitôt pris une douche puis, bien décidé à me faire une tête présentable, je me suis rasé de près tout en écoutant la télé que j'avais mise en marche sur une chaîne d'infos en continu. Depuis maintenant deux semaines, le monde m'était complètement sorti de la tête et de toute évidence, le monde n'avait pas beaucoup changé dans ce laps de temps. On ramassait des corps déchiquetés sur les trottoirs de Kaboul, des lambeaux humains dans les montagnes du Kurdistan et des millions de dollars à la Bourse de Tokyo ou de New York. J'ai éteint le poste un peu comme si tout cela se déroulait sur une autre planète. Je m'étais déconnecté, comme on dit. Après quoi, j'ai consulté ma carte de France pour poursuivre mon trajet. Depuis cette chambre d'hôtel de Vitré, je traversais maintenant la forêt des Landes et les Pyrénées s'approchaient. C'était l'heure d'envoyer un texto aux filles.

Ludivine n'avait qu'une petite demi-heure de retard et ne parut pas s'en formaliser. Les affaires marchaient-elles bien ? La routine. Elle haussa les épaules et prit dans mon verre une honorable gorgée de bière. Voulait-elle un verre ? Non, elle avait faim. A l'entendre, elle aurait dévoré un bœuf entier. Ça tombait bien parce que je venais de réserver une table dans un petit restaurant du quartier qui proposait – surprise ! – un menu végétarien dont elle me dirait des nouvelles. C'était son anniversaire et qu'elle me permette de l'inviter, d'ailleurs une petite surprise l'attendait.

— J'aime pas les surprises. Je déteste ça.

L'endroit était plutôt sympathique, un peu bohème par sa décoration et peut-être aussi par sa clientèle mais Ludivine s'en accommoda au premier coup d'œil. Connaissant la miss, elle m'aurait envoyé paître si j'avais choisi un établissement haut de gamme que de toute façon je préférais éviter et pas que pour de basses raisons pécuniaires. Les tables étaient recouvertes de nappes Vichy volontairement rétro et à travers les enceintes, j'ai aussitôt reconnu le doigté de Michel Petrucciani. C'était un bon début. On s'est assis sur une table un peu à l'écart, sous une affiche qui s'opposait au projet d'aéroport de Notre-Dame-des-Landes. Ludivine me semblait ce soir-là ravissante. Elle était visiblement heureuse d'être là, et même si notre couple pouvait paraître un peu atypique aux yeux des autres clients dont les regards plus ou moins complaisants ne m'avaient pas échappé, moi aussi, j'étais heureux d'être là, heureux comme un pape, et pourquoi le taire, pas peu fier de partager ma table avec ma dame de cœur. La tarte aux épinards et au chèvre lui convenait parfaitement, j'ai commandé pour moi la même chose, après tout, ça n'avait pas tellement d'importance. J'étais là pour lui faire plaisir, tout simplement, et les offrandes alimentaires font partie du processus normal de séduction. On avait fait l'amour à plusieurs reprises, mais je ne l'avais encore pas conquise et de ça, j'en avais la certitude. J'ai attendu qu'elle ferme les yeux le temps de sa prière (coudes posés sur la table et mains jointes, dos bien dressé et buste relevé), pour déposer sur son assiette le paquet que je venais de sortir discrètement de ma poche. L'habituel manège des clients qui se lançaient des clins d'œil ne me faisait plus ni chaud ni froid, je m'y étais habitué. Elle s'est fendue de ses habituels signes de croix, a embrassé le petit Jésus en ferraille qui pendait au bout de son collier, ce qui signifiait la fin du rituel, puis ses yeux sont tombés incrédules sur le paquet. Oh, un cadeau ? Mais pourquoi ? Qu'est-ce que c'est ? Tu es dingue, fallait pas !

Pourquoi ? Qu'est-ce que c'est ? Elle en avait, de ces questions. Ouvre, tu verras bien. Elle a saisi le petit paquet, l'a tourné entre ses doigts dans tous les sens comme s'il s'agissait d'un Rubik's Cube, elle a bêtement répété pourquoi, mais pourquoi, elle n'avait que ce mot à la bouche, son regard paraissait réellement étonné, embarrassé et même soupçonneux, comme si elle ne savait pas ce que c'était, un cadeau, ou peut-être n'en avait-elle jamais reçu ou encore trouvait-elle ça un peu louche, comme si le paquet allait lui exploser à la figure dans la seconde qui allait suivre.

— Pourquoi ? Qu'est-ce que c'est ?

— Ouvre, tu verras bien.

Entre-temps sont arrivées les tartes épinards-chèvre et la bouteille de vin.

Bon, tu vas l'ouvrir, oui ou non, pensais-je dans ma tête, on va pas y passer la nuit, arrête tes chichis, accouche. En attendant qu'elle se décide, je nous ai rempli un verre de vin à chacun, du bio sans sulfites, bien évidemment, et j'ai levé mon verre à notre santé. Et à notre rencontre, ai-je ajouté. Elle a daigné trinquer mais c'est à peine si elle a trempé ses lèvres. Son sourire dessinait une ligne bizarre, un peu tordue. Elle s'est enfin décidée à dénouer le petit ruban rouge et un peu ridicule qui entourait le paquet.

— Dépêche-toi, j'ai dit, ta tarte va refroidir.

Elle a déchiré très lentement le petit autocollant marqué bon anniversaire avant d'oser s'attaquer au reste avec les gestes d'un démineur professionnel. C'était un papier glacé blanc assez épais, plié de manière très sophistiquée, la dame de la caisse avait mis un temps fou à le faire.

Le diable est soudain sorti de sa boîte et les yeux de Ludivine ont fait plusieurs fois l'aller-retour entre les miens et le flacon de parfum qu'elle tenait désormais entre ses mains. Sa voix est devenue caverneuse, sinistre. Sa grimace n'était pas belle à voir.

— Tu te fous de moi ?

— Pardon ?

— Je pue, c'est ça ?

— Ludivine, enfin…

— Tu m'offres cette fiole de bimbo parce que tu trouves que je pue ?

— Ludivine… s'il te plaît.

— Je pue et ça dérange monsieur.

— Bien sûr que non, Ludivine. C'est juste un parfum.

— Oui, je vois bien que c'est un parfum. Je pue mais je ne suis pas idiote à ce point. Ça t'amuse d'humilier les gens ?

— Ecoute, Ludivine, ça n'a aucun sens. C'est juste un petit cadeau de rien du tout, pour ton anniversaire, pour marquer le coup, pas plus. Je n'ai jamais pensé une seule seconde te blesser en aucune façon, ce n'est pas mon genre. Ce sont des choses qui se font entre amis. Ou entre amants, voilà tout.

— Tu n'as rien compris, mon pauvre Baptiste, et tu ne comprendras jamais rien. Tu n'es qu'un minable petit-bourgeois engoncé dans ses principes, même pas, tu n'es qu'un petit fonctionnaire. Voilà ce que tu es, un tout petit fonctionnaire bien installé dans sa petite vie toute riquiqui, sa petite maison riquiqui, sa petite bagnole riquiqui, son compte en banque riquiqui, un pauvre type, en somme. Et en plus, ça se permet de jouer les pèlerins, les baroudeurs, les aventuriers. Non, mais regarde-toi ! Regarde-toi un peu ! Et laisse-moi rigoler !

— S'il te plaît, Ludivine, parle moins fort, les gens nous entendent.

— Les gens nous entendent ? Et alors ? Ça te gêne ? La réputation de monsieur risquerait d'en souffrir ? Tu es pathétique, Baptiste. Au départ, j'ai cru que tu étais différent, qu'il y avait de la grâce en toi, ou tout au moins un soupçon d'intelligence, de sensibilité, quelque chose de lumineux, voilà pourquoi je tenais à ce que tu m'accompagnes, mais tu es comme les autres, tu es comme tous les autres, tous ceux pour lesquels ne comptent que les apparences, les futilités, les simulacres. Tu pensais m'appâter avec cet attrape-couillon, faire de moi ta poupée, sache que tu es carrément tombé à côté de la plaque, mon pauvre. Je n'ai de comptes à rendre à personne, sinon à Dieu. Je suis une femme libre, Baptiste, tu entends ? Une femme libre, et je compte bien le rester.

Elle s'est levée de sa chaise, a attrapé sa sacoche en cuir et s'est adressée une dernière fois à moi de manière à ce que personne dans le restaurant n'en perde une miette :

— Et n'essaye surtout pas de me suivre ou je t'arrache les couilles.

22

Je n'y connaissais rien question parfum. Durant les vingt ans et quelques de vie commune, Christiane avait toujours utilisé le même flacon, raison pour laquelle je n'avais pas cherché midi à quatorze heures. Excellent choix, avait susurré la vendeuse, avec cet air de fausse complicité qu'on vous sert dans les parfumeries en général. J'avais demandé un joli paquet cadeau, s'il vous plaît, et sorti ma carte de crédit.

Bien entendu, tout le restaurant avait été témoin de cette scène affligeante, à commencer par la serveuse qui déjà me décochait depuis son comptoir des flèches empoisonnées au cyanure au même titre que les autres femmes de l'assistance alors que leurs maris ou leurs compagnons semblaient plutôt prendre l'affaire à la rigolade. J'étais bien placé pour savoir qu'on ne s'amusait pas tous les jours au sein des couples établis. Qu'est-ce qu'ils avaient à me regarder comme ça, ces culs tournés ? Ils voulaient ma photo ou quoi ? Est-ce que je leur demandais de quand datait leur dernière engueulade, leur dernier rapport sexuel digne de ce nom, leur dernier vrai geste de tendresse ? Michel Petrucciani faisait de son mieux pour combler ce pesant silence sans vraiment y parvenir. Inutile de chercher à me disculper, j'étais de toute façon déjà cloué au pilori par la vindicte. La seule chose sensée à faire aurait été de demander une pelle et une pioche afin de creuser à même le sol un trou suffisamment profond pour m'y enterrer corps et biens. Au lieu de cela, j'ai attaqué ma tarte, mettant un point d'honneur à jouer le bel indifférent. J'avais ma fierté, moi aussi. J'aurais préféré à cette fadasse tartelette de bobo une bonne assiettée de frites bien grasses accompagnées d'une entrecôte bien épaisse mais bon, j'avais peur d'en avoir fait déjà assez.

En face de moi, l'assiette de Ludivine refroidissait lentement mais sûrement. Même si les paris étaient tacitement engagés d'une table à l'autre dans le restaurant, je savais pertinemment qu'elle n'allait pas revenir. Elle aussi avait sa fierté, ou plutôt sa vanité, pour reprendre un terme qu'elle affectionnait particulièrement. Elle voyait de la vanité partout. Dans les ornements des églises et l'ambition des puissants. Sur les vêtements des gens et à travers le confort des hôtels. La moindre petite savonnette fantaisie était source de vanité. Alors, bien sûr, un parfum à 69,90 euros, tu aurais dû y penser avant, Ducon.

Quand la serveuse est revenue vers moi, je lui ai lancé un grand sourire auquel elle n'a pas daigné répondre et pour cause, j'étais définitivement classé dans la catégorie des vieux pervers narcissiques. Je n'étais qu'un homme, voilà ce qu'elle devait penser, autant dire un misérable. Oui, elle pouvait débarrasser l'assiette de madame, non je ne désirais pas la carte des desserts, pas de café non plus, l'addition je vous prie. J'ai pris le temps de finir la bouteille de vin bio, j'ai même avalé cul sec ce qu'il restait dans le verre de Ludivine et salut la compagnie. Passant devant la caisse enregistreuse, j'ai déposé le flacon de parfum devant la serveuse. Cadeau, j'ai dit. De toute évidence, elle me prenait pour un dingue, ce en quoi elle avait parfaitement raison.

Un quart d'heure plus tard, j'étais de retour dans la chambre de l'hôtel. Notre petit nid d'amour ressemblait maintenant à un terrain vague. J'ai avalé deux comprimés et ouvert en grand la fenêtre pour pouvoir fumer tranquillement tout en suçotant le goulot d'un flacon de rhum dégoté dans une épicerie ouverte en soirée. Le château médiéval de Vitré se dressait devant moi, avec ses hautes murailles, ses tours et ses mâchicoulis, son pont-levis, ses oubliettes et ses secrets. J'ai tenté une comparaison astucieuse avec Ludivine, une sorte de parabole autour de la forteresse mystérieuse et imprenable qu'elle était pour moi, puis j'ai laissé tomber. Il ne s'agissait pas non plus de prendre des vessies pour des lanternes. Je n'avais aucune inquiétude, elle se débrouillerait très bien toute seule pour trouver de quoi dormir. Par contre, étaient restés dans la chambre deux de ses sacs qu'elle m'avait confiés. J'ai fouillé dedans sans hésiter. Un tas de fringues plus ou moins fraîches, sa bible d'au moins deux kilos, des pommades homéopathiques pour les articulations, une boîte de tampons et une modeste statuette en plastique de sainte Thérèse de Lisieux qu'on trouve à cinq euros dans tous les magasins d'objets de culte et qui était remplie à ras bord d'une eau bien évidemment bénite. Rien qui puisse m'en apprendre davantage, l'essentiel étant dans son baise-en-ville dont elle ne se séparait jamais, sauf pour se baigner. Il s'agissait ici de son nécessaire de toilette et de survie, à commencer par la bible, donc, ne serait-ce que pour cette raison, elle serait forcée de me recontacter. J'ignorais quand. J'ignorais où. Mais j'avais ma petite idée là-dessus. Quoi qu'il en soit, elle était injoignable et mes messages restaient lettre morte. J'ai attrapé le débardeur gris qu'elle avait porté toute la journée et j'ai dormi le nez dans sa sueur.

Je m'étais posté le lendemain matin dans une zone commerciale à la sortie nord de la ville. Le parking se remplissait déjà à la vitesse d'une marée envahissant la baie du Mont-Saint-Michel alors que les portes de l'hypermarché n'étaient toujours pas ouvertes. Les gens avaient faim, semble-t-il. Agrippés à leur Caddie, ils attendaient de s'engouffrer dans la gueule du Léviathan. J'avais une chance sur dix, peut-être même une sur cinq si je tenais compte des probabilités liées au choix de l'enseigne et à la situation géographique vis-à-vis de l'itinéraire prévu. D'un gris métallique et uniforme, le ciel n'avait aucune intention de s'éclaircir. Une nuée d'étourneaux dessina d'étranges arabesques au-dessus des entrepôts et des grands magasins avant de disparaître derrière l'horizon. C'était un peu démoralisant. Je commençais à revoir mes ambitions à la baisse, une chance sur cent, une chance sur mille, quand je l'ai aperçue de loin s'approcher de l'abri où étaient entreposés les Caddies. Elle a glissé un jeton dans la fente, s'est énervée un moment sur la chaînette qui visiblement ne voulait pas se détacher puis elle a pris d'un pas déterminé la direction des portes d'entrée qui se sont automatiquement ouvertes devant elle. Les clientes étaient reines et considérées comme telles. J'ai laissé les sacs à l'accueil, le mien et les siens, et je l'ai suivie à travers les allées.

Au rayon jardinage, elle a choisi un petit arrosoir, attrapé plusieurs sachets de graines et filets de bulbes ainsi que deux gros flacons de désherbant chimique, ce qui pouvait paraître un peu curieux. Puis elle a viré du côté de la vaisselle. Une marmite en fonte, des flûtes de champagne en promotion ainsi qu'un lot de douze couteaux haut de gamme sont tombés au fond du Caddie. Je l'ai freinée doucement par le bras au rayon cosmétiques alors qu'elle hésitait entre deux rouges à lèvres.

— On va peut-être s'arrêter là, j'ai dit.

Elle n'a pas semblé surprise de me voir. Plus tard, elle m'avouerait qu'elle m'avait repéré sur le parking mais avait attendu que je vienne à elle, la force de m'affronter lui ayant paraît-il manqué. Elle a reposé les deux tubes de rouge sur le présentoir avec une extrême douceur, a lancé autour d'elle un regard fragile comme si elle émergeait d'un évanouissement puis elle s'est blottie contre moi en enserrant ma nuque de ses deux bras jusqu'à me faire mal. Sa tête s'est cachée dans le creux de mon cou et j'ai senti des larmes dégouliner contre ma joue. Je venais de rattraper in extremis le verre Duralex avant qu'il ne chute sur le carrelage, ce qui n'était pas un mince exploit. Nous étions seuls dans le rayon, ce n'était pas encore l'heure des frivolités, c'était juste l'heure matinale des corn-flakes et des steaks hachés, c'était l'heure des ménagères de moins de cinquante ans qui, sans perdre une minute, avaient mission expresse de remplir des frigos à ras bord en attendant le retour du collège de leurs rejetons.

J'ai dû la repousser pour reprendre ma respiration. Attention, j'ai dit, ton rimmel va couler ! Pour rire, évidemment, Ludivine et le maquillage, n'en parlons plus. Et elle a ri ainsi que je l'espérais, même si ça ressemblait davantage à des hoquets baveux qu'à de vrais rires. J'ai ajouté qu'il nous fallait juste des pommes, quelques raisins secs et peut-être aussi des amandes, et pourquoi pas des bananes, on aurait besoin de forces. Les bananes, c'est plein de calories, plein de vitamines et la journée promettait d'être longue et fatigante et toutes ces émotions, Lulu, toutes ces émotions, tout va bien, Lulu, tout va bien, laisse tomber ce Caddie, pas besoin, plus besoin, c'est fini, viens. Allez, viens. Tout va bien.

On a laissé le chariot au milieu de l'allée comme d'autres abandonnent leur chien sur une aire d'autoroute.

Le soir même, nous sommes arrivés à Pontmain, exténués l'un comme l'autre, sales et dégoûtés par notre propre saleté. Une quarantaine de kilomètres parcourus la plupart du temps sur des routes bitumées nous avait scié les mollets et enflammé les chevilles. En 1871, la Vierge était apparue au-dessus du toit de cette maison à travers un halo de lumière et avait annoncé à quatre jeunes pauvres enfants la Bonne Nouvelle. *Dieu vous exaucera en peu de temps*, était-il écrit dans le firmament en grandes lettres dorées. La *Belle Dame*, dit-on, était vêtue d'une robe bleue parsemée d'étoiles et Ludivine s'avançait lentement vers le chœur de la basilique, plus solennelle et fragile qu'une jeune communiante, à ceci près qu'elle était vêtue d'une peau d'âne ou peu s'en fallait. Elle s'approchait maintenant du brûloir de dévotion avec la ferme intention d'accomplir son cérémonial en bonne et due forme. Prières, cierges, prières, génuflexion, prières… la routine. A une centaine de kilomètres de là, la maman d'une petite fille de douze ans atteinte de leucémie espérait de toute son âme. Elle avait misé ses dernières économies sur un canasson dégingandé.

En attendant, je déambulais à travers l'édifice comme je l'aurais fait dans un magasin Ikea. Des tas de choses aussi indispensables que superflues étaient proposées au passant qui ne cherchait qu'une seule chose au final : la sortie avant de devenir fou. Un son d'orgue et de trompette retentissait à travers les enceintes de mauvaise qualité et je me suis souvenu avoir participé il n'y avait pas si longtemps à un enregistrement de ce type au motif que c'était plutôt bien payé, mais non, ce n'était pas moi qui jouais, pas cette fois-là. Du haut de sa croix, le Christ baissait vers moi une mine navrée, l'air de me demander une fois de plus dans quelle galère je m'étais encore fourvoyé. Et ce même Christ grimaçant me toisait le soir même au-dessus du lit du refuge pour pèlerins où nous avions trouvé asile en échange d'une modique obole. Ce n'était pas l'endroit idéal pour faire l'amour, c'est pourtant ce que nous fîmes, malgré nos courbatures et nos douleurs musculaires, et plutôt tendrement si j'en jugeais par ses caresses et par ses mots.

23

Baptiste, faut qu'on parle, m'avait-elle lancé alors que j'étais encore à moitié endormi. J'ai ouvert les yeux. Le plafond était suffisamment haut pour vous donner le vertige et il régnait dans la chambre une odeur assez vieillotte qu'au départ j'avais eu du mal à identifier. Un mélange de poussière et d'encens, avec un arrière-goût d'encaustique. Indécrottable mécréant, j'en ai conclu qu'il s'agissait tout bonnement de l'odeur de cette bonne vieille religion catholique, apostolique et romaine, amen. Enrubannée dans une serviette d'un blanc douteux qui lui donnait l'allure d'une antique vestale, Ludivine revenait des douches qui se trouvaient au bout du couloir. Elle était parfaite, elle était radieuse et désirable mais l'aurais-je murmuré qu'elle aurait illico remis sur le tapis cette sombre théorie sur la vanité. Je me suis tu.

Par expérience, je savais que dès qu'une femme prononçait ces quatre mots, ça n'inaugurait rien de bon, d'autant plus que derrière le « faut qu'on parle » se cachait la plupart du temps un « faut que Je te parle » qui tombait comme un couperet. Je commençais à avoir l'habitude. Qu'on en finisse au plus vite, me suis-je dit, inutile d'éterniser une relation qui par avance était vouée à l'échec, pas la peine de me faire subir une séance préalable de torture puisque j'étais prêt à avouer ma faute, ma très grande faute. J'ai ramassé mon tee-shirt qui traînait au pied du lit pour me couvrir le torse, mieux valait se présenter décemment devant son juge pour entendre le verdict. Je t'écoute, Ludivine.

Elle s'est allongée à mes côtés.

Bien sûr, je n'étais pas obligé de la suivre mais on formait une bonne équipe, tous les deux, n'est-ce pas ? On marchait au même rythme. Soit, je n'étais pas très bavard et même un brin mystérieux mais j'étais, toujours selon elle, plutôt d'agréable compagnie et je ne la jugeais pas. Ça, c'était capital. Je ne la jugeais pas. Et puis elle ne détestait pas faire l'amour avec moi, hier soir, par exemple, c'était même plutôt réussi, merci. L'amour est un don de Dieu, n'est-il pas, et s'agissant de l'amour charnel, autant bien s'en acquitter pendant qu'on y est. Tu m'écoutes ? Peu importait la destination finale du pèlerinage, Rome, Compostelle ou Jérusalem, l'important était le chemin, le chemin était la vie, la vie était le chemin, le chemin était à la fois pénitence et rédemption, en même temps une épreuve et une libération, et si le Seigneur, dans son infinie miséricorde, avait suscité notre rencontre à la croisée de nos destinées, ce n'était nullement le fait du hasard et encore moins de la chance, c'était Sa volonté et nul n'échappe à Ses desseins, enlève ta main, s'il te plaît, je te parle sérieusement, Baptiste. Nous avons beaucoup marché, ces derniers jours, nous avons maintenant droit à un peu de repos. Une mission de premier ordre m'attend au Mont-Saint-Michel, la merveille de l'Occident, la grande maison de l'archange, mais rien ne presse. Voilà ce que je te propose. Encore une fois, rien ne t'oblige. Tu es un homme libre mais n'aie crainte, je ne suis pas une fille de la rue, je suis une femme du chemin.

J'ai glissé ma main sous la serviette et l'ai réchauffée à la tiédeur de ses seins. Sa peau était encore légèrement humide. Elle m'avait demandé de choisir en mon âme et conscience mais je ne savais pas ce que signifiaient réellement ces mots, j'avais toujours un peu de mal à faire la différence. Elle m'avait demandé de la suivre et ni mon âme ni ma conscience n'apportaient le moindre embryon de réponse. J'avais déserté depuis maintenant une quinzaine de jours et je me sentais dans la situation d'un fugitif, ou tout au moins dans la peau d'un fugueur en pleine adolescence, à la fois coupable et libre, oui, libre de cette liberté pesante, presque oppressante qu'on doit ressentir en chute libre dès que le parachute se déploie et qu'on s'aperçoit soudain que personne ne nous a appris de quelle façon atterrir. J'ai écarté la serviette pour saisir entre mes lèvres le téton durci de son sein droit tandis qu'elle appuyait sa main gauche sur ma nuque. Ses hanches se sont lentement cambrées.

Bénédicte et Véro habitaient à deux petites journées de marche de Pontmain que nous avions quitté en début d'après-midi après que Ludivine eut conclu son petit business auprès d'un prêtre qui était de mèche car de toute évidence tous ne l'étaient pas. Les deux femmes tenaient une modeste ferme aux confins de l'Ille-et-Vilaine, à quelques encablures de Fougères. Elles élevaient sur une dizaine d'hectares une cinquantaine de brebis, fabriquaient du fromage qu'elles vendaient en circuit court sur les marchés environnants et entretenaient avec un soin maniaque un potager grand comme la moitié d'un terrain de foot. La production de miel à partir de leurs ruches occupait également une grande part de leurs activités ainsi qu'un poulailler qui leur fournissait des œufs à ne plus savoir qu'en faire. Aucune des deux n'avait la moindre origine paysanne ni même de formation agricole. Elles avaient appris sur le tas, avec un peu de patience et beaucoup d'huile de coude, m'avaient-elles fait remarquer non sans fierté. Elles s'en tiraient plutôt bien, retapaient une longère qu'elles envisageaient d'aménager en chambres d'hôtes, histoire de rencontrer du monde et de se préparer une retraite décente. Elles étaient également musiciennes à leurs heures. J'avais repéré un accordéon diatonique et un violon dès qu'on m'avait invité à entrer dans la maison. Musiciennes du dimanche, s'étaient-elles excusées, et encore ! Bénédicte avait à peu près mon âge et Véro une vingtaine d'années de moins. Bénédicte était une grande brune plutôt maigre qui parlait peu et s'habillait de manière assez austère. Véro était tout son contraire. Les deux femmes s'étaient connues à Paris, vivant peu ou prou les mêmes situations précaires, et formaient un couple depuis cette époque. C'est dans ce même Paris qu'elles avaient rencontré et accueilli Ludivine quand celle-ci était dans le plus grand dénuement, raison pour laquelle des liens solides s'étaient tissés entre ces trois femmes.

La ferme était isolée mais pas trop éloignée du village et de la première boulangerie. Sans être franchement cordiales, les relations avec les voisins qui au départ avaient jugé d'un mauvais œil l'installation de deux

Parisiennes dans leur paroisse, lesbiennes qui plus est, s'étaient améliorées depuis qu'ils avaient goûté à leur miel et à leur fromage de brebis, et il était difficile de faire le délicat face à des nouveaux venus alors que la démographie de la commune était en chute libre depuis plusieurs décennies. Un petit chemin de terre tournait à droite au sortir d'une route communale et au bout d'une centaine de mètres, une jolie petite ferme qui me rappelait un livre que je lisais à mes gamines quand elles étaient petites pour leur expliquer d'où venait ce qu'elles avaient dans leurs assiettes se dressait derrière une haie de cyprès. Un chien a aboyé. Je suis resté un peu à l'écart, le temps que les filles fassent leurs retrouvailles à grands coups d'accolades, de cris et d'embrassades, à tel point que je me suis demandé si elles n'allaient pas y passer la nuit. Finalement, Ludivine m'a fait signe d'approcher pour me présenter à ses deux copines, voilà, a-t-elle dit presque en s'excusant, c'est Baptiste, mon camarade de route.

A quoi devais-je m'attendre ? Mon amoureux, mon fiancé, mon amant ? Mon compagnon tout court ? Camarade, c'était quand même un peu juste, un peu réducteur, non, sachant que nous avions allègrement franchi le seuil de l'intimité et que pour reprendre sa formule, elle n'avait pas détesté ça, mais bon, on n'allait pas se braquer pour une simple question de vocabulaire. On s'est fait la bise et j'ai posé les sacs à l'entrée de la cuisine. Véro a aussitôt débouché une bouteille de cidre frais, du fait maison, bien évidemment, posé quatre verres sur la toile cirée et on a trinqué à leurs retrouvailles et à la bonne santé des uns et des autres. La porte était restée ouverte et on entendait les piaillements des oiseaux dans la cour. Une poule un peu plus téméraire que ses copines s'est risquée à l'intérieur de la maison mais le chien l'a aussitôt coursée. Le plus surprenant, c'est que je me suis aussitôt senti à mon aise dans cette baraque, entouré de ces trois femmes. C'était un bel endroit pour vivre, du moins pour faire une pause. Je n'étais pas assis depuis dix minutes que j'étais considéré comme le bienvenu. Bénédicte nous avait d'emblée signifié qu'on pouvait rester ici aussi longtemps qu'on le souhaiterait à condition de donner de temps en temps un coup de main, si toutefois je n'avais pas peur de me salir les mains.

Au bout du potager, une vieille caravane habillée de lattes horizontales de bois peint d'un joli bleu et recouverte de feuillage de manière à lui donner l'allure bucolique d'une roulotte nous servirait de nid. Ce n'était pas du trois-étoiles, s'excusa Bénédicte, mais ça pouvait dépanner. Les nuits commençaient à fraîchir, nous n'aurions qu'à ajouter une couette ou un plaid. J'ai déposé les sacs, soudain soulagé de m'en débarrasser ne serait-ce que pour quelques jours, et je l'ai remerciée. Il y avait chez cette femme une générosité naturelle, sans esbroufe, et en même temps une détermination qui semblait sans faille. C'était un roc qu'on avait visiblement essayé d'attaquer à coups de masse, mais c'est à peine si on parvenait à deviner encore quelques fissures. On se tenait chacun sur nos gardes, ce qui est normal dans ce cas de rencontre fortuite, mais très vite une sorte de respect tacite s'était soudé entre nous deux. Quelques jours plus tard, je l'ai prise à partie afin de lui dire à quel point j'avais été agréablement surpris par leur accueil, ce à quoi elle m'a répondu tout en roulant sa cigarette que si par malheur je faisais le moindre mal à Ludivine, j'étais un homme mort. Elle ne plaisantait qu'à moitié. Et quand au cours de la même conversation, je l'ai interrogée sur le bien-fondé des activités de Ludivine et des confidences un peu étranges qu'elle m'avait livrées au compte-gouttes au hasard de nos pérégrinations, Bénédicte a eu ces mots qui ne me rassurèrent guère : « C'est un électron libre, tu sais, c'est une vraie centrale à vapeur. Inutile de t'attacher, tu risques de te brûler. Mais prends soin d'elle. »

On est restés six jours à la ferme et je crois que ces six journées sont à comptabiliser parmi les plus belles de mon voyage. Je sais qu'il est facile d'affirmer de telles certitudes qui, comme des promesses, ne valent que pour ceux qui y croient, mais j'insiste, cette petite semaine était à inscrire en lettres d'argent sur le calendrier de ma vie. Je ne sais si ce mode de vie m'aurait convenu longtemps, Ludivine avait raison, je n'étais au final qu'un petit-bourgeois, pire, un bobo, mais ce fut comme une parenthèse magique, loin des villes et des hypermarchés, loin des ambitions et des indifférences. Ce fut comme une profonde respiration, et je ne pense pas trop m'avancer en disant qu'il en fut de même pour Ludivine, à tel point qu'elle en oubliait parfois ses prières. Bien qu'assez fastidieux, le travail de la terre ne me déplaisait pas, m'amusait même parfois. J'arrachais des pommes de terre, je sarclais des betteraves, je nettoyais les abords du poulailler. La sueur qui coulait le long de mes tempes n'était pas vaine. Les chèvres et les brebis, je m'en méfiais un peu, c'est vrai. Ludivine se montrait plus experte en la matière lors de la traite. Pour le reste, je me débrouillais pas trop mal, me consacrais plus ou moins habilement à de menus travaux de bricolage, ne rechignais pas aux tâches ménagères et Véro s'étonnait en rigolant d'avoir pour une fois un homme à la maison. Pour un prof, tu t'en sors pas mal, admettait-elle. Je ne répondais pas.

Ma seule préoccupation, c'était mes filles. Je persistais dans le mensonge et envoyais chaque soir un message pour donner des nouvelles de mon supposé pèlerinage. Je m'approchais maintenant des Pyrénées, tout allait à merveille, le temps était agréable (je devais tous les jours consulter la météo de l'endroit où j'étais censé être, il fallait être précis), pas de pluie, c'était déjà ça, j'avais hâte d'entrer en Espagne et je ne rencontrais que des gens bien évidemment charmants. Sur la carte, Solenn enfonçait son épingle à tête rouge sans savoir que celle-ci me crevait le cœur. Ludivine ignorait tout de ce manège, je préférais la laisser à l'écart de mes petites mesquineries.

Après le dîner, nous nous retrouvions tous les quatre autour du feu de bois devant un verre de vin rouge ou une tisane concoctée à base de plantes de sorcières cultivées au fond du potager. Le cannabis était également fait maison, planqué parmi les tournesols et les maïs, et le petit pétard du soir passait de lèvres en lèvres, aussi paisiblement qu'un calumet de la paix, tandis que Charles Aznavour égrenait ses trémolos sur *Trousse-Chemise*. Véro et Bénédicte adoraient la musique et possédaient une impressionnante discothèque. Tous les grands et les grandes de la chanson française étaient présents, beaucoup de bon rock aussi, du classique, un peu de jazz. Alors de temps en temps, on poussait les meubles et on se levait pour danser. Un soir, je fus même surpris de surprendre un chorus au milieu d'un vieux tube des années 80 que j'avais presque oublié, d'ailleurs tout cela me paraissait désormais appartenir à une autre existence. Mais c'était bel et bien moi qui jouais, c'était mon souffle qui se vidait à travers une trompette de cuivre et qui retentissait maintenant contre les parois de la cuisine de cette petite ferme d'Ille-et-Vilaine. Ludivine qui dansait contre moi s'est alors exclamée : Ecoute-moi ça, c'est féerique, on dirait du miel qui coule, c'est divin. J'ai posé ma tête sur son épaule pour ne pas qu'elle surprenne ma grimace mais au fond de moi, je savais qu'elle n'avait pas vraiment tort. Oui, il était plutôt bien torché, ce solo. Tout y était : la fluidité, le rythme, la grâce. Je n'avais pas à avoir honte. Du tout.

Six journées et six nuits hors du temps, presque hors du monde. Le matin, j'enfourchais un vélo pour aller chercher le pain au bourg et reluquer le vertigineux décolleté de la boulangère, histoire de me remettre les yeux en face des trous. La journée s'écoulait entre les travaux de la ferme et ceux de la maison. Je prenais le temps de lire, la maison était pleine de bouquins. Jacques Lacarrière me parlait de chemins étroits et Nicolas Bouvier d'horizons lointains. Tout en réécoutant des vieux disques de Barbara, je préparais les légumes aux côtés de Bénédicte. Elle me parlait de son amour pour Véro, d'agriculture alternative et de permaculture. Je lui parlais de Ludivine, de mes filles et encore de Ludivine. Le soir, après une dernière tisane de pisse-mémé, nous nous réfugiions tous les deux dans l'écrin de cette caravane brinquebalante. Je profitais que Ludivine fasse sa dernière prière pour aller pisser contre un talus et avant de la rejoindre, j'attrapais dans le ciel une poignée d'étoiles que j'éparpillais sur le lit avant de nous déshabiller. Je me prenais pour un poète, je n'étais qu'un mortel, comme tout un chacun. J'étais tombé amoureux d'une créature insaisissable qui se croyait en mission pour je ne sais qui, le Seigneur, sans doute, la CIA, le KGB, la DST, va savoir et peu importe, et j'allais bientôt être bien placé pour savoir qu'elle aussi était mortelle. Aux premières loges, même. Pour l'heure, elle dessinait de son index des arabesques sur ma poitrine et faisait remarquer en s'amusant que mes poils étaient tout blancs. Elle trouvait cela attendrissant, j'ai retenu chacun de ses mots.

— Nous ne pouvons pas nous taper ici l'incruste éternellement, avais-je alors chuchoté. Il faudra bien un jour ou l'autre prendre une décision.

— Je suis le Chemin, je suis la Lumière, je suis la Vie.

— Tais-toi, Ludivine ! Pour l'amour du Ciel, tais-toi ! Tes paroles d'évangile feraient débander un pendu.

— Tu n'es pendu qu'à mon cou, Baptiste.

Ce qu'elle disait était vrai et j'étais bien obligé de l'admettre à mon corps défendant.

Bien sûr, nous nous sommes promis de nous revoir au plus vite. Ce n'était pas de vrais adieux mais j'avais le cœur serré de devoir quitter ces deux femmes qui nous avaient accueillis le plus généreusement du monde, à tel point que je m'empêtrais dans des remerciements confus. Nos sacs déjà lourds s'étaient lestés de quelques-unes de leurs productions que Bénédicte et Véro avaient absolument voulu nous offrir avant de partir : miel, confiture de figues, fromages, etc. Mon sac pesait dix mille tonnes. Elles nous ont emmenés dans leur antique 4L commerciale jusqu'à la gare de Fougères d'où nous devions prendre un train pour Rennes puis une correspondance pour Saint-Malo avant de rejoindre à pied le Mont-Saint-Michel. C'était le plan de Ludivine et je ne trouvais aucune raison valable de la contredire, de toute façon, je m'étais déjà trop compromis. Elle devait placer son argent, disait-elle, ça devenait urgent. J'ai haussé les sourcils :

— Ta banque se trouve au Mont-Saint-Michel ?

— Tu rigoles ! Confier mon pognon à ces escrocs de banquiers ? Et puis quoi encore ? Pour qu'ils investissent dans le trafic des armes ou dans des usines qui exploitent des pauvres filles au Bangladesh en les faisant travailler quatorze heures par jour dans des conditions innommables pour nous fabriquer des jeans troués, comme c'est la mode en ce moment ! Ça t'arrive de lire les journaux ? Ça t'arrive d'ouvrir les yeux ?

— Ne généralisons pas, Ludivine !

— Tais-toi ! Ce sont les banques qui organisent à grande échelle la fraude et l'évasion fiscale, ce qui représente l'équivalent de la dette nationale, c'est-à-dire nos écoles, nos hôpitaux, nos aînés et tous nos services publics… Tu te rends compte ? L'équivalent de la dette nationale : plus de deux mille milliards d'euros. Tu imagines ? Deux mille milliards d'euros dans les poches de ces voleurs !

— OK, OK, Ludivine, je te l'accorde, c'est pas joli-joli mais alors, cet argent, ton argent, tu le places où ? Ne te sens pas obligée de me répondre.

— Je t'en parlerai le moment venu, gros curieux. Pour l'instant, il est au chaud.

Et elle tapota son baise-en-ville pendu par une lanière à son cou.

On attendait le train sur le quai de la gare. Une fois de plus, Ludivine voulait gruger la SNCF mais j'avais insisté pour payer les billets. Les transports publics devraient être gratuits, proclamait-elle avant de remettre sur le tapis cette histoire de dette nationale. Peut-être mais pour l'instant, ils ne l'étaient pas et je n'avais aucune envie de me faire remarquer de quelque façon que ce soit. Je voyageais incognito. Elle insistait, les mains bien engoncées dans ses poches : « Tu n'es qu'un mouton, Baptiste, tu te contentes de suivre le troupeau. Ton petit boulot, ta petite famille, ta petite maison. Tiens, je suis quasiment certaine que tu possèdes un compte d'assurance-vie à la banque. Et un plan épargne-logement par-dessus le marché ! »

Exact, et alors ? Je n'avais aucune leçon à recevoir et surtout pas de sa part. Elle commençait à me fatiguer avec sa bien-pensance et ses leçons de morale à deux balles, avec ses prières et ses simagrées, ses génuflexions ridicules, les gens nous regardaient à chaque fois de travers, au restaurant comme dans la rue, à l'église comme dans le train où nous nous trouvions maintenant, à destination de Pétaouchnock ou de Perpète-les-Bains, peu importait, ça n'avait aucun sens, sinon celui de la marche du TER. Il n'y avait jamais beaucoup de monde sur ces axes secondaires. Je voyais le paysage défiler. Du maïs, des vaches. Des vaches, du maïs. Des éoliennes au sommet des collines. Ludivine observait mon reflet dans la vitre. Tu boudes ? Pourquoi tu boudes ? Je boude pas, je réfléchis. A quoi tu réfléchis ? A rien. Non, tu boudes. Un contrôleur est passé. Monsieur-dame, s'il vous plaît. Je lui ai tendu nos deux billets sans même lever un œil vers lui. Il les a vérifiés. Je payais le train, m'acquittais de mes impôts, pratiquais le tri sélectif et il m'arrivait même de voter à quelques élections. Avec un tel pedigree, je voyais mal ce qu'on pouvait me reprocher. Le contrôleur m'a rendu les billets en me remerciant. A ce moment-là, j'ai remarqué qu'il me fixait avec insistance, assez bizarrement même. Quoi ? Qu'est-ce qui clochait, encore ? Ces billets n'étaient pas valables ? N'étaient-ils pas dûment compostés ? Il s'est excusé. Non, tout allait bien. Il avait juste une vague impression de m'avoir déjà vu quelque part. Dans un train, sans doute. Oui, c'était ça, dans un train, sans aucun doute. A moins que ? A moins que quoi ? Non, rien, excusez-moi. L'incident était clos, donc. Qu'il aille au diable. Il a continué sa route vers d'autres voyageurs.

— C'est étrange, a chuchoté Ludivine, on aurait vraiment cru qu'il te connaissait.

— Laisse tomber, c'est juste une coïncidence.

Mais le bougre est revenu à l'assaut, singeant bêtement un trompettiste en gonflant ses joues tout en faisant gigoter ses doigts sur d'invisibles pistons. Putain, j'y crois pas, s'est-il exclamé, je vois maintenant qui vous êtes ! Vous vous appelez Baptiste Kerdéniel. C'est ça ? Savez-vous que je suis un fan. Je vous ai vu à Rennes il y a deux ans de ça, avec un quartette de jazz, le Silver Johnson Quartet, oui, c'est ça, vous étiez sublime, vous étiez magnifique, je n'avais pas assisté à un tel concert depuis des lustres, vous étiez… comment dire… vous étiez… Putain, j'y crois pas.

Il s'est permis de s'asseoir en face de moi, sur le siège voisin de celui de Ludivine qui bien évidemment n'en ratait pas une. J'ai essayé de riposter, lui dire qu'il faisait erreur, qu'il s'agissait sans doute d'une ressemblance.

Non, non, ça ne marche pas avec moi, monsieur Kerdéniel ! Ne faites pas le modeste, je vous reconnaîtrais entre mille. Ecoutez, je m'en souviens comme si c'était hier. Après, j'ai cherché sur le Net et vous savez quoi ? j'ai retrouvé la plupart de vos enregistrements. Des trésors, oui, de sacrées pépites. Je suis un admirateur, monsieur, un vrai. Permettez que je vous appelle Baptiste, même si vous êtes un dieu. Moi-même je dois vous avouer que je joue un peu de trompette, enfin j'essaie, j'ai pas la prétention de jouer à votre niveau, mais j'apprends, je fais de mon mieux. On a le droit de souffler dans une trompette même si on ne s'appelle pas Miles Davis, n'est-ce pas ! Mon Dieu, quand Ludo va apprendre que je vous ai rencontré, il va être vert de rage. Ludo, c'est mon compagnon. Il vous admire aussi. S'il vous plaît, vous pouvez me faire une petite dédicace, sinon il risquerait de pas me croire, l'abruti. Allez, soyez gentil ! Entre musicos…

Ludivine s'est adressée à moi, un sourire entre les lèvres que je ne savais pas trop comment interpréter. Sarcastique sans doute, ce qui paraissait logique, mais pas seulement. Un peu revanchard aussi. Indifférente à ma moue, elle a sorti de son sac un stylo et a déchiré une page vierge de son carnet.

— Sois gentil, Baptiste ! Une petite signature pour monsieur le contrôleur.

Il s'est tourné vers elle.

— Madame Kerdéniel, je présume ?

— C'est exact, a susurré Ludivine en illustrant sa réponse d'un clignement de paupières que j'ai jugé totalement inapproprié.

Je l'aurais claquée.

24

A la gare de Rennes, il nous fallait attendre une correspondance pour Saint-Malo où il était prévu de dormir le soir même avant d'entamer notre marche vers ce fameux Mont-Saint-Michel. Dormir où ? Je n'en avais fichtre pas la moindre idée et j'étais las de jouer les squatteurs à la petite semaine. « Nous ne sommes pas des voyous, Baptiste, nous ne sommes que des artisans de paix. Nous usons tout simplement de notre droit au logement. Je ne vois pas ce qu'il y a de mal à cela. Et puis j'ai horreur des hôtels. Je te l'ai déjà dit, c'est trop cher et c'est impersonnel. Ce ne sont que des marchands de sommeil. » J'ai secoué la tête de dépit. Mieux valait entendre ça que d'être sourd.

A présent que je m'étais fait repérer comme un bleu pris la main dans le sac, je préférais garder dans les lieux publics mes lunettes de soleil sur mon nez et ma casquette sur mon crâne dégarni, ce qui ajoutait au ridicule de la panoplie de randonneur que j'arborais depuis presque un mois, mais l'heure n'était plus à la coquetterie. Je n'avais jamais été ni même souhaité devenir une vedette et de fait, je n'apparaissais jamais en première ligne, j'étais l'homme de l'ombre mais comme on l'a vu, il y avait toujours un spécialiste pour farfouiller dans tous les recoins et vous débusquer par surprise. Les réseaux sociaux n'arrangeaient rien. Il fallait rester vigilant. Me sentant nerveux, Ludivine s'était mis en tête de me masser la nuque avec une pommade concoctée par Bénédicte, une solution miracle, affirmait-elle, mais des miracles, elle en voyait partout. Le moindre rayon de soleil était un miracle, chaque goutte de pluie était un don du Ciel, le train qui arrivait à l'heure, pareil, et ne parlons pas de notre rencontre dont la seule explication était forcément miraculeuse. Des miracles… ou des mirages ? l'avais-je alors coupée. Elle s'était moquée de mon manque de foi. Selon elle, c'était moi qui en définitive étais le plus à plaindre. Pourquoi lui avoir menti ? Pourquoi lui avoir caché la vérité ? Il n'y avait pas de honte à être musicien, qu'elle sache, un sacré bon trompettiste qui plus est, à en croire le contrôleur, et elle avait tout lieu de le croire. Pourquoi avoir inventé cette ridicule fable de prof d'histoire ? Je n'avais pas confiance en elle ? C'était ça ? Et quand est-ce que j'allais jouer pour elle ? Rien que pour elle ?

J'étais assis sur un banc derrière lequel elle s'était placée pour me masser à des fins supposées relaxantes. J'avais la désagréable impression de n'être ni au bon endroit, ni à la bonne heure. Je n'étais pas à ma place mais elle était où, ma place ? A la maison auprès de mes filles, sans doute, même si c'était elles qui avaient insisté pour que je me lance dans cette aventure loufoque, aventure que j'avais magistralement corrompue pour courir un autre lièvre. Y penser me tordait les intestins. Alors je n'y pensais plus, voilà tout. Je sentais les pouces de Ludivine glisser comme des serpents sur ma nuque et ses flux apaisants se diffusaient lentement à travers chaque veine de mon corps. C'était plutôt agréable, je ne pouvais pas le nier. Ludivine était une sorcière, ses doigts m'en donnaient à présent la preuve. Si pressés qu'ils fussent, les passants nous lançaient des regards obliques et parfois désobligeants. Il n'y a pas si longtemps, on l'aurait brûlée vive en place de Grève.

Nous sommes arrivés à Saint-Malo en fin de soirée. Je connaissais cette ville pour l'avoir jadis fréquentée en famille, du temps où nous étions une famille presque normale, quand les gamines se baignaient dans une eau bien trop froide pour moi. Mais le soir, j'allais acheter des pizzas que nous grignotions sur la plage en regardant le soleil se coucher, blottis les uns contre les autres, avant de rejoindre notre mobil-home de location dans un camping des alentours. Ces petits bonheurs s'étaient depuis fossilisés dans le sable. J'avais également le souvenir plus ou moins vague d'avoir fait quelques sessions de jazz au casino avant de finir la nuit dans les bistrots du centre-ville pour me coucher dans des états proches de l'apoplexie aux côtés d'une brune de hasard dont j'ignorais le prénom. C'était ma double vie. Respectable père de famille côté jardin et lamentable pochetron côté cour. Christiane aimait la première et souffrait de la seconde. Quand je m'en suis aperçu, c'était déjà trop tard. Elle avait pris ses cliques et ses claques, embarqué les filles dans ses valises et m'avait remplacé dans son lit par un lieutenant de vaisseau de la Marine nationale, le pire sale coup qu'elle ait pu me faire. J'avais mis un peu de temps avant de m'en remettre et d'ailleurs, rien n'était moins sûr que je m'en sois depuis remis. Quand j'ai appris l'accident, j'ai encaissé son décès comme une double peine. Les filles sont revenues à la maison, pas moyen de faire autrement. On s'en est tirés comme on a pu, tous les trois.

Je n'aimais pas cette ville close engoncée derrière ses remparts et envahie la plupart du temps par des flots de touristes exigeants et bavards. Les austères immeubles de granite gris étaient trop hauts, trop rapprochés les uns des autres, et les rues rectilignes manquaient de lumière. Les corsaires d'antan s'étaient recyclés en vendeurs de cartes postales ou de churros saturés de graisse et, sur l'île du Grand-Bé, Chateaubriand devait se retourner dans sa tombe plusieurs fois par jour en subissant toutes ces allées et venues autour de sa croix, lui qui voulait vivre une éternité tranquille face à la mer, mais pour être honnête, je n'avais de ma vie pas lu une seule ligne du grand écrivain. Ludivine, c'est bien simple, elle n'en avait jamais entendu parler. Elle croyait que c'était le nom d'un vin. Mis à part sa bible, force était de constater que ses connaissances littéraires étaient un peu limitées. Susceptible comme elle était, j'évitais cependant de la chatouiller sur cette question. On a posé nos sacs face au Grand-Bé, sur la plage du Bon-Secours parce que le nom lui plaisait à merveille – Bon-Secours, rends-toi compte, c'est un signe ! –, et d'ailleurs, pourquoi ne pas dormir ici, sur la plage, à la belle étoile et à l'abri des remparts. C'est gratuit et le temps est assez clément. On se tiendra bien au chaud l'un contre l'autre, sous la protection du Bon-Secours. Ben voyons, ai-je ruminé sachant d'ores et déjà que j'allais céder une fois de plus à ses lubies, si on a trop froid, il suffira de fermer les fenêtres. Sans prendre en considération mes observations, Ludivine me fit part de sa faim soudaine. Elle avait envie d'un kebab. Je me suis étonné :

— Je croyais que tu étais végétarienne.

— Je croyais que tu étais prof d'histoire, a-t-elle aussitôt rétorqué.

Un partout. Je n'avais plus qu'à me taire et à me mettre en quête de son foutu kebab. Tout bien pesé, c'était mieux qu'une pizza qui à n'en pas manquer aurait rouvert la plaie. On croquait autant de sable que d'olives. Les filles râlaient. Christiane rigolait comme un bossu et aujourd'hui, c'est son fantôme qui se rappelait à mon bon souvenir. J'avais l'impression qu'elle m'observait depuis son lit de nuages, quelque part au sud de l'éternité, et qu'elle se fendait bien la poire à me voir ainsi me dépêtrer tant bien que mal dans les quartiers nord de la vie terrestre. C'était comme si je la trahissais à nouveau, ici à Saint-Malo, toujours avec une fille de hasard, à ceci près que je connaissais cette fois-ci son prénom. J'ai lancé un doigt d'honneur en direction des nuages. Attends-moi ici, Ludivine, j'en ai pour une minute.

Je suis revenu trois quarts d'heure plus tard après avoir fait trois fois le tour de la ville close avant de dégoter ce que je cherchais mais bon, les kebabs étaient encore tièdes et les canettes de bière suffisamment fraîches. A mon retour, Ludivine avait disparu. La plage était déserte. Nos sacs gisaient au pied des remparts sans que personne ne s'y soit visiblement intéressé et encore heureux, car il y avait un beau petit pécule planqué quelque part entre deux chemisiers et trois culottes qui aurait fait le bonheur du premier chapardeur venu.

J'ai appelé son prénom dans le vide mais ça sonnait faux. Ludivine était un prénom à murmurer, pas à lancer à tue-tête. La sirène d'un ferry s'apprêtant à lever l'ancre pour l'Angleterre a retenti contre la paroi du ciel orangé. Sans doute était-elle partie à la recherche d'un endroit où pisser ou peut-être s'était-elle fait massacrer par un psychopathe. En attendant, les kebabs allaient refroidir. Je me suis décapsulé une canette. L'espace d'un instant, je me suis surpris à espérer qu'elle ne revienne pas, qu'elle disparaisse à tout jamais ou tout simplement qu'elle n'ait jamais existé, que toute cette histoire ne soit qu'un mauvais rêve mais tout son fourbi gisait là, à mes pieds, son misérable fourbi auquel elle tenait pourtant davantage qu'à la prunelle de ses yeux. Sa vie se résumait à ces quelques sacs échoués en vrac sur la plage.

La grosse masse du ferry est apparue au bout de la jetée et a aussitôt mis cap dans la direction qu'indiquait le regard de Jacques Cartier dont la statue trônait au-dessus du rempart. Le reste du monde était de l'autre côté, à quelques heures de navigation. Les réfugiés du monde entier s'entassaient autour des ports dans l'espoir d'une survie, cherchaient à se planquer dans la cale d'un rafiot ou la remorque d'un camion frigorifique pour traverser la Manche, n'hésitaient pas à risquer leur vie qui ne valait pourtant pas bien cher aux yeux de certains. Les douaniers redoublaient de vigilance et la voix égrillarde des imbéciles se faisait entendre chaque jour davantage sur les écrans de télé. S'ils avaient pu construire un mur de béton tout autour de l'Europe, ils auraient déjà sorti les truelles sans une seconde d'hésitation. Certains avaient déjà commencé à mettre en place les parpaings et les clôtures électriques. On installait des caméras de vidéosurveillance à tous les coins de rue et les urnes se remplissaient à chaque élection de bulletins nauséabonds. Je lisais les journaux, j'écoutais la radio, je savais ce qui se passait dans le monde, ou plutôt non. Depuis trois semaines, j'avais fui le grand carnaval.

Je me suis assis par terre et j'ai saisi une poignée de sable que j'ai fait couler entre mes mains jointes. Ludivine n'arrivait toujours pas. J'ai vérifié si son portable était dans l'un de ses sacs et en effet, il se trouvait dans son baise-en-ville de cuir. C'était un appareil assez sophistiqué et je n'avais aucune idée de comment le manipuler. Dommage, car c'était l'occasion rêvée pour en apprendre davantage. « Laisse tomber, tu n'y arriveras pas », a lancé Ludivine derrière mon épaule. J'ai sursauté. Elle était simplement vêtue d'un slip de bain et j'ai senti des gouttes d'eau froide m'éclabousser le crâne, ce qui était particulièrement désagréable mais Dieu qu'elle était belle ainsi, drapée des lumières du crépuscule, dissimulant sa poitrine derrière ses bras croisés et tremblotant de tous ses membres. C'est presque à regret que je lui ai tendu une serviette.

— Tu es folle, l'eau doit être glacée, tu vas attraper la mort !

— Ce serait plutôt le contraire, je me sens renaître.

— Tu me fais penser à un tableau de Botticelli.

— Connais pas. Passe-moi mon sac, s'il te plaît.

— Renaissance italienne. Une femme nue sort du bain. C'est Vénus. Elle a une très longue chevelure rousse et elle s'en sert pour cacher ce qu'il y a à cacher. Je te prie de me croire que ça ne rigolait pas avec la morale à cette époque. Elle se tient debout sur une coquille Saint-Jacques qui flotte sur l'océan. C'est une sorte d'allégorie.

— Je meurs de faim. Tu as trouvé les kebabs ?

— Bien sûr. Sur ce tableau, Vénus est d'une beauté aussi insolente qu'innocente, aussi fragile que puissante.

— Bandante, tu veux dire ?

— Oui, si tu veux. Tous les hommes du monde rêveraient de tenir une telle créature entre leurs bras. C'est la perfection même, la beauté incarnée. Autour, il y a d'autres personnages de la mythologie dont une femme qui s'empresse de vouloir la rhabiller d'une longue robe rouge et fleurie. Un peu comme tu viens de le faire devant moi, sauf pour la robe.

— Mince, c'est presque froid, dit-elle en croquant une frite. C'est de ma faute. Tu l'as vu où, ce tableau ?

— A Florence, en Toscane.

— Quand est-ce que tu m'emmènes en Italie ? Je rêve d'aller à Rome. On va s'y rendre à pied tous les deux, en pèlerinage à Rome, hein ! A pied. Qu'est-ce que tu en dis ?

— Je ne te parle pas de pèlerinage, Ludivine, je te parle d'amour.

— Arrête ton char, Baptiste, je ne suis pas rousse. C'est le coucher de soleil qui te monte à la tête ou quoi ? Le romantisme, c'est pas mon truc, tu devrais le savoir.

A peine avais-je sorti ces mots de ma bouche que je regrettais de les avoir prononcés. J'espérais qu'ils allaient disparaître aussi vite que ce ferry dont les lumières pénétraient à présent l'horizon devenu noir, emportant dans son sillage une traîne de mariée qui scintillait dans un bouillonnement confus. Ludivine n'était pas le genre de femme à se laisser berner par les envolées lyriques du premier venu et ça aussi, j'aurais dû le prévoir. On a installé nos sacs de couchage l'un à côté de l'autre sur le sable. Je ne me souvenais plus de la dernière nuit où j'avais dormi dehors, sans doute à la suite d'une de mes beuveries de jeunesse pour me réveiller quelques heures plus tard le corps grelottant, la tête en vrac et la bouche fielleuse. Ici, c'était différent. Les nuages avaient voilé les étoiles mais nous épargnaient en même temps un air trop froid, même s'il fallait garder sur nous tous nos vêtements. Pas question dans ces conditions d'envisager quoi que ce soit. Seules nos mains se touchaient, s'enlaçaient, s'entrelaçaient, se nouaient puis se dénouaient, se tressaient comme des scoubidous et s'envoyaient des messages cabalistiques. Nous faisions l'amour avec nos mains.

Deux agents de la police municipale nous réveillèrent à l'aube. Nous n'avions pas l'air de réfugiés érythréens ou afghans, soit, mais par les temps qui couraient, deux précautions valaient mieux qu'une, n'est-ce pas, d'autant plus qu'on n'avait absolument rien à faire sur cette plage, d'où venait-on, où allait-on, où se croyait-on, des riverains s'étaient plaints, ça commençait comme ça et ça finissait en bordel généralisé, on n'était pas au Cap d'Agde, ici, c'était un endroit respectable, une plage familiale, un peu de respect tout de même, on avait deux minutes pour déguerpir, pas une de plus, sinon c'était direct la gendarmerie et là, ça serait une autre paire de manches, qu'on se le tienne pour dit.

Ludivine s'est levée d'un bond pour me demander s'ils avaient bientôt fini de jacasser, ces deux cormorans bleus.

— Attention à vos paroles, madame, ça risque de vous coûter cher !

— Nous ne faisons rien de mal, s'est-elle écriée, nous ne sommes que deux humbles pèlerins sur la route du vénérable archange saint Michel, en mission pour le Seigneur, parfaitement, pour le Seigneur ! Rien ni personne ne pourra ralentir notre marche, aucune force au monde ne pourra nous arrêter, vous entendez, aucune force ! Il n'est pas encore né celui qui osera se mettre en travers de notre route. Nous sommes des artisans de paix, messieurs, des serviteurs de Dieu. Vous entendez, nous sommes des bâtisseurs d'amour.

Résolument interloqués, les deux agents municipaux n'ont pas osé moufter. De leurs cris imbéciles, les goélands semblaient se moquer d'eux, à moins que ce ne fût tout bonnement de nous, pauvres vagabonds errants de ville en ville. J'étais toujours allongé dans mon sac de couchage, à la recherche de mes lunettes. Même si le soleil faisait dès cette heure matinale une apparition remarquée, je me sentais gelé. Dans le même temps et nullement gênée par la présence des forces de l'ordre, Ludivine commençait à se déshabiller, je savais très bien où elle voulait en venir mais les policiers, eux, non. Et ajoutant la parole aux gestes, elle leur déclara d'un ton péremptoire et avec un air faussement outré qu'elle allait se baigner si toutefois ce n'était pas déjà hors la loi, puisque c'était comme ça dans ce foutu pays, puisqu'on n'avait plus le droit de vivre comme on l'entendait, puisqu'il faudrait bientôt une autorisation signée du maire, du préfet et de la belle-mère du ministre pour pouvoir poser un cul sur le sable et une taxe spéciale pour faire trempette.

A sa décharge, je dois préciser qu'elle avait gardé son débardeur sur ses épaules. Sur ce, elle profita que la marée fût haute pour disparaître en un rien de temps dans les vagues.

— C'est votre femme ? a bafouillé l'un des agents, le second ayant visiblement perdu le sens de la parole suite au traumatisme visuel qu'il venait de subir.

— En quelque sorte, oui.

— Comment ça « en quelque sorte » ?

— Trop compliqué à vous expliquer. Laissez-la prendre son bain et on vous débarrasse le plancher au plus vite. Je suis même prêt à régler la taxe de séjour si vous y tenez.

— Non, non, il n'en est pas question. On ne va pas se formaliser pour si peu. Alors comme ça, vous êtes des vrais pèlerins ? Vous allez à Saint-Jacques-de-Compostelle ?

— Plus ou moins.

— Vous me croirez ou non, mon beau-frère l'a fait il y a deux ans avec un groupe d'amis, histoire de donner un sens à sa vie, vous voyez, d'aller à la recherche la plus profonde de lui-même.

— Je vois, oui. Je vois très bien.

— Moi, j'attends la retraite. Encore quelques années et direction l'Espagne. Mille six cents kilomètres, j'ai calculé. Mon sac à dos est déjà prêt. J'irai seul, ma femme, c'est pas sa tasse de thé. Les bonnes femmes souvent, c'est ça. Hein, Dédé ! Sauf exception, comme votre dame, par exemple. Avec votre respect. Elle nage sacrément bien, dites donc ! Tout en souplesse. Drôle de numéro, n'est-ce pas ? Vous ne devez pas vous ennuyer tous les jours avec elle.

— En quelque sorte, non.

— Comment ça « en quelque sorte » ?

— Non, je ne m'ennuie pas tous les jours. Ça serait même le contraire.

On s'est serré la main, presque cordialement. Pour ce qui était de nos canettes de bière et de nos cartons à kebabs, un container de tri sélectif était à notre disposition de l'autre côté des remparts. J'ai opiné d'un signe de la tête et, un rien penaud, les ai remerciés. Le Dédé en question ne parvenant pas à détacher son regard du large, son collègue l'a entraîné par la manche direction la ville close.

Une volée de cloches surgissant de je ne sais où a retenti au moment où Ludivine est sortie du bain. A l'entendre, ça urgeait. On était dimanche et il était hors de question de rater la messe. Dans une cathédrale, qui plus est. On n'allait quand même pas manquer ça, c'était un signe, un appel.

— Ludivine, ai-je soupiré, s'il te plaît…

— Ne fais pas l'innocent et mets ça dans ta poche en attendant.

Ça, c'était sa culotte toute trempée. J'aurais échangé dix litres de mon propre sang contre un croissant au beurre avec une grande tasse de café bien noir et bien chaud mais minute papillon, que j'arrête de râler, je n'allais pas en mourir, grommelait-elle alors que nous pressions le pas vers le centre-ville, chargés comme des mulets de notre épouvantable barda sur le dos.

— On a l'air de quoi, Ludivine, on n'est même pas lavés, on n'a rien mangé, je ne me suis pas rasé depuis trois jours !

— On va à la messe, Baptiste, pas au mariage de Caroline de Monaco. Allez, du nerf, dépêche-toi un peu.

C'était ahurissant. Quand tout le monde cherchait obstinément un sens à sa vie et que chacun s'accordait, mes filles en premier lieu, sur le fait que la route de Compostelle était la meilleure façon d'y parvenir, je m'étais perdu dans un labyrinthe dont je ne parvenais pas à trouver la sortie. Un autre que moi serait devenu fou. Ou alors je l'étais déjà sans même m'en être rendu compte, ce qui est une caractéristique bien connue de la schizophrénie. Entendez, j'assistais le ventre vide en ce dimanche matin à une messe en la cathédrale de Saint-Malo, Ille-et-Vilaine, installé tout près de l'enfeu où depuis cinq bons siècles reposait Jacques Cartier pendant que de la poche gauche de mon veston s'écoulait goutte à goutte l'eau de la culotte de Ludivine Kirchner jusqu'à former une petite mare à mes pieds.

25

A peine sortis de la cathédrale, nous nous sommes remis en route en direction du Mont-Saint-Michel que je n'avais encore jamais eu, au grand dam de Ludivine, l'honneur de visiter. « Comment ça ? Tu voudrais me faire croire que tu n'as jamais vu la Merveille de l'Occident ! » Et pourtant si, ma belle, il était de ces lieux auxquels j'avais par bonheur réussi à échapper jusqu'à ce jour. Euro Disney ou le Parc Astérix, à titre d'exemple (j'avais par deux fois prétexté un concert et c'est Christiane qui s'était tapé la corvée, elle me l'aura assez reproché), ou encore les moyenâgeries mièvres du Puy-du-Fou. D'après ce que j'en savais, le Mont-Saint-Michel était une sorte de parc d'attractions un peu plus ancien que les autres, voilà tout, un gâteau de mariage posé au ras des flots. La cerise sur le gâteau était un archange qui s'élevait à cent cinquante mètres au-dessus du niveau de la mer. Comme ailleurs, les vendeurs de cartes postales et les artisans potiers se crêpaient le chignon pour accueillir avec le rictus de rigueur les trois millions de visiteurs qui s'y pressaient tous les ans. Pour me consoler de la façon la plus maladroite qui soit, Ludivine tint à préciser qu'il s'agissait d'une étape essentielle pour les pèlerins du nord de l'Europe, comme quoi, je n'étais pas totalement hors sujet. J'ai fait une moue en guise de réponse. A ce rythme, j'allais bientôt devenir un grand spécialiste des principaux sanctuaires occidentaux.

Il nous avait fallu marcher deux journées entières pour arriver au site et je fus bien obligé d'admettre que la balade était remarquable. A partir de Cancale, la baie s'ouvrait toute grande et le chemin de randonnée suivait une côte basse. Au départ insaisissable, le Mont devenait de plus en plus palpable. Ce n'était pas les résidences secondaires qui manquaient dans le secteur, on n'avait que l'embarras du choix, d'autant plus que certaines d'entre elles possédaient le charme désuet de la bourgeoisie de la Belle Epoque qui convenait parfaitement aux goûts de Ludivine. Seul problème, les alarmes électroniques et les systèmes de vidéosurveillance qui désormais pullulaient. Le marché de la sécurité était en pleine expansion et les propriétaires dépensaient des fortunes pour protéger une bicoque qu'ils n'habitaient que trois semaines au plus dans l'année. Résultat, c'était les résidences des plus pauvres, ou plutôt des moins riches, qui étaient les premières victimes de ce que j'appelais le couteau suisse de Ludivine et qui était bien plus sophistiqué qu'il en avait l'air. Elle avait un jour voulu me mettre au parfum de sa technique mais je préférais autant ne rien savoir. Par lâcheté, sans doute. C'est elle qui m'avait entraîné dans cette histoire de fous, qu'elle assume ses responsabilités.

La maison où nous dormîmes cette nuit-là avait tout pour nous séduire, sinon l'eau chaude et l'électricité. A la guerre comme à la guerre, je commençais à m'habituer à ce manque de confort et même à m'y accommoder. Certaines choses qui nous paraissent essentielles cessent de le devenir si tant est qu'on se trouve dans un contexte particulier, et celui-là l'était assurément. J'avais connu dans ma jeunesse des périodes de vaches maigres, des hivers sans chauffage et des lentilles sans saucisses et je m'en étais tiré tant bien que mal. Plus tard, à l'époque de ma gloire, appelons ça ainsi, je m'étais vautré dans des chambres somptueuses où il suffisait d'un coup de fil pour qu'un jeune Marocain payé à coups de lance-pierres vous apporte dans le quart d'heure qui suit la bouteille millésimée que vous aviez demandée. En somme, le manque d'eau chaude et la toilette au gant me faisaient l'effet d'une petite piqûre de rappel. Ludivine avait laissé sans malice la porte de la salle de bains entrouverte et depuis la cuisine, je pouvais l'observer tout à loisir tandis qu'elle s'épilait les aisselles à l'aide de mon rasoir avant de les badigeonner d'une huile concoctée par Bénédicte et réputée pour ses vertus apaisantes, ce qui me fit un peu sourire. *Vanitas, vanitatum, omnia vanitas*, répétait-elle en boucle et en latin pour pimenter le tout, alors qu'elle n'était pas la dernière à s'autoriser un brin de coquetterie. Elle n'en était pas à une contradiction près. Je ne lui reprochais rien, bien au contraire, j'avais le sentiment un peu diffus qu'elle se pomponnait pour moi, quoi qu'elle en dise, ce qui n'était pas pour me déplaire. Je l'avais comparée à la Vénus de Botticelli mais c'était une bêtise de ma part. Des peintres comme Degas ou Bonnard avaient davantage compris ce qu'était une femme, une vraie femme. Je me suis lentement approché d'elle dans le seul but de lui mordiller le cou.

Malgré son joli cachet extérieur, c'était une maison sans trop de fioritures, fonctionnelle pour une courte période de vacances car tout paraissait prévu pour une location temporaire. Aux murs, les sempiternelles affiches de phares au milieu de la tempête et une aquarelle marine plutôt réussie. Les meubles et les lampes semblaient sortir tout droit du magasin, à part une salle à manger qui de toute évidence venait de l'héritage des arrière-grands-parents. Les fenêtres étaient vastes et offraient une vue généreuse sur la baie, une vue imprenable comme disent si bien les agences immobilières, raison pour laquelle la location de la résidence devait coûter bonbon. Il nous était bien sûr interdit d'ouvrir les volets, de fait nous prîmes l'apéritif à la lueur d'une paire de bougies dénichées dans un tiroir de la cuisine. Histoire d'améliorer l'ordinaire et d'oublier l'inconfort de la nuit passée, j'avais acheté dans le village précédent une bouteille de bon vin et quelques amuse-gueules. Ludivine s'affala sur le canapé, simplement vêtue d'une combinaison informe de coton qu'on appellera chemise de nuit par commodité et de grosses chaussettes en laine. Certes, j'avais vu par le passé plus sexy et ce qu'elle portait là tenait davantage d'un morne tue-l'amour que de l'invitation au voyage. Elle était exténuée – morte, disait-elle en poussant de longs soupirs –, se plaignait tout à trac des mollets, des genoux, des chevilles ainsi que du dos. Je lui ai approché son verre de vin. Elle a avalé une gorgée, s'est rincé les lèvres avec la langue et a reposé le verre sur la table du salon avant de s'allonger sur le dos, sa main masquant une grande partie de son visage, dont les yeux. Les noix de cajou, elle ne voulait pas y toucher, les chips à l'ancienne, n'en parlons même pas.

Elle a posé son autre main sur la mienne tout occupée à masser ses jambes et ses genoux. Ludivine avait des mollets de paysanne, comme on dit, plutôt robustes. Ce n'était pas vilain. Sa peau était d'une douceur d'ange. J'ai remonté la main vers ses cuisses. Elle m'a aussitôt bloqué le poignet comme on attrape une mouche.

— Je peux te poser une question, Baptiste ?

— Je t'en prie.

— Pourquoi tu restes avec moi ? Pourquoi tu me suis dans mon délire ? Parce que pour toi, ne me mens pas, tout ça, c'est du délire, n'est-ce pas ? Du mysticisme à quatre sous. De la superstition de bas étage.

— Ludivine, comme tu y vas…

— N'ironise pas, s'il te plaît, je suis sérieuse. Je sais que je ne suis pas une fille facile à vivre et tu as dû le remarquer à tes dépens et plutôt deux fois qu'une. J'ai mes humeurs quinze fois par jour, Baptiste, j'ai mes règles une fois par mois, j'ai mon caractère, j'ai mes hormones, j'ai mes dégoûts, j'ai mes désirs, oui, mes désirs. Comme toutes les femmes. Parfois, j'ai envie que tu me prennes n'importe où, contre le premier talus venu, que tu me kidnappes, que tu me bâillonnes parce que je jacasse à tout bout de champ. D'autres fois, j'ai envie que tu t'en ailles, que tu te casses, que tu disparaisses à jamais. Et toi, tu ne dis rien, tu ne dis jamais rien. Et en plus, tu ne dis pas tout. Cette histoire de trompette, par exemple… Tu me suis comme un petit chien, tu piétines mon ombre. C'est énervant à la fin ! Honnêtement, je ne sais pas ce que tu fais avec moi. En plus, je suis loin d'être un canon, ça ne t'a pas échappé. Alors donne-moi une raison, une seule, et ne me dis pas que c'est pour mes supposés beaux yeux. Une raison, s'il te plaît.

J'ai détaché ma main de son poignet pour reprendre mon verre puis je me suis levé vers les volets clos de la fenêtre. C'était des volets électriques, particulièrement moches et banals. Il suffisait d'appuyer sur le petit interrupteur pour que la mer immense se dévoile peu à peu et ça me démangeait mais il n'y avait pas de courant. Je me sentais comme un gamin devant le rideau de fer d'une pâtisserie. On était dans un vase clos, tous les deux, prisonniers d'une geôle sans barreaux, d'une prison de courants d'air et Ludivine me demandait le chemin pour s'en échapper. Ça faisait bientôt trois semaines qu'on zigzaguait dans le pays comme des ivrognes sur un trottoir obscur, qu'on tirait des bords sur une mer de désolation. J'ai si souvent réfléchi à ce qu'elle m'a confié ce soir-là et c'est presque mot à mot que j'ai retranscrit le dialogue écrit plus haut. Des années plus tard, j'y songe encore, de temps en temps, et chaque mot résonne de manière si abrupte que les parois de ma mémoire soudain se fissurent. Je revois le décor, ce canapé insipide et trop mou, ce salon sans âme et sans le moindre humour, sa combinaison de coton, et ce de manière si précise que j'ai oublié la réponse que je lui ai faite. Sans doute avais-je bafouillé en lui tournant le dos quelque explication bancale de l'ordre du hasard, de la curiosité ou de l'attirance réciproque. Deux êtres se croisaient et une réaction chimique en résultait, des neurobiologistes expliquaient ce phénomène de manière très convaincante, des avancées significatives dans ce domaine de la recherche avaient été accomplies ces dernières années, et ni elle ni moi n'y pouvions rien. D'ailleurs, si elle me permettait, je ne la suivais pas, et encore moins comme un caniche. Je n'étais pas un chien, j'étais un homme, au cas où elle ne l'aurait pas encore remarqué. Je l'accompagnais, un point, c'est tout, et c'était déjà pas mal, non ? Elle l'avait dit elle-même : peu importait la destination, l'essentiel est le chemin. Saint-Jacques-de-Compostelle, Saint-Michel, Jérusalem ou Pétaouchnock, c'était kif-kif bourricot. Et pour ce qui était de notre relation, je voulais parler de notre relation intime, bien sûr, désolé, madame, mais je n'en savais fichtrement rien. Je n'avais jamais été très doué pour parler de ces choses-là. Ma trompette se débrouillait bien mieux pour les exprimer mais elle n'était pas avec moi.

Je me suis retourné vers le canapé pour m'apercevoir que Ludivine s'était endormie comme par enchantement. Elle ne manquait pas d'air, celle-là. Elle dégoupillait une grenade et vous la refilait comme une patate chaude, à vous ensuite de vous débrouiller tout seul. Je me suis assis dans le fauteuil d'en face pour la regarder. Elle était allongée sur le flanc, la tête reposant sur un coussin et les bras tendus et croisés entre les cuisses. On aurait dit qu'elle posait. J'aurais dû choisir la peinture plutôt que la musique, je n'étais pas mauvais quand on me mettait un pinceau entre les doigts et ça m'aurait évité bien des désagréments. Certes, j'aurais préféré la voir nue, l'avoir toute nue pour dire les choses en face, encore que cette combinaison d'un autre âge apportait au tableau un je ne sais quoi de troublant qui la transfigurait en princesse en haillons. Une clocharde céleste, aurait écrit Jack Kerouac. Un ange vagabond. Inutile à présent de me voiler la face. Sa présence me réconfortait. La fascination avait fait place à la curiosité et l'attachement à la fascination. Jamais il n'a été question de coup de foudre, expression pudibonde pour désigner dans le meilleur des cas une simple attraction sexuelle et dans le pire une romance surannée, mais force était d'admettre que Ludivine était entrée dans ma vie par effraction, de la même façon qu'elle pénétrait dans une maison. Son regard faussement ingénu avait l'efficacité et la précision de ce diamant avec lequel elle découpait la vitre d'un soupirail par lequel elle s'engouffrait sans faire de bruit et sans provoquer trop de casse. Elle se faufilait. Je n'étais protégé par aucun système électronique, ce fut pour elle un jeu d'enfant de percer mon âme à coups de chignole. Enfin... quand je dis mon âme, tout le monde aura compris de quoi je veux parler. Tout bien réfléchi, je n'avais pas grand-chose à perdre alors autant perdre le peu qui me restait entre ses bras. Cependant, la pleine confiance qu'elle mettait en moi ne cessait de m'étonner. Preuve m'en fut donnée le lendemain au Mont-Saint-Michel.

Nous y sommes arrivés en fin d'après-midi, à l'heure où les hordes de touristes commençaient à regagner les parkings par les navettes prévues à cet effet. Le Mont était un monstre ruminant qui recrachait chaque soir des milliers de visiteurs. C'était donc pour moi une première approche et il aurait été prétentieux de masquer ma surprise et mon émerveillement devant ce triangle de pierres millénaires bâti au milieu des flots. Rien à dire, c'était colossal. Pour une fois, Ludivine s'abstint de commentaires superfétatoires mais elle tenait absolument à ce que nous y entrions comme de vrais pèlerins, ce que nous étions en réalité, en traversant la baie pieds nus sur le sable, avec toute l'humilité qui sied aux enfants de Dieu. Humilité, ce mot-là revenait également dans sa bouche à tout bout de phrase. Il s'agissait en même temps d'une vertu suprême, d'un art de vivre et d'une morale à la petite semaine. Ça faisait des siècles qu'ils nous rabâchaient le système avec leur foutue humilité. Les religieux, mais pas seulement eux, ne nous parlaient que d'élévation vers la Lumière et l'Espérance, majuscules incluses, nous tendaient une carotte au bout de leur bâton pour nous faire saliver en nous promettant je ne sais quelle éternité, tout en nous maintenant bien fermement la tête sous le sable au nom du principe sacré de l'humilité qui signifiait ni plus ni moins qu'on reste à notre place, qu'on s'écrase et qu'on la ferme. J'aurais bien voulu qu'on m'explique au nom de quel principe le fait de ramper au ras des pâquerettes faisait de vous un être vertueux. Ludivine marchait devant, de plus en plus vite, comme si elle allait rater son train. Je peinais à la suivre. Au poids des sacs, il fallait ajouter la force d'un vent contraire et la difficulté d'avancer sur un terrain mou. Avant que les sables mouvants ne nous engloutissent, la marée allait surgir à la vitesse d'un cheval au galop ainsi que le prétendait la légende, et nous dévorer aussi facilement que des crabes verts. Mais non, la mer paraissait encore si loin, c'est à peine si on la devinait. Nous traversions un no man's land de sable et de flaques, de vase et de débris marins, nous marchions sur un kaléidoscope de miroirs où se reflétaient les dernières lueurs du jour, nous pataugions dans l'incertitude.

Ludivine avait fini par me devancer de deux ou trois cents mètres et quand je suis enfin arrivé à ses côtés, le cœur battant et les chevilles en feu, je la trouvai au pied des remparts en pleine prière, en pleine extase oserais-je dire, agenouillée dans le sable et tournée vers le Mont, les mains jointes et les yeux clos, ses lèvres dessinant en silence je ne sais quelle litanie où j'aurais parié qu'il était entre autres question d'humilité. Il est vrai qu'on se sentait minuscule face à ce mastodonte qui nous écrasait de son ombre, qu'on prenait, j'y reviens, une bonne leçon d'humilité mais c'était depuis des siècles et des siècles le but final de l'entreprise, non ? Je me suis assis sur un rocher. Je me sentais las et irritable, sale une fois de plus, mes épaules me faisaient souffrir et j'aurais vendu mes deux filles en échange d'une bonne bière bien fraîche. J'ai sorti mon paquet de ma poche. Ludivine s'est levée puis s'est frotté les genoux pour en ôter le sable.

— Même si tu ne crois pas, tu devrais prier, Baptiste. Au moins essayer de temps en temps. C'est peut-être aussi relaxant qu'une cigarette et ça fait moins mal aux poumons.

Je n'ai pas répondu. Valait mieux pas. J'ai demandé et maintenant, on fait quoi ? On rampe ? On s'agenouille ? On grimpe ?

— Oui, Baptiste, on grimpe. Tout là-haut, dit-elle en pointant l'index en direction de la statue dorée de l'archange en armure qui lui-même baissait son épée vers un pauvre dragon qui n'aurait pas fait de mal à une mouche.

Aussi prévoyante qu'imprévisible, elle avait réservé deux lits à la maison du pèlerin où nous déposâmes nos sacs une fois arrivés, ce qui me soulagea en partie car je n'avais nulle envie de jouer les Arsène Lupin dans un lieu aussi fréquenté. Chaque coin de rue était hérissé de caméras. En effet, il avait fallu grimper. Mine de rien, le Mont s'élevait à plus de cent cinquante mètres à travers un dédale de ruelles étroites et d'escaliers coupe-jarrets qui menaient à l'abbaye située au sommet du rocher. Le flot des touristes s'étant tari, on pouvait à présent circuler assez librement. Les échoppes d'artisanat et de souvenirs commençaient à baisser leur store, ne restaient que quelques crêperies aux prix prohibitifs qui comme chaque soir se préparaient à détrousser le client en toute impunité. Le moindre café coûtait la peau des fesses et il était impossible de trouver une malheureuse galette à moins de douze euros. Ludivine m'avait prévenu. Certes, le Mont-Saint-Michel était une vaste pompe à fric, un royaume de l'arnaque et de la corruption, un attrape-nigaud aux prétentions mystiques, mais quel autre lieu symbolisait mieux la gloire de l'Occident chrétien ? Au diable les mécréants, je n'avais qu'à la suivre, il me fallait fermer les yeux devant les marchands du Temple qui auront des comptes à régler au jour du Jugement dernier, ça je pouvais lui faire confiance, car Dieu reconnaît toujours les siens, et ne me concentrer que sur la beauté et la puissance incomparables de ce site bâti par les hommes de bonne volonté et inspiré par le Tout-Puissant. Elle sautillait de joie, je soufflais comme un bœuf. Eclairée par sa lampe frontale, sa lanterne magique, se plaisait-elle à dire, elle m'entraînait à présent par la main dans un dédale de couloirs, d'oubliettes et d'escaliers. Elle semblait connaître l'endroit mieux que les pages de sa bible alors que j'aurais été bien incapable de retrouver mon chemin. C'était un labyrinthe ténébreux, une forêt de pierres.

Par mesure de précaution, elle avait dispersé son pactole – son « capital », préférait-elle dire – dans trois cachettes différentes. Qui plus est, elle possédait les passes qui menaient à des cryptes obscures bien évidemment non autorisées au public. Elle m'expliquerait plus tard qu'il lui avait suffi de faire un peu de gringue à l'un des gardiens. La porte énorme et basse qu'elle était en train d'ouvrir avait été mise en place vers le XIIe siècle et les serrures dataient sans doute de la même époque. Le Mont-Saint-Michel avait servi de prison dès le Moyen Age. Je venais d'apprendre dans un prospectus que Louis XI y avait fait croupir ses adversaires politiques dans ses fameuses cages de fer. Plus tard, les gouvernants successifs de la Révolution y enfermèrent des prêtres réfractaires et des détenus politiques. Napoléon III en fit un bagne. L'église abbatiale était devenue un centre de détention pour les condamnés aux travaux forcés et les anciennes cellules de moines, des geôles de prisonniers. Auguste Blanqui, le grand révolutionnaire surnommé « l'enfermé », y avait passé quelques années à l'ombre dans les années 1840. Les conditions de vie étaient bien sûr déplorables et les tentatives d'évasion vouées à l'échec. Les mâchoires de la mer veillaient jour et nuit.

Ludivine n'avait jamais entendu parler d'Auguste Blanqui, le fondateur du journal *Ni Dieu ni Maître*, et ne voulait surtout pas en apprendre davantage, merci bien. Or, peut-être étions-nous en ce moment même dans la cellule où l'anarchiste avait purgé sa peine. De la minuscule lucarne, il observait les étoiles et préparait un livre qui porterait un bien joli titre : *L'Eternité par les astres*. Ce Blanqui me paraissait ma foi fort sympathique. Tiens-moi ma lanterne et pour l'amour du Ciel, tais-toi, ordonna-t-elle. Je la regardai faire. A l'aide de son couteau suisse, elle descella une pierre qui se trouvait au pied du mur, sous la lucarne, puis une deuxième, libérant ainsi une petite cavité d'où elle sortit une boîte en fer enveloppée dans un sac plastique, une simple boîte de galettes au beurre qu'on trouvait jadis sur les tables des goûters de fêtes, avec comme motif un cercle de danseuses bretonnes en costume traditionnel. Pas difficile de m'en souvenir, j'avais exactement la même à la maison où je cachais de vieilles photos auxquelles je tenais, pour les protéger en cas d'incendie. Ludivine en avait fait une tirelire. Un tas de billets soigneusement rangés par coupures de dix, vingt, cinquante et cent euros. Elle sortit de son sac une nouvelle liasse, de toute évidence préparée à l'avance, et les ajouta sur une des piles. A vue d'œil, cette innocente boîte de biscuits contenait plusieurs dizaines de milliers d'euros. J'étais atterré.

— Tu es folle, Ludivine. Complètement marteau !

— Parle moins fort, je te dis. C'est vraiment pas le moment de se faire repérer. Passe-moi la torche. Suis-moi !

Nos chuchotements résonnaient de manière assez lugubre et un peu ridicule. C'était un jeu, sans doute. Oui, ça ne pouvait être qu'un jeu. Elle était reine et j'étais son fou. Admettons. Elle était folle et j'étais le roi des abrutis. Oui, plutôt.

L'étape suivante nous emmena dans une chapelle au bout d'un itinéraire tortueux de couloirs et encore d'escaliers, à travers des relents d'humidité et de moisissures. Là encore, il nous avait fallu franchir des portes plus épaisses que des remparts qu'elle ouvrait cependant avec une facilité déconcertante. C'était un vrai passe-muraille. Nous étions parvenus dans le saint des saints, affirmait-elle, dans la crypte originelle, un sanctuaire qui n'avait pas bougé d'une pierre depuis l'époque de Charlemagne. Notre-Dame-sous-Terre. C'était ici que battait le cœur du rocher. La chapelle n'était pas bien grande mais d'énormes piliers soutenaient une voûte qui elle-même soutenait d'autres bâtiments et particulièrement celui de la nef abbatiale, juste au-dessus de nos têtes. Aucune statue, aucune fioriture ne heurtait le décor, rien qu'un inquiétant autel de pierres de schiste posté dans le chœur de la chapelle, sous une alvéole romane, un autel qui semblait être là depuis que le mont était Mont, depuis que le monde était monde. Ici le silence était total, et oppressant par conséquent. J'aurais pu calculer mon pouls rien qu'en écoutant mon sang battre à travers mes veines. Frissonnant de tous mes membres, je me suis tourné vers Ludivine puis j'ai montré l'autel d'un coup de menton.

— La deuxième cache est à l'intérieur, n'est-ce pas ?

— Gagné ! mais cette fois-ci, Baptiste, j'ai besoin de ton aide.

En effet, il fallait être deux pour soulever et faire coulisser l'imposant bloc de granit qui recouvrait l'autel.

Je l'aurais deviné, une autre boîte métallique s'y terrait. Même opération, mêmes transactions que dans la cellule d'Auguste Blanqui. Elle se délestait d'une bonne partie du poids de son sac. Je laissais faire. Avec cette manne, on aurait pu s'offrir tous les deux un billet d'avion pour l'autre bout du monde, on aurait pu se payer du bon temps pour un bon bout de temps, s'envoler vers les tropiques, se payer une croisière aux Antilles sur un paquebot de luxe, je ne sais pas, se baigner dans les eaux turquoise d'un océan lointain ou les sources chaudes d'un fjord islandais et s'envoyer en l'air dans le lit king-size d'un palace réservé à des passionnés de l'optimisation fiscale. Au lieu de cela, nous courions depuis trois semaines la prétentaine comme des réprouvés chassés du jardin d'Eden. J'en riais jaune.

On a remis la lourde table de pierre à sa place. Amplifié par un écho glacial, le bruit était sinistre et comique à la fois, comme dans un film d'horreur de série B. Il valait mieux ne pas traîner dans les parages, des services de sécurité grouillaient un peu partout. Ludivine a refermé la porte derrière nous. « On a presque fini ! a-t-elle chuchoté. Vois-tu, je préfère disperser le capital en plusieurs endroits au cas où l'une des caches serait découverte. Pas folle, la guêpe ! »

Avant que je puisse formuler la moindre réponse et dans le seul but de me faire taire, elle posa sur mes lèvres un baiser rapide mais sans équivoque. La salive qu'elle avait déposée dans ma bouche et que je recueillis avec ma langue avait un petit goût métallique. Elle jouait comme une petite fille espiègle. Elle se jouait de moi, aussi. Cette course au trésor semblait l'amuser follement. En ce qui me concernait, c'était plutôt modérément, très modérément même.

Escaladant les escaliers en colimaçon qui nous emmenaient vers le clocher, Ludivine paraissait immortelle. Elle était prête à vivre mille ans. Je la suivais dans une semi-obscurité, guidé par le faisceau de sa seule lampe. Le souffle commençait à me manquer et la sueur de mon dos dégoulinait jusqu'à mon slip. Elle s'arrêta devant une lourde porte qui devait dater des invasions vikings, posa son sac et en sortit une clef longue d'une bonne vingtaine de centimètres qu'elle brandit devant mon nez avec un air triomphant. « C'est le sésame de l'antichambre du Ciel. » La porte grinça, forcément, et s'ouvrit sur un second escalier encore plus étroit, plus abrupt et plus sombre. Nous montâmes une cinquantaine de marches, peut-être plus. Trop occupé à économiser mon souffle, je n'avais pas cherché à les compter. Ludivine me saisit la main pour m'aider à gravir les dernières. Une autre porte se présenta en haut de l'escalier. Cette fois-ci, elle n'était pas verrouillée, il suffisait de baisser la poignée et de la pousser et Ludivine la poussa sans une seconde d'hésitation. Une rafale de vent me trancha aussitôt le visage.

26

Je comprendrais parfaitement qu'on puisse douter de ce que j'avance. Après tout, une bonne partie de ma narration est basée sur un socle plus ou moins bancal de mensonges. A commencer par le plus grossier et le plus impardonnable, celui que j'échafaudais jour après jour pour mes filles à qui j'envoyais chaque soir une position tout ce qu'il y avait de plus cohérente et néanmoins complètement farfelue. Ce soir-là, alors que je grimpais comme un acrobate dans les entrailles de la flèche de l'abbatiale du Mont-Saint-Michel par des échelles presque verticales, j'aurais censément dû me trouver dans une petite ville du Pays basque, en train de déguster à la terrasse d'un café une Izarra verte dans un verre rempli de glaçons. Mensonge également à l'encontre de Ludivine qui avait fini par découvrir le pot aux roses. La musique était un don du Ciel, pourquoi le lui cacher ? Pourquoi en avoir honte ? Plus tard, il me faudrait de nouveau bonimenter les flics, les amis, ce fouille-merde de journaliste qui avait eu vent de mon pèlerinage à Saint-Jacques-de-Compostelle et en avait fait ses choux gras par le biais d'une demi-page pompeusement titrée « Baptiste Kerdéniel, le musicien-pèlerin » alors que je n'étais ni plus ni moins qu'un imposteur. Restait à savoir dans quelle proportion et surtout avec quelles intentions je me mentais à moi-même.

Ce fut une expédition. On n'aurait pas pu aller plus haut. Nous étions parvenus grâce à l'enchevêtrement de ces échelles qui serpentaient à travers la charpente de la flèche au belvédère le plus élevé du Mont. Le vertige m'avait scié les jambes et coupé le souffle. Sans doute poussé par un sursaut d'orgueil ou de virilité mal placée, j'avais pourtant tenu à la suivre. Ludivine était un petit animal agile qui grimpait au baobab. Je n'étais qu'un pachyderme qui couinait à la troisième marche de l'escabeau. La dernière liasse qu'elle devait cacher avait été déposée dans un recoin de cette charpente qu'il aurait été bien difficile de découvrir. Toujours une boîte en fer de la même série, cette fois-ci moins fournie. Toujours les mêmes coupures, pieusement rangées par unité. Je me suis essuyé le front avec ma manche.

— Nom d'un chien, Ludivine, qu'est-ce que tu vas bien pouvoir faire avec ce pognon de dingue ? On pourrait croire que tu as braqué une banque.

Elle s'était accoudée au parapet de pierre qui protégeait un minuscule chemin de ronde autour du sommet de la flèche, le pic du cône. Une gargouille y était scellée à chaque point cardinal. A cent cinquante mètres de hauteur, ce balcon nous offrait à trois cent soixante degrés une vue crépusculaire sur la baie et sur le plat pays alentour. Çà et là, des lumières s'allumaient : des réverbères, des feux de voitures tirant des traits jaunes le long de la côte et puis des phares marins qui clignotaient au milieu du chaos. La mer prenait des teintes apocalyptiques alors que le vent l'assaillait de bourrasques démentes. C'était d'une beauté insoutenable. La statue enduite d'or ne se trouvait plus qu'à une vingtaine de mètres au-dessus de nous. Saint Michel en armure triomphait du Mal. A ses pieds, un dragon en bien mauvaise posture que l'archange, brandissant son épée, s'apprêtait à décapiter. Et c'est sur nous que le sang allait gicler. Ludivine regardait fixement droit devant elle, c'est-à-dire de l'autre côté du monde habité.

— Un orphelinat.

— Pardon ?

— Avec ce pognon de dingue, comme tu dis, je vais bientôt bâtir un orphelinat. Un orphelinat en Syrie, pour nos frères et nos sœurs chrétiens d'Orient. Avec l'aide de Dieu.

— Mais… la Syrie, c'est un pays musulman ou je me trompe.

— En effet, oui. Mais les chrétiens représentent une minorité et ils sont persécutés. On les pourchasse, on les déporte, on les fusille, on viole leurs filles, on met leurs femmes et leurs enfants en esclavage. Il faut leur venir en aide. C'est urgent. Je ne plaisante pas, c'est une question de vie ou de mort.

Ce n'était pas le moment et encore moins le lieu pour ouvrir un débat géopolitique. Comme tout un chacun, je n'ignorais pas qu'il y avait du grabuge dans cette région, un sacré grabuge même. Des villes entières étaient réduites à l'état de cendres, un président tortionnaire n'hésitait pas à lancer sur son peuple des attaques chimiques pour s'accrocher à son pouvoir tandis que des hordes ricanantes de fanatiques filmaient en direct des décapitations sordides avant de les diffuser sur les réseaux sociaux, tout le monde savait ça, tout le monde. Malgré les embargos, malgré les blocus, nos entreprises occidentales vendaient au plus offrant des armes pour détruire et du béton pour reconstruire aussi sec, il s'agissait de garantir l'emploi, tout le monde savait ça, tout le monde. Et les bombes continuaient à s'écraser sur les immeubles des villes où se terraient, comme des rats, chrétiens, musulmans, bouddhistes, yézidis, zoroastriens ou va savoir, pour une fois tous unis dans la même terreur, rassemblés autour d'une même angoisse, mais qu'est-ce que j'en savais de cette guerre, qu'est-ce que j'en pensais, qu'est-ce que j'y pouvais ? Ce n'était pas ma faute, je n'y étais pour rien. Je n'étais qu'un musicien, pas un prophète, un saltimbanque, pas un mercenaire. Le vent commençait à s'énerver et j'avais l'impression que le clocher tanguait, ce qui ne me réconfortait guère. Nous étions accrochés à la vigie du grand mât d'un voilier égaré dans la tempête. Le mal de mer me tordait les intestins.

— Tu ne me crois pas, n'est-ce pas ?

— De ta part, Ludivine, il faut s'attendre à tout. La Syrie, pourquoi pas ? On en reparlera, si tu veux bien. Pour l'heure, il va peut-être falloir penser à redescendre.

Elle s'est retournée vers moi. L'obscurité posait peu à peu sa chape d'acier sur la baie mais je parvenais encore à distinguer la froide détermination qui scintillait dans ses yeux tout autant que sa quiétude. Elle n'était pas folle. Pourquoi avais-je dit qu'elle était folle ? Elle constituait depuis des années un capital financier à l'abri de la voracité des entreprises bancaires et du lobbying des BTP, ceci dans un objectif purement humanitaire, un objectif raisonnable et précis quand bien même il s'échafaudait dans un contexte politique particulièrement sensible. On pouvait contester la méthode mais personne ne pouvait nier la légitimité de sa démarche. Je l'ai prise dans mes bras, elle n'a pas cherché à résister, bien au contraire. Elle aussi tremblait de froid. La montée vers le clocher nous avait mis en nage et à cent cinquante mètres au-delà du niveau de la mer, le vent s'insinuait sournoisement à travers nos vêtements. Il nous fallait redescendre avant que l'archange d'or ne nous fracasse le crâne de son épée, avant qu'une rafale ne nous emporte au diable, avant que les services de sécurité ne viennent s'inquiéter de la présence de ces deux intrus. Allez, viens, Lulu, tu vas prendre froid, viens…

— Une dernière chose, Baptiste, maintenant que tu sais où est l'argent. S'il m'arrive malheur…

— Tais-toi ! Il ne t'arrivera aucun malheur tant que je serai à tes côtés, Ludivine. Je te le promets.

— Laisse-moi parler, Baptiste, je suis sérieuse. Si Dieu veut me rappeler avant mon heure, il faut que tu saches que cet argent, tout cet argent, c'est pour eux, pour les enfants, pour les orphelins de Syrie. Promets-moi.

— Viens, Lulu, allez, viens !

— Promets-le-moi.

— Oui, je te le promets. Il faut rentrer, à présent ! Regarde comme tu trembles…

— De joie, Baptiste. Je tremble de joie.

La descente fut encore plus casse-gueule. La lampe frontale nous éclairait de manière sporadique et les échelles paraissaient branlantes. Un faux pas, une glissade et c'était la dégringolade assurée, la chute dans les oubliettes et la nuit aux urgences. Mieux valait ne pas regarder en bas. Je n'avais pas la témérité de Ludivine. Je me sentais nu, vulnérable, mes genoux étaient en carton-pâte, mon âme en papier mâché. Elle, elle était protégée par une carapace que je n'avais pas, une sorte d'armure invisible qu'elle appelait foi et qui, pour moi, s'apparentait plutôt à une forme d'inconscience naïve. Elle s'imaginait pourfendre les dragons à coups de billets de banque et soulager toute la misère du monde par la même occasion, mais il était à craindre que ses utopies restent vaines. S'il y avait dans ces boîtes à biscuits de quoi nous offrir de superbes vacances au soleil, c'était un peu juste, d'après ce qu'il m'avait été donné de jauger, pour soulager le sort de milliers de gamins abandonnés parmi les gravats, et leur saloperie de guerre n'avait pas dit son dernier mot.

Le lendemain matin, nous avons quitté le Mont à contre-courant. La marée des touristes commençait à déferler, non à la vitesse d'un cheval au galop, mais plutôt avec l'élégance d'une armée de bisons labourant la prairie dans un épais nuage de poussière. Je n'étais pas mécontent de quitter ce gros tas de pierres, ce nid de merles bavards, mais où aller, à présent ? Je me sentais piégé. Mon retour à la maison était prévu pour la fin octobre, il me restait disons quatre bonnes semaines devant moi, quatre semaines à errer en quête de qui, de quoi ? Réfléchissons un peu, une autre solution pouvait être envisagée. Il me suffisait de prendre un train pour Bayonne, un bus pour Saint-Jean-Pied-de-Port, étape obligatoire du pèlerin, et de rattraper le chemin de

Saint-Jacques à la frontière, là où était raisonnablement ma place. Après quoi, je pourrais proclamer urbi et orbi être un jacquet légitime, adoubé par un carnet dûment tamponné. Les quelques jours que j'aurais passés aux côtés de Ludivine n'auraient été qu'une parenthèse un peu absurde qui ne concernait que moi et moi seul. Nul n'en saurait rien, et surtout pas mes filles.

Les parkings se remplissaient, les gens s'attroupaient près de la station des navettes qui, pour la somme délirante de douze euros par personne, les trimballaient au site distant d'un jet de pierre. Navrée, Ludivine regardait cette foire d'empoigne : « L'homme du néolithique faisait vingt kilomètres à pied par jour, aujourd'hui, la moyenne est tombée à six cents mètres. Qu'est-ce que tu dis de ça ? » On pouvait s'en offusquer mais j'étais bien mal placé pour ajouter mon grain de sel. Il m'arrivait parfois de prendre ma caisse pour aller chercher le pain au bout de la rue. Pour l'heure, ma vieille Volvo break se languissait au garage en attente de son maître. Un petit tour au volant ne m'aurait pas déplu, histoire de me changer les idées parce que mine de rien, je commençais à en avoir plus qu'assez de transbahuter mes vieux os à hue et à dia avec un sac de quinze kilos sur les épaules. Le moment était venu pour moi de prendre une décision, or je m'en sentais totalement incapable. Je me suis tourné vers Ludivine qui, comme de bien entendu, marchait de l'autre côté de la chaussée qui nous ramenait sur le continent. Elle paraissait plutôt gaie. Aucun signe de fatigue ne se lisait sur son visage. Parfois, j'avais l'impression de marcher aux côtés d'un fantôme. Un fantôme gentil et charmant, un fantôme avec une belle bouille et un superbe popotin mais un fantôme quand même.

— Et toi, Ludivine ?

— Moi, j'ai du travail. Je dois me rendre à Orléans au plus vite. C'est assez urgent.

— Ouh là là ! C'est pas la porte à côté. Un nouveau contrat, j'imagine ?

— Appelle ça comme tu voudras, Baptiste. Je dois d'abord récupérer ce qu'on me doit.

— Ton orphelinat…

— Oui, mon orphelinat, parfaitement. Que ça te plaise ou non. J'ai eu un contact dans la soirée. Une nouvelle mission m'attend, une mission d'importance.

— Je peux savoir ?

— Rome.

— C'est bien connu, tous les chemins y mènent.

27

De fait, nous sommes partis à Orléans dans l'heure qui a suivi et en voiture, s'il vous plaît. « Détends-toi, Baptiste, on ne fait rien de mal ! » répétait Ludivine à chaque fois que je lorgnais dans le rétroviseur pour vérifier si aucun gyrophare ne nous coursait. Une sirène imaginaire me lacérait déjà les tympans.

Rien de mal ? Ben voyons, j'étais tout simplement au volant d'un camping-car qui ne m'appartenait pas, première fois de ma carrière que je me livrais à ce genre de fantaisie, et elle aurait voulu que je roule aussi relax que s'il s'était agi d'un véhicule de courtoisie, un cure-dent entre les lèvres et la main droite posée mollement sur sa cuisse, à la manière d'un honnête père de famille qui s'offre une petite virée avec sa jeune maîtresse.

— Et ne fais pas cette tête d'enchristé, s'il te plaît, c'est juste une bagnole ! On va la rendre.

Je préférais me terrer dans le silence, j'aurais bien aimé qu'elle fasse de même mais c'était trop demander, sans doute. Tout cela s'était passé en un temps record sans que je puisse vraiment réagir ni même comprendre ce qui m'arrivait. On se trouvait sur le parking des navettes, il y avait déjà là des centaines de voitures et de camping-cars, de motos et de caravanes. Ludivine m'avait simplement demandé d'attendre avec les sacs, le temps qu'elle prenne une décision qu'elle avait de toute façon déjà prise, j'en mettais ma main au feu. Tout ce qu'elle entreprenait était planifié, calculé, anticipé, je commençais à connaître l'énergumène. Elle était revenue tout sourire une dizaine de minutes plus tard en faisant gigoter un trousseau au bout de ses doigts comme s'il s'agissait des clefs du paradis alors qu'il me semblait aussi bien entendre la crécelle d'un lépreux. On pouvait lui faire confiance, elle était spécialiste en la matière. Pour elle, c'était bien simple. Il y avait toujours une probabilité, si infime soit-elle, que quelqu'un oublie ses clefs sur le tableau de bord ou sur le siège du chauffeur ou même carrément sur la porte. La fatigue de la route, l'excitation d'aller visiter le Mont-Saint-Michel pour la première fois ou encore une simple engueulade de couple engendrait une perte momentanée de concentration. Résultat, il suffisait d'avoir un peu de chance et un peu de flair. Aujourd'hui, la chance était de notre côté, c'était un signe, n'est-ce pas ? Bon d'accord, elle n'avait rien trouvé de mieux qu'un camping-car, ce qui n'était pas l'idéal question discrétion, encore que celui-ci était assez modeste, rien à voir avec les mastodontes qui encombraient les routes estivales. Inutile de tirer cette tête d'ahuri, on n'avait pas le choix. En revanche, elle serait ravie si je voulais bien me donner la peine de la suivre avec les sacs jusqu'au véhicule en question et de prendre le volant si ce n'était pas trop demander car elle en était désolée, elle n'avait pas le permis. De fait, on avait jeté les sacs à l'intérieur comme des colis postaux, sans la moindre délicatesse, et elle m'avait poussé devant le fait accompli, c'est-à-dire derrière le volant, en m'ordonnant de me grouiller un peu. Dans le meilleur des cas, les propriétaires n'allaient s'apercevoir de la disparition de leur véhicule qu'au retour de leur visite, disons en fin de soirée, ce qui nous laissait une marge confortable, mais il ne s'agissait pas non plus de moisir dans les parages au cas où ils s'aperçoivent de leur bévue et fassent aussitôt marche arrière. J'ai actionné la clef et enclenché la première. Aussi miraculeux que cela puisse paraître, ce fut en effet aussi facile que ça.

On a pris une départementale qui filait vers l'est, mieux valait éviter les routes trop fréquentées. C'était un camping-car ordinaire, blanc, sans trop de fioritures sinon ces rideaux de dentelle accrochés aux vitres et un Schtroumpf pendouillant au rétroviseur. Ce véhicule était conçu pour des braves gens de la classe moyenne qui trimaient chaque mois afin de pouvoir honorer les quarante-huit mensualités prévues à la signature du contrat, ce qui n'était guère moral, si elle voulait mon avis. Je ne pouvais m'empêcher de les plaindre. Il m'était arrivé par le passé de me faire voler ma voiture par des petits voyous que j'aurais volontiers étranglés de mes propres mains si jamais j'étais tombé dessus. Les flics l'avaient retrouvée quelques jours plus tard dans un terrain vague à deux kilomètres de chez moi. Ces sagouins avaient en plus fracassé mon autoradio et l'un d'eux avait vomi sur la banquette arrière. Raison pour laquelle j'avais fait remarquer à Ludivine qu'il aurait été peut-être aussi simple de s'adresser à une agence de location, si elle tenait tant que ça à arriver dans les délais à Orléans. Elle admit pour une fois que je n'avais pas tout à fait tort mais ce qui était fait était fait, on n'allait pas se flageller pendant toute la durée du trajet. Il suffirait de leur laisser un gentil petit mot d'excuse et quelques billets dans la boîte à gants en guise de dédommagement. Ce n'était pas un crime. Après tout, ce n'était ni plus ni moins qu'un emprunt, une forme de location un peu particulière, qu'est-ce que j'en pensais ?

Je n'en pensais rien. Je ne pensais plus. Les neurones de mon cerveau avaient cessé de fonctionner. Il ne me restait pas plus de lucidité que ce Schtroumpf en plastique qui gigotait devant moi. Ludivine déploya sur ses genoux la carte Michelin. Après l'avoir consultée avec attention – il me semble avoir déjà évoqué son redoutable sens de l'orientation – elle en conclut qu'on arriverait à destination dans cinq ou six heures, tout au plus, en évitant bien sûr les autoroutes parce qu'elle n'avait pas du tout l'intention de donner le moindre centime à ces entreprises privées qui accumulaient des bénéfices honteux sur un bien public payé avec l'impôt des citoyens pour les répartir en dividendes à des gros lards se rendant tous les dimanches à la messe. Puis elle plia la carte, la rangea et par la même occasion entreprit de s'atteler à l'inventaire de la boîte à gants. Un paquet de chewing-gums, quelques CD qu'elle toisa avec un rien de mépris, une brosse à cheveux, des produits cosmétiques rangés dans une trousse, un carnet de chèques. De toute évidence, c'était le véhicule d'un couple sans enfants. A l'arrière, quelques effets traînaient en vrac. Une écharpe, deux paires de chaussures de sport, des bâtons de marche, un sèche-cheveux. Tandis que

Ludivine farfouillait dans la trousse, je cherchais sur l'autoradio une station sans blabla, j'avais eu ma dose. Un petit air de blues ou de jazz ne nous ferait aucun mal, ai-je pensé. Ça nous changerait des chants de messe et peut-être même que ça me détendrait. De nos jours, ce n'était plus si facile de trouver sur les ondes de la musique écoutable. Par un coup de chance inouï, je suis tombé sur un morceau de Johnny Cash qu'une radio locale avait eu la bonne idée d'émettre en pleine matinée. On traversait au même moment une épaisse forêt de hêtres et de pins. J'en aurais pleuré.

Pendant ce temps-là, Ludivine faisait des grimaces face au miroir du pare-soleil pour se tartiner les lèvres avec le tube de rouge qu'elle venait de dénicher dans la trousse. J'ai doucement ricané. On sentait bien qu'elle n'avait pas l'habitude de ce genre d'exercice. Elle s'est tournée vers moi, faussement ingénue, la bouche en cul de poule.

— Je te plais, mon cœur ?

J'ai souri sans trop me forcer. C'était sans doute le premier sourire que je lui adressais de la journée, non que j'en fusse avare mais mon inquiétude avait repris le dessus depuis notre expédition dans les entrailles du Mont-Saint-Michel, sans compter cette dérangeante histoire du camping-car. Bien sûr qu'elle me plaisait. Quelle question ? Demande-t-on à un âne s'il aime le son ? Elle a continué à fouiller dans la trousse, a ajouté un peu de mascara sur les cils, un peu de poudre sur les joues, s'est aspergé le cou de deux pressions d'un flacon d'eau de toilette. Tout semblait l'amuser. C'était une petite fille qui se déguisait en femme. Je ne me rappelais que trop ce lamentable épisode du parfum le jour de son anniversaire, toutefois je m'abstins du moindre commentaire. L'instant me paraissait à la fois fragile et gracieux, il aurait été dommage de fissurer l'ambiance en remuant de mauvais souvenirs. Ludivine était ainsi, versatile et espiègle, lunatique sans doute, en tout cas toujours là où on ne l'attendait pas. Il fallait se faire une raison. On avait dépassé la forêt et on traversait à présent un paysage sans grande envergure. La même radio diffusait à présent quelques vieux standards de jazz qui, mine de rien, me remuaient la couenne. Même si je savais pertinemment que je n'arrivais pas à leurs chevilles, je devais tout à ces gars-là, le souffle, le rythme. Ils étaient des monstres et je n'étais qu'un honnête tâcheron. J'ai augmenté le son. Ce n'était pas une surprise, Ludivine n'avait jamais entendu parler de John Coltrane ou même de Miles Davis. Charlie Parker ? Inconnu au bataillon. De toute façon, ce « zinzin », comme elle disait, ne lui faisait ni chaud ni froid. Pas son truc, mais alors vraiment pas son truc. Elle s'est juste montrée un peu plus attentive au moment où je lui ai expliqué comment Coltrane s'était sorti de l'alcool et de la drogue grâce à sa rencontre avec Dieu, c'est du moins ce qu'il prétendait.

— Tu vois, Dieu guérit de tous les maux. Je me tue à te le dire.

— Parker, lui, était un dieu vivant mais les dieux sont mortels. Il est tombé au fond du trou à trente-quatre ans et aucune force divine n'est venue lui faire la courte échelle pour remonter.

— Arrête tes bêtises, tu veux. Quand est-ce que je pourrais vous entendre, toi et ta trompette ?

— Je ne sais pas, Ludivine ! Je ne sais pas. Laisse-moi encore un peu de temps.

— La musique est un don de Dieu.

— Tais-toi, Ludivine ! Personne ne m'a donné le don de quoi que ce soit. La musique, c'est des heures et des heures de travail, des répétitions à n'en plus finir, des moments de découragement et de dégoût, tu ne peux pas t'imaginer. Petit, j'en chialais à force de faire mes gammes. J'avais le cœur au bord des lèvres et les lèvres à vif. Les profs du conservatoire nous mettaient une telle pression que j'allais dégueuler dans les chiottes avant chaque représentation. J'en ai connu plus d'un qui a laissé tomber. Il a bon dos, ton bon Dieu !

Je me suis frotté l'œil gauche pour effacer une larme qui menaçait de couler, ce n'était pas l'heure de m'apitoyer sur mon sort et il me restait malgré tout un fond d'orgueil. Par chance, Ludivine ne s'en était pas aperçue. Elle avait trouvé dans la trousse à maquillage un petit flacon de vernis et s'enduisait à présent les ongles d'un rouge écarlate mais c'était sans compter les soubresauts de la route et les tremblements de la bagnole. Qu'importe, cet aimable petit jeu la distrayait. Elle secouait ses mains pour les sécher, soufflait sur le bout des doigts et contemplait le tout, assez contente d'elle. Certes, c'était loin d'être parfait, on ne s'improvise pas manucure du jour au lendemain, le vernis débordait et ses mains étaient les mains d'une femme qui vivait la plupart du temps dehors, plus habituées à se les geler ou à se joindre en prière qu'à saisir délicatement une coupe de champagne. Je lui ai dit qu'elle était ravissante et sans doute l'ai-je pensé très sincèrement, je le crois, non à cause du maquillage et du vernis qui, au fond, n'étaient rien d'autre que du grimage de clown, mais pour le reste, pour tout le reste que j'étais toujours incapable de définir avec précision.

Ludivine aurait déclaré que c'était un signe, je me contentais d'interpréter ça comme un simple coup du hasard, un de ces sacrés coups de chance qui vous tombent dessus trois ou quatre fois dans une vie pour les plus veinards. Toujours est-il que dès que j'ai entendu Chet Baker entonner les premières mesures de *Tenderly*, j'ai pris d'instinct la première route à droite qui n'était qu'un chemin d'exploitation agricole où une bande d'herbe rase poussait au milieu puis je me suis garé deux cents mètres plus loin, sur le terre-plein d'un hangar à l'abandon. Il n'y avait rien à l'horizon que des champs de maïs ou de tournesols qui se doraient au soleil. Une vieille moissonneuse-batteuse toute rouillée achevait ses jours au fond du hangar comme un éléphant vers son cimetière. C'était peut-être un peu sinistre, on aurait pu s'attendre à tomber sur un paysan accablé par ses dettes pendu à une poutre mais le lieu ne manquait pas de charme. J'ai éteint le moteur, ouvert les vitres en grand et j'ai encore augmenté le son de la radio. C'était vraiment une chouette de station, l'animateur aurait mérité une médaille. Je suis sorti, j'ai fait le tour de la bagnole et j'ai ouvert la portière de Ludivine en lui tendant la main. Elle a compris tout de suite, elle n'était pas idiote, son sourire en disait long.

On a dansé modestement, sans fioritures, sans avarice et sans la moindre cupidité. On a dansé sur la terre battue d'un vieux hangar agricole, quelque part sur la route d'Orléans, à la mi-octobre de l'année 2012, avec pour seul témoin une moissonneuse-batteuse qui ne ferait plus jamais de mal au moindre épi de blé. Je l'enserrais doucement par la taille, elle enlaçait ses bras autour de mes épaules, sa tête au creux de ma nuque, ses seins écrasés contre ma poitrine. Son nouveau parfum se mêlait à l'odeur du vieux foin. La trompette de Chet Baker ricochait contre les parois du hangar puis s'en allait surfer sur les vagues de maïs avant de revenir s'enrouler autour de nos corps scellés l'un à l'autre, comme un serpent grimpant au tronc d'un arbre.

Nous étions comme deux bêtes à se renifler, museau contre museau, haleine contre haleine, bientôt dents contre dents. Je sentais la caresse du léger duvet au-dessus de sa lèvre supérieure comme elle devait sentir les poils rugueux d'un homme qui ne s'est pas rasé depuis plusieurs jours. En même temps, les visages faisaient connaissance, les joues, le nez, le menton, s'entrechoquaient parfois, ou peut-être cherchaient-ils simplement à s'apprivoiser. Il arrivait aussi que mes lunettes ou une mèche de ses cheveux viennent brouiller les pistes sans que ce soit vraiment perturbant. Nous avons agi ainsi pendant quelques minutes, trois ou quatre, difficile à préciser tant l'instant paraissait flou. C'était peut-être très érotique, je ne sais plus trop, bien que je ne me souvienne pas de l'amorce d'une quelconque excitation d'ordre sexuel avant qu'elle ose ouvrir imperceptiblement les lèvres, le temps de les humecter par un bref balayage de la langue, chose que je fis également pour faciliter l'opération et maintenant les lèvres coulissaient plus habilement, elles glissaient les unes contre les autres. J'ai fait une pause pour reprendre mon souffle. J'ai embrassé ses paupières toujours closes, toujours volontairement closes. J'ai embrassé ses yeux puis mes lèvres entrouvertes ont glissé lentement le long de l'arête de son nez pour retrouver sa bouche qui cette fois semblait m'attendre mais il n'y avait aucune impatience de sa part bien qu'elle fût plus largement ouverte quand je la retrouvai, ouverte sans être béante. Et maintenant, c'est sa langue qui glissait sur ma lèvre inférieure, c'est elle, Ludivine, qui semblait prendre désormais les opérations en main, si j'ose dire, je le sentais à la façon qu'elle avait de me serrer davantage les épaules. Je me souviens d'un léger tremblement sans que je sache vraiment si c'était de mon fait ou du sien, du mien sans doute, par faute d'équilibre, puisque je l'ai serrée davantage contre moi, entre mes bras, j'ai frissonné puis ma main droite l'a saisie par la nuque de manière à lui faire incliner le visage pour pouvoir cette fois-ci l'embrasser à pleine bouche mais doucement, progressivement, par paliers.

Ce baiser était un jeu funeste et délicieux. Les lèvres n'étaient rien d'autre que des muqueuses mais c'était aussi la première porte de la maison que constituait notre corps. Elles nous servaient à manger depuis notre première tétée au sein de la mère, à articuler, crier ou chuchoter les mots, tous les mots, les insultes aboyées comme les confidences à voix basse, elles m'avaient si souvent servi à souffler dans l'embouchure de ma trompette pour y extraire en retour la musique qu'on me demandait de jouer jusqu'à en avoir mal, jusqu'au dégoût, mes lèvres étaient mon instrument de travail mais je n'avais plus de travail, oublions cela, le mieux était de tout oublier, à commencer par l'instant présent, aussi délicieux fût-il. J'hésitais à aller plus loin, à pénétrer sa bouche de ma langue, à forcer un passage dont elle me donnait pourtant le sésame, c'était encore trop tôt, trop nouveau, trop inconnu, pour elle aussi, c'était difficile, on s'inquiétait peut-être de nos haleines, de nos dents négligées, de l'amertume de notre salive, et puis on ne s'inquiétait plus, on laissait venir. Nos langues dessinaient à présent des entrelacs, des arabesques, envoyaient des codes, sécrétaient une huile douceâtre, s'entremêlaient. Nos lèvres étaient des vagues qui s'échouaient sur les dents de l'autre avant qu'une autre vague ne surgisse. Nos corps faisaient de même à présent, mes bras enserraient ses épaules comme si j'avais peur qu'elle ne s'envole et dans le même temps, elle collait son ventre contre le mien.

On s'est arrêtés une seconde pour reprendre à nouveau notre souffle et s'échanger un regard qui n'exprimait rien d'autre qu'une vague sensation de vertige. C'était comme si l'on glissait sur un grand toboggan et que ce toboggan n'en finissait pas, que notre chute n'avait pas de fin, alors, dans un élan tacite, nous avons tous les deux fermé les yeux au même moment et cette fois-ci, le baiser fut entier, visqueux, impudique et généreux.

On a achevé la danse à l'arrière du camping-car.

28

J'y repense à présent, ce fut l'ultime fois qu'on fit l'amour. Elle portait cette robe légère, dans les tons coquelicot, qu'elle avait volée – « empruntée », insistait-elle – dans les placards d'une maison qu'on avait squattée pour une nuit, je ne sais plus laquelle, et qui se refermait par une fermeture Eclair dans le dos. Bien que la méthode d'acquisition fût discutable, je fus bien obligé d'admettre que la robe lui seyait à merveille et je n'avais pas manqué de la flatter alors que nous dansions sous le hangar. Certes, ses vieux godillots et ses chaussettes tire-bouchonnées autour des mollets dépareillaient un peu et le crucifix qui gigotait entre ses seins en aurait rebuté plus d'un mais il faut croire que je dansais sur un nuage.

On s'est déchaussés avant d'entrer dans le camping-car. C'était un habitacle plutôt confortable, étroit comme une cabine de voilier et méthodiquement rangé. Les propriétaires étaient du genre délicat. Il y avait des petits rideaux de dentelle aux fenêtres et des coussins particulièrement hideux sur lesquels était imprimé un gros cœur rouge. J'avais toujours tenu en horreur ce genre de véhicules qui encombraient les routes dès les beaux jours, se garaient impunément devant les plus beaux panoramas comme si le gabarit du véhicule avait force de loi et voilà que j'en profitais à mon tour. On s'est vautrés sur le lit et je me suis aussitôt attaqué à la fermeture Eclair tandis qu'elle décrochait le crucifix de son cou, chose qu'elle faisait tout le temps dans ces moments-là, comme pour se débarrasser d'un témoin gênant. En deux secondes et demie, on était nus, enchevêtrés l'un dans l'autre, haletants et suants telles des bêtes de somme, avides de jouissance ou d'impatience, déjà ivres de désir. C'est elle à présent qui me chevauchait tandis que mes mains affolées s'agrippaient à ses seins. C'est elle qui de son front écrasait mon front, qui de ses hanches martelait mon ventre. C'est elle qui m'ébouillanta de son regard au moment où le plaisir la poignarda dans la nuque.

Partir ensemble, le plus loin possible, partir avec elle au hasard de nos envies, tailler la route, revenir de temps en temps à la maison, lui présenter mes filles, pourquoi pas, leur dire voilà, c'est Ludivine, Ludivine je te présente mes grandes, Morgane, l'aînée, et puis voici Solenn, la plus jeune, je reprendrai ma trompette, je suis certain que ça fonctionnera à nouveau et de plus belle, elle me suivra en tournée, dans les clubs, qu'elle ne s'inquiète pas, je gagnerai bien assez de pognon pour deux, plus de souci à se faire, plus besoin pour elle de crapahuter aux quatre coins du pays pour les beaux yeux de quelque vieille rombière en mal de pénitence, ça sera notre route à nous, personne pour nous imposer le moindre itinéraire, personne pour nous dicter la marche à suivre, tu verras, on sera bien, tous les deux, on sera libres, on sera les personnes les plus libres du monde, on s'achètera une roulotte comme celle-ci, enfin quelque chose de moins conventionnel, un Combi par exemple, on dormira dans les vallées profondes, on dormira en haut des falaises, face à la mer, on dormira au creux des forêts, tu verras, Ludivine, tu verras comme on sera bien, comme on sera libres, enfin.

Ludivine se contentait d'écouter mes sornettes sans rien dire. Elle était allongée sur le ventre, la tête enfouie entre ses bras. A califourchon sur ses cuisses, je faisais glisser lentement mes mains sur son dos, depuis le haut des fesses jusqu'aux épaules. Je la pétrissais, la remodelais, enfonçais mes pouces au creux des deux fossettes cachées à la commissure de ses reins, remontais par les flancs tout en repassant sa peau comme si mes paumes étaient des fers et je parlais, je parlais, je n'arrêtais pas de parler, de radoter, de dégoiser, je n'avais jamais autant parlé depuis tant d'années. Je lui disais les landes désertes et les prairies où l'herbe est plus verte. Je la bernais d'horizons inatteignables. De temps en temps, je la sentais frissonner, alors, les doigts en éventail, presque crochus, j'englobais ses fesses comme si elles étaient miennes, comme si le monde m'appartenait. Je m'en donnais le droit autant que le privilège, j'imposais mon sceau même si tout cela n'était au final qu'une lamentable illusion comme je m'en suis aussitôt rendu compte dès qu'elle s'est retournée, le visage en larmes et la bouche grimaçante. Elle a attrapé le crucifix qui gisait au pied du lit.

— Faut pas me dire des choses comme ça, Baptiste ! Faut pas. Rhabillons-nous tout de suite, tu veux, faut pas traîner.

Je me suis tu. Et pour un bon moment, je crois. John Coltrane et Chet Baker ne pouvaient plus rien pour nous.

Nous sommes arrivés à Orléans en fin de soirée et nous avons abandonné le camping-car sur le parking d'un petit supermarché situé non loin du centre-ville. Ludivine a sorti de son sac deux billets de cinquante euros et les a glissés dans la boîte à gants en compagnie du petit mot d'excuse qu'elle avait griffonné en route. De mon côté, j'avais essayé d'effacer autant que faire se pouvait toute empreinte de notre passage. Le volant, l'autoradio, les poignées des portières, un peu comme je l'avais vu dans les films, puis j'ai jeté le torchon dans une poubelle près de l'abri des Caddies. A cet instant, Ludivine a lancé vers les chariots un regard oblique. J'ai compris ce qu'elle ressentait. Submergée par une nouvelle crise d'achats compulsifs, elle était en manque. Même si cette manie me semblait des plus malsaines, je crois que je l'aurais volontiers laissée remplir tout un Caddie et même deux si ça pouvait l'apaiser. Depuis l'épisode du hangar, elle s'était renfrognée dans sa coquille et par expérience, déjà, je savais que c'était une autre paire de manches que de l'en faire sortir. D'accord, tout était de ma faute, ma très grande faute, et même ma très très grande faute si elle y tenait. J'étais le premier à savoir qu'on devrait tourner sept fois sa langue dans sa bouche avant d'articuler la première syllabe, surtout quand il s'agit de choses aussi intimes mais quoi, n'avait-on plus le droit d'avouer à une femme qu'on en était devenu amoureux ? Ce n'était pas un crime de confesser ses sentiments. Amoureux naïf, amoureux idiot, amoureux couillon, sans doute, mais amoureux un petit peu. Enfin, je n'en savais plus trop rien. J'avais lancé ce « Je t'aime » comme une bouteille à la mer sans aucune certitude que quelqu'un découvre un jour parmi un tas de goémon le petit mot caché dedans.

Un rien dépité, je lui ai tendu un jeton pour son Caddie en lui promettant que j'attendrais avec les sacs mais elle s'est ressaisie, l'entêtée. Le travail d'abord ! Elle a consulté son portable. Son rendez-vous ne se trouvait pas très loin d'ici, un quart d'heure à pied tout au plus. Sans vouloir me commander, elle préférait s'y rendre seule. Pour patienter, je pouvais faire mon petit tour à ma guise, la vieille ville était charmante, on s'offrirait une glace après, si je le souhaitais, en terrasse de préférence, pour profiter des dernières tiédeurs. Son parfum préféré, c'était pistache. Après elle me ferait visiter la cathédrale, promis, une authentique merveille, un bijou d'orfèvre, c'était la ville délivrée par Jeanne d'Arc, que je n'oublie jamais ça, ce n'était pas rien. Rendez-vous était donné dans une heure au pied de la statue équestre sur le parvis, je ne pouvais pas la rater. Puis avant de me quitter, elle ajouta sans que je lui demande quoi que ce soit que Jeanne d'Arc était l'incarnation même du courage et de la miséricorde de Dieu.

Je lui ai souhaité bonne chance puis j'ai erré à travers les rues de la vieille ville pendant un bon petit moment sans trop savoir que faire. Mon sac à dos m'encombrait et déjà Ludivine me manquait, ce qui, j'en conviens, était un peu ridicule. Sans elle, ma présence à Orléans n'avait aucune raison d'être. Elle me trimballait depuis trois semaines sans que je comprenne vraiment les raisons pour lesquelles je marchais dans son sillage mais force était de constater qu'elle avait eu le mérite de me stimuler ou tout au moins de secouer ma vieille carcasse, c'est ainsi que j'interprétais les choses. Passant au hasard devant un magasin d'instruments de musique où était exposée dans la vitrine une rangée de cuivres rutilants dont une trompette Selmer pas donnée mais d'excellente facture, je me suis soudain senti saisi par une bouffée de nostalgie. Je n'avais pas soufflé dans cet engin depuis plusieurs mois et je sentais à nouveau mes lèvres frémir à la simple pensée d'en lécher l'embouchure. C'était un signe, aurait dit Ludivine qui ne m'avait jamais entendu jouer. Je suis descendu jusqu'à la Loire en sifflotant un vieux standard puis je me suis assis sur un banc, face au parapet de pierres, sans autre ambition que de lire la partition du fleuve.

29

Bien sûr, le gendarme m'a posé tout un tas de questions qu'il remettait sur la table dix minutes plus tard, ça n'en finissait pas. Ce n'était pourtant pas le mauvais bougre, il faisait son travail honnêtement, sans frime et sans malice, ne se prenait ni pour le commissaire Maigret ni pour l'inspecteur Barnaby et avait eu la bonté de ne me braquer aucun projecteur en plein visage. Mais pour reprendre ses propres termes, cette histoire, cette sale histoire, le turlupinait. Il avait une quarantaine d'années, l'allure plutôt sportive, et portait une barbe d'une semaine qu'il ne cessait de gratter tandis qu'il m'interrogeait. Il ne comprenait pas, il ne comprenait pas, il ne comprenait pas. C'était son leitmotiv. Ses yeux ne cessaient de faire l'aller-retour entre l'écran de son ordinateur et ma chemise tachée de sang. Je ne pleurais pas, l'idée ne me serait même pas venue, mais pour la forme, il m'a tendu la boîte de mouchoirs en papier. Je me suis mouché, qu'est-ce que j'aurais pu faire d'autre ? Puis il m'a proposé un café, s'excusant par avance qu'il était dégueulasse. Ça faisait six mois qu'ils avaient demandé une nouvelle machine mais il y avait, paraît-il, d'autres priorités. J'ai néanmoins accepté le café.

— Donc, si je comprends bien, vous êtes en train de me raconter que vous avez rencontré cette personne, madame Ludivine Kirchner, par le plus grand des hasards.

— C'est exact, je vous l'ai déjà dit.

— Et que suite à cette rencontre fortuite, vous avez décidé de renoncer à votre pèlerinage pour l'accompagner dans son périple. Ça vous arrive souvent ?

— De quoi ?

— De suivre la première venue ?

— Non, monsieur, ce n'est pas dans mes habitudes et ce n'était pas la première venue, comme vous dites.

— J'entends bien, monsieur Kerdéniel, j'entends bien, mais admettez que c'est un peu dur à avaler, cette histoire.

— Je ne sais pas.

— Vous ne savez pas grand-chose, en définitive. Est-ce que vous pouvez me préciser quel type de relation vous entreteniez avec cette dame ?

— On marchait ensemble, c'est tout.

— C'est tout, vous êtes sûr ?

— C'est tout.

— Remarquez, on ne vous reproche rien. Aucune charge n'est retenue contre vous, bien au contraire. Vous avez couru immédiatement à la rescousse de la victime, ce qui explique le sang sur vos vêtements. C'est de toute évidence un accident. Des témoins ont fait leur déposition, aucun doute là-dessus. Une voiture roulant sans doute bien au-delà de la vitesse autorisée a heurté madame Kirchner de plein fouet alors que vous marchiez à une cinquantaine de mètres derrière elle, et de l'autre côté de la chaussée. A cette heure, le conducteur est recherché pour délit de fuite. Ça va lui coûter cher, vous pouvez me croire.

J'ai baissé la tête. Le gendarme m'a retendu la boîte de mouchoirs en ayant la délicatesse de me laisser tranquille quelques secondes, le temps d'aller chercher le café. A cette heure de la nuit, la gendarmerie baignait dans une lumière froide. Un néon grésillait au-dessus de moi. Dans un bureau attenant, un autre gars de l'équipe s'esbignait sur un ordinateur qui devait dater de Mathusalem. On sentait le manque de moyens, le resserrement des budgets, les bouts de chandelle. Je n'aurais pas voulu faire leur boulot et ce café n'arrangeait rien. Le gendarme a posé tout en douceur le gobelet devant moi, j'ai décliné le sucre d'un geste de la tête.

— Dites-moi, monsieur Kerdéniel, vous n'êtes pas n'importe qui. On s'est renseignés un peu. Que voulez-vous, plus moyen de rester anonyme, de nos jours.

— Je ne suis qu'un musicien, c'est mon travail.

— Allons, allons, pas de fausse modestie. Si j'en crois mon ordinateur, vous avez un joli palmarès derrière vous, n'est-ce pas ! Félicitations.

— Je me débrouille.

— En revanche, on ne sait pas grand-chose à propos de madame Kirchner. Quelques séjours en prison au début des années 2000 pour vols avec effraction, un peu de traficotage, des petites choses sans grandes conséquences. Depuis, elle a disparu des écrans radar. Elle a bien un numéro mais la Sécurité sociale n'a pas eu de ses nouvelles depuis des lustres. Les services fiscaux, n'en parlons pas. On ne sait quasiment rien d'elle. Pas de famille, pas de domicile connu, pas d'emploi, rien. Dans ses affaires qu'on a récupérées, rien d'autre qu'un passeport qui n'est plus valide. Et comme il y a délit de fuite, selon toute vraisemblance, il y a enquête, c'est la procédure. Et c'est moi qui dois enquêter, vous comprenez ?

— Je comprends.

— Vous comprenez mais vous ne m'aidez pas. Or vous êtes le seul à pouvoir éclairer ma lanterne. Encore une fois, je vous le demande : quelles étaient vos relations véritables avec cette dame ?

— Je me tue à vous le dire. On randonnait ensemble, c'est tout. Elle n'était pour moi qu'un compagnon de route, rien de plus. C'est plus agréable d'avancer à deux même si elle mettait un point d'honneur à marcher systématiquement sur le côté droit de la chaussée. Croyez-moi, c'est pas faute de l'avoir mise en garde. Tout le monde sait que c'est dangereux, surtout la nuit, mais bon, elle était plus têtue qu'une bourrique. Elle se croyait protégée par la Providence.

— La Providence ?

— Oui, enfin… les forces divines, le bon Dieu, je ne sais pas. Bref, on sortait juste du parking du McDo et puis cette bagnole a surgi plein gaz d'on ne sait où alors que Lulu…

— Lulu ?

— Madame Kirchner, je veux dire. Elle tenait à ce qu'on l'appelle Lulu. Lulu tout simplement.

— Tout simplement ? Je vois. Continuez.

— Voilà, je ne sais pas trop. Tout s'est passé si vite. Elle s'est mise à courir en pleine nuit sous la pluie le long du bas-côté. On avait eu, c'est vrai, comme un petit différend l'instant auparavant.

— Un différend ?

— Rien de grave, rien qui puisse expliquer son geste. Disons qu'elle avait un caractère un peu particulier. Tout cela s'est passé en une fraction de seconde. J'ai entendu un coup de frein. Après un bref temps d'arrêt, la voiture a redémarré sur les chapeaux de roue. Même pas eu la présence d'esprit de noter la plaque d'immatriculation. Comme je vous l'ai déjà expliqué, c'était une voiture noire d'assez gros gabarit. C'est tout ce que j'en sais. Pour ce qui est du reste, vous en savez autant que moi.

— Admettons, monsieur Kerdéniel, admettons… L'autopsie nous le confirmera.

— L'autopsie ?

— Bien sûr. C'est la procédure, encore une fois. La routine. Vous voulez bien signer votre déposition. Je vous en prie, ces mouchoirs sont à votre disposition.

— Mais je ne pleure pas, je vous assure.

— Non, mais vous avez encore des traces de sang autour de la bouche.

La feuille sortait de l'imprimante en poussant des gémissements pendant que le gendarme ne cessait de gratter sa barbe tout en fixant mes paupières à demi closes. Je devais avoir une sale gueule. Moi non plus, je ne m'étais pas rasé depuis plusieurs jours, sans compter l'état de mes fringues. Du sang et de la boue partout. Le sang de Ludivine jaillissant de sa tempe et de sa bouche au moment où je l'avais découverte dans un champ de maïs, derrière un talus. Son corps avait valdingué sur plusieurs mètres et avait sans doute heurté dans sa course le poteau électrique qui se trouvait là comme par hasard. Le hasard est l'ombre de Dieu, répétait-elle en boucle. Quand ce n'est pas l'ombre du diable, aurais-je pu ajouter. Il m'avait fallu un petit bout de temps avant de la découvrir. J'appelais dans le noir, sous la pluie, je criais son prénom à tue-tête, je cherchais à tâtons à travers cette forêt d'épis, je déteste le maïs, je n'y voyais rien à cause de la pluie sur mes lunettes. Il a fallu que je trébuche contre une masse molle et informe avant de me rendre compte à la faible lueur de mon portable qu'il s'agissait de Ludivine, enfin, de ce qu'il restait de son corps. Ses yeux étaient encore ouverts et me fixaient étrangement. Il y avait du sang partout, du sang et de la boue sur son cou, sur son visage et ses cheveux. J'ai tenté de stopper l'hémorragie en appuyant sur les plaies ouvertes avec son foulard mais peine perdue, ça n'arrêtait pas de pisser. Le sang se mélangeait à la pluie. J'appelais au secours à m'en brûler les poumons. Dans le même temps, je lui donnais des claques sur la joue tout en lui parlant d'une voix qui se voulait sans doute rassurante en dépit de ma panique, ça va aller, Ludivine, t'inquiète, ça va aller, on va s'occuper de toi, tiens bon. Tiens bon, nom d'un chien, faut qu'on aille à Rome, réveille-toi. Pour l'amour du Ciel, réveille-toi. Et puis j'ai entendu des bruits de sirènes, j'ai vu s'approcher des éclats de lumière. Un pompier m'a aidé à me relever. « N'insistez pas, monsieur, c'est fini. Elle a dû décéder sur le coup. »

Le lieutenant a arraché la feuille de l'imprimante et m'a tendu son stylo tout en m'avançant la boîte de mouchoirs. J'ai essuyé mes yeux, je me suis mouché à nouveau et j'ai ravalé ma salive. Il s'est rassis derrière son bureau.

— Attendez, je vais essayer de mieux vous expliquer. Voilà, Ludivine Kirchner était quéreur de pardons. C'était sa profession.

— Quéreur de pardons ? Qu'est-ce que c'est que ce jargon ? Vous vous foutez de moi ?

— Non, monsieur l'agent, je ne me moque pas. C'était son vrai métier, aussi vrai que vous êtes gendarme et moi musicien.

30

J'avais poireauté une bonne demi-heure assis sur le piédestal de la statue de Jeanne d'Arc, du côté même où était gravée la fameuse supplique : *Prends tout en gré, ne te chaille de ton martyre.* A force de la lire sur l'épaule nue de Ludivine, j'avais eu le temps de l'apprendre par cœur. Face à moi, l'imposante cathédrale aux tours couronnées projetait son ombre dévorante sur le parvis. Aucune envie d'y mettre les pieds. Pour tuer le temps, je consultai précisément la carte avant d'envoyer le traditionnel texto à mes filles, ceci de manière plus mécanique que paternelle, je n'avais plus honte de le penser. Elles me paraissaient à présent si lointaines alors que c'est moi qui, de toute évidence, m'étais égaré à l'aveuglette dans ce brumeux dédale. Elles semblaient appartenir à une autre vie, une autre de mes vies que j'avais gardée quelque part dans un tiroir mal fermé, au cas où le besoin de m'en resservir un jour se ressentirait. Après tout, elles avançaient de plain-pied vers l'âge adulte et je n'avais plus grand-chose à leur apprendre, si tant est que je leur avais appris quelque chose. Même la musique, oui même la musique. Elles tiraient de telles moues devant la moindre partition que j'avais arrêté les frais dès leur adolescence. La musique n'est pas une maladie génétique.

Dans une rue piétonne adjacente, un solitaire coiffé à la rasta faisait la manche en jouant du saxophone aux passants qui passaient et ne s'arrêtaient pas. Il reprenait des vieux tubes des Beatles, *Yesterday*, *A Day in the Life*, des choses de ce genre qui ne prêtaient guère à conséquence. Certes, il lui restait encore de nombreux progrès à faire, notamment dans les graves, mais il gardait toute crédibilité et c'était là l'essentiel. Un petit bœuf à ses côtés ne m'aurait pas déplu. Je m'étais approché de lui dans le quart d'heure précédent et j'avais jeté dans son chapeau un billet de cinq euros puis j'avais aussitôt tourné la tête de peur qu'il me reconnaisse, encore qu'avec mes lunettes noires et mes frusques de randonneur aguerri, c'eût été une gageure de me démasquer.

Je patientais une fois de plus au pied de la statue de Jeanne d'Arc en armure, l'épée tendue et baissée, prête à bouter hors du royaume le perfide Anglais et le Bourguignon félon. A y regarder de plus près, il y avait en effet un petit air de ressemblance entre les deux femmes, une bouille à la fois candide et déterminée, une bonne tête à claques que personne n'oserait pourtant frapper. Qu'on soit roi de France ou saltimbanque, il était difficile de refuser quoi que ce soit à ce genre de créatures quand elles vous fixaient droit dans les yeux, j'en savais quelque chose. Jeanne d'Arc était une guerrière, une sainte ou une sorcière, Ludivine idem, sans l'armure bien sûr, encore que cette armure, elle la portait en soi, sous l'illusion d'une peau souple et satinée. Il aurait suffi de se donner la peine de gratter un peu pour découvrir une carapace d'acier trempé.

N'en pouvant plus d'attendre, je me suis dirigé vers la cathédrale. Une cantate de Bach louvoyait en sourdine sous les voûtes de la nef centrale et vous faisait aussitôt hérisser les poils des bras. Ils savaient y faire, les sournois, pour amadouer le client. Quelques visiteurs tournaient en rond entre les piliers, s'attardaient devant les vitraux. Certains allumaient des cierges devant la statue de sainte Thérèse, toujours au top de la dévotion populaire, tandis que d'autres s'agenouillaient devant le chœur avec une ferveur qui me laissait pantois. Aucune trace de Ludivine. Elle m'avait pourtant parlé d'un rendez-vous de première importance, m'avait même fixé une heure précise pour nous retrouver mais ça faisait maintenant presque une heure qu'elle aurait déjà dû être là. Aucune réponse à mes textos non plus, cette fille était vraiment impossible. J'ai attrapé un dépliant qui racontait dans une version anglaise l'histoire du monument et me suis assis au milieu d'une rangée de chaises en faisant semblant de lire. En fermant les yeux et en ouvrant bien les oreilles, il aurait été possible de m'imaginer unique spectateur de tout un orchestre jouant pour moi tout seul cette cantate. Sans être un fan de musique sacrée, j'étais bien obligé de reconnaître que Bach était vraiment un balèze. Je le mettais sans une seconde d'hésitation à égalité avec un Charlie Parker ou un John Coltrane. Avec Bob Dylan ou avec Barbara ou même avec Jacques Brel, aussi bien. Miles Davis, bien sûr, autant que Jimi Hendrix ou Gabriel Fauré. Qu'est-ce que j'aurais fait de ma vie sans eux ?

Qu'est-ce que j'allais bien pouvoir désormais faire de ma vie sans la musique ? Je songeais à ces solitudes en attendant Ludivine, écrasé par cette voûte de trente-deux mètres de haut que des hommes avaient élevée au XIIIe siècle pour se faire la courte échelle avant de grimper au ciel. On érigeait maintenant des gratte-ciel toujours plus imposants, c'était la course à la verticalité, à celui qui pisserait le plus haut, mais la finalité était la même, il s'agissait de remettre le commun des mortels à sa place, c'est-à-dire à la hauteur des taupes. Je pensais à ce que me rabâchait Ludivine. La marche à pied avait le mérite d'être horizontale, c'était une autre manière d'appréhender le monde. Et sans doute pas la plus mauvaise, affirmait-elle. Bien sûr, il fallait se coltiner quelques raidillons ici et là, franchir parfois des cols et se briser les chevilles dans des descentes un peu casse-gueule mais on restait dans une dimension horizontale, celle de l'humilité, la seule qui vaille, elle n'en démordait pas. La verticalité était le domaine du Seigneur et de Lui seul.

Je l'ai enfin aperçue apparaître à travers une petite porte qui s'ouvrait sur une pièce obscure, une sacristie sans doute. Elle était accompagnée par deux hommes. Ils se sont dirigés vers une petite chapelle absidiale protégée derrière une baie vitrée. Je me suis levé pour m'approcher à pas de loup tout en me cachant derrière les piliers. L'un était vêtu d'une longue soutane, comme les curés d'antan, à ceci près que c'était un jeune homme d'à peine une trentaine d'années, plutôt beau gosse, d'ailleurs. Lunettes d'écaille, barbe de trois jours et cheveux mi-longs. C'était exactement le genre de type qu'on voyait sur les publicités affichées dans les églises pour susciter des vocations. Cette façon paternelle et sirupeuse de poser sa main sur l'épaule de Ludivine m'a toutefois un peu agacé. Pas touche, connard ! me suis-je surpris à murmurer entre les dents. Le second était un vieil homme assis sur un fauteuil roulant, ceci expliquant sans doute cela. Quand on n'a plus de jambes, mieux vaut avoir un peu d'argent de côté. Il était vêtu d'un costume impeccable, ressemblait à une sorte de majordome taillé dans le granit, le genre de type avec qui vous perdez à tous les coups au jeu de je-te-tiens-tu-me-tiens-par-la-barbichette. Ainsi cernée par ces deux sbires, elle avait l'air d'une Vierge envoyée au sacrifice dans le lit du Grand Moloch avec la bénédiction des autorités concernées. Une enveloppe est passée discrètement de main en main, Ludivine l'a aussitôt rangée dans son baise-en-ville, celui-là même que j'ai dissimulé aux yeux des secours et de la gendarmerie pour une raison que j'ai encore du mal à m'expliquer. Par mesure de sécurité, elle m'avait demandé de le mettre au fond de mon sac à dos et il y était resté. J'étais maintenant l'unique dépositaire de sa mémoire. Puis Ludivine s'est agenouillée sur un prie-Dieu auprès du type en fauteuil roulant, mains jointes et tête baissée devant le retable de la petite chapelle rayonnante où se consumait une bonne quarantaine de cierges éclairant la statue d'une sainte quelconque pendant que le jeune curé marmonnait une prière avant de les bénir tous deux par une interminable série de signes de croix. Toutes ces gesticulations me paraissaient appartenir à un autre siècle, celui d'avant les Lumières.

Et comme de juste, je me suis fait enguirlander dès qu'elle m'a surpris derrière un pilier comme un enfant de chœur en train de boire le vin de messe. Quoi ? Qu'est-ce que je faisais là ? Je l'espionnais ? C'était nouveau, ça ! Pour qui me prenais-je ? Est-ce qu'elle fourrait son nez dans mes affaires, elle ? Est-ce qu'elle allait m'emmerder pendant que je bossais ? N'étais-je pas censé l'attendre sur le parvis au pied de la statue, comme convenu ? Ne pouvais-je point patienter ? Est-ce que c'était trop demander ?

Je lui fis malgré tout remarquer qu'elle avait plus d'une heure de retard à notre rendez-vous et que j'étais en droit de m'inquiéter, ce qui ne fit qu'attiser sa colère. Cette entrevue était de la première importance et de la plus haute confidentialité, je n'avais rien à voir avec ça, moins j'en saurais et mieux ça vaudrait pour moi. D'ailleurs, je lui avais fait perdre assez de temps comme ça, il n'y avait plus une minute à perdre, fallait qu'on se mette en route au plus vite.

— Quand ?

— Tout de suite.

— Et où est-ce qu'on va, si je peux me permettre ?

— A Rome, je te l'ai déjà dit.

— Ça peut pas attendre ?

— Non.

31

J'ai reposé mon gobelet sur le bureau et j'ai demandé au gendarme s'il pouvait m'accorder une petite pause. Ça tombait bien, lui aussi s'en grillait une de temps à autre, histoire de décompresser, parce que ce boulot de dingue, croyez-moi, monsieur Kerdéniel, c'est pas une sinécure, on voit de ces trucs, vous pouvez pas vous imaginer. Sa femme était très à cheval là-dessus, en conséquence de quoi il était obligé de fumer en cachette. Les bonnes femmes, c'est quelque chose, soupira-t-il en me tendant son paquet. Il avait sa planque dans la petite cour derrière le local où l'on rangeait les poubelles, là où d'ailleurs il m'invita à le suivre. La flamme de son briquet éclaira nos visages fatigués l'espace d'une seconde, après quoi nous reprîmes la discussion dans l'obscurité.

Il va de soi que je n'avais pas dit un mot au sujet des maisons et du yacht que nous avions fracturés, du camping-car que nous avions emprunté, pas plus que je n'avais parlé du magot du Mont-Saint-Michel, il était inutile d'envenimer les choses. Si quelqu'un s'était donné le droit de fouiller mon sac à dos, il y aurait déniché le baise-en-ville de Ludivine, avec son carnet d'adresses, ses comptes de campagne et son portable, avec l'enveloppe marron aussi, celle qu'elle avait reçue en douce du type en fauteuil roulant et qui devait contenir un bon petit paquet de fric. Je n'avais pas menti, je m'en étais simplement tenu à l'essentiel. Qu'on s'était rencontrés par hasard à la terrasse d'un café de Sainte-Anne-d'Auray, qu'on avait fait route ensemble, que j'avais contrarié mes projets pour la suivre dans ses pérégrinations, enfin le temps que ça dure, et que oui, nous avions eu des relations… comment dire ?

— Sexuelles ?

— Oui, c'est ça. En quelque sorte.

Il a hoché la tête en regardant le bout incandescent de sa cigarette.

— Les bonnes femmes, c'est quelque chose. On va retourner au bureau, si vous le voulez bien, vous allez me raconter la suite.

— La suite ? On est sortis de la ville en direction du sud, toujours à pied, toujours avec notre fardeau sur le dos, notre croix, aurait-elle dit. On a traversé des kilomètres de banlieue pavillonnaire sans aucun intérêt à moins d'y vivre. Les volets se fermaient les uns après les autres, les réverbères s'allumaient. La pluie commençait à tomber de manière plus drue. Arrivés à la périphérie, il y avait comme partout une zone commerciale avec tout un tas d'enseignes. Ludivine qui n'avait pas prononcé une seule parole depuis son coup de gueule à la cathédrale s'est soudain souvenue en apercevant ce clown idiot flanqué sur la façade d'un fast-food qu'elle avait faim, qu'elle tuerait père et mère pour un hamburger et une portion de frites.

Pour l'orpheline que tu es, lui ai-je rétorqué histoire de détendre un peu l'atmosphère entre nous, c'est un peu ballot, non. Elle m'a foudroyé du regard. On est entrés. Je vous le répète, on n'avait pas le choix, c'était le seul endroit où l'on pouvait se sustenter et moi aussi, j'avais faim. Au point où j'en étais, je n'allais pas faire la fine bouche, vous comprenez ?

— Mes gosses adorent le McDo, a dit le lieutenant, mais avec ma femme, faut pas y compter, c'est niet sur toute la ligne. Alors, de temps en temps, je les envoie en cachette pendant qu'elle fait des services de nuit. Elle est aide-soignante au CHU.

— Je dois vous avouer que pour moi, c'était un vrai dépucelage. La corvée du fast-food avec les filles quand elles étaient petites, c'était toujours ma femme qui s'y collait, elle me l'a assez reproché. Bref, le resto était plein à bloc, des familles, des bandes de jeunes et un vieil obèse qui s'empiffrait tristement en solitaire. J'ai réussi à dénicher une table dans un coin et je suis allé prendre les commandes. J'ignorais qu'ils faisaient également dans le végétarien, ces marchands de plastique, une sorte de hamburger concombre-fromage, je vous épargne les détails, et en plus il fallait se déplacer et faire la queue pour avoir à manger. Au bout d'une bonne vingtaine de minutes pendant lesquelles elle gardait les sacs et occupait la table par la même occasion, je suis revenu avec un plateau chargé de cornets de frites et des fameux hamburgers. Bien entendu, Ludivine a aussitôt démarré son cirque habituel.

— Son cirque ?

— Oui, son Notre Père, son bénédicité, ses signes de croix, tout le saint-frusquin… On ne pouvait pas entamer un repas sans y avoir droit. Au début, ça me coupait l'appétit et puis je me suis fait une raison, une fois de plus. A côté de nous, il y avait une table de jeunes, garçons et filles, des pas méchants, sans doute, un peu balourds, un peu branleurs, bruyants. Ados, quoi.

— M'en parlez pas !

— Parmi eux, un grand boutonneux se payait visiblement sa tête, sans doute pour épater les copines, caricaturait ses gestes, bêlait des cantiques, voyez le genre. Ludivine ne s'apercevait de rien, elle était dans sa bulle. Après un dernier signe de croix, elle a sauté sur son hamburger comme si elle n'avait rien mangé depuis trois mois. Elle mâchait sans retenue, la bouche grande ouverte et toujours souriante. Des bouts de salade pendaient à ses lèvres. Elle n'avait pas dégluti qu'elle trempait ses frites dans un bain de mayonnaise avant de les porter à sa bouche et de s'en mettre partout. Bien sûr, ce grand petit con n'en ratait pas une, la singeait avec ostentation et commençait à sérieusement m'échauffer les oreilles. Les petits copains et les petites copines s'y mettaient à leur tour, psalmodiaient des parodies de prières. Ludivine ne remarquait rien, ou plutôt, j'en suis maintenant certain, faisait semblant de ne rien remarquer. Au contraire, je la soupçonnais de tendre la joue gauche, *de prendre en gré son martyre*, comme aurait dit la Jeanne. Le jeu devenait dangereux. Coiffé d'un cornet à frites vide, le grand boutonneux s'est alors mis debout pour mimer une bénédiction à toute sa tablée, tout en lançant un œil goguenard vers Ludivine.

« Mon sang n'a fait qu'un tour. Je me suis levé d'un bond et je l'ai saisi par le colback, ce petit con, envoyant valser au passage quelques cornets de frites, deux grands gobelets de Coca et un portable. Ça a dégénéré. Il y a eu soudain tout un ramdam, des cris, des piaillements, des chaises et des plateaux renversés, des tee-shirts ensanglantés de ketchup et des collants souillés de mayonnaise et encore des cris, des cris de jeunes filles, surtout, insupportables, tandis que je serrais de mes deux mains le cou de ce pauvre garçon tombé à terre. Excuse-toi, lui criais-je dans les oreilles, excuse-toi devant la dame, petit branleur de mes deux ! Agenouille-toi devant elle, pauvre fils de riche, et demande-lui pardon. Tu ne lui arriveras jamais à la cheville, tu entends, tu ne seras jamais qu'un pauvre microbe que je n'oserais même pas écraser de peur de salir mes semelles. Demande-lui pardon, tu entends, petite merde ?

« Disons que je me suis laissé un peu emporter.

« Deux types de la sécurité m'ont pris par l'épaule avant que j'étrangle ce lycéen pour de bon et m'ont éjecté du restaurant sans ménagement, après quoi ils ont lancé mon sac comme par-dessus bord. Ludivine avait disparu dans la nuit, sous la pluie. J'ai traversé le parking en criant son nom, courant dans tous les sens entre les bagnoles. Enfin, j'ai vu sa silhouette se profiler à la lumière d'un réverbère. Elle semblait se diriger vers les ténèbres. Je l'ai coursée en soufflant, une main sur les hanches. J'avais dû prendre, moi aussi, un sale coup dans la bagarre, et j'avais passé l'âge de me battre. “Fous-moi la paix, m'a-t-elle lancé sans se retourner, je suis assez grande pour mener ma vie, je n'ai besoin de personne, et encore moins de toi !” J'ai supplié son nom. Lulu, Ludivine, s'il te plaît. Fous-moi la paix, elle n'avait que ce mot-là à la bouche. Arrivé à sa hauteur, j'ai essayé de l'attraper par l'épaule en bafouillant deux ou trois excuses inutiles, c'est là qu'elle s'est mise à courir droit devant elle, à moitié au milieu de la route, sans regarder. J'étais à bout de souffle, j'ai renoncé à la suivre. Je ne voyais quasiment plus rien à cause de la pluie sur mes lunettes. Et puis cette bagnole de malheur a surgi de nulle part…

Sans rien dire, le lieutenant a baissé l'écran de son ordinateur en toussotant puis il m'a à nouveau tendu la boîte de mouchoirs, plus discrètement cette fois-ci. Il était assez futé pour comprendre que personne n'aimait s'épancher devant un gendarme. Rien ne pressait, je devais être fatigué. Ma déposition pourrait attendre jusqu'au lendemain. Les choses seront plus claires, n'est-ce pas. L'épisode que je venais de vivre était forcément traumatisant mais que je me rassure, la direction du McDo n'avait déposé aucune plainte. A sa demande, un de ses collègues m'avait réservé une chambre d'hôtel, à deux pas d'ici. Je le remerciai.

— Ça va aller ? demanda-t-il. Vous voulez que je vous accompagne ?

— Non. Je ne vais pas vous déranger plus longtemps. Un peu d'air ne me fera pas de mal. Pas de problème, ça va aller, ne vous inquiétez pas, merci encore.

J'ai endossé mon sac et il m'a accompagné jusqu'au portail de la gendarmerie où nous nous sommes serré la main. C'était une poignée franche. Pas une poignée virile mais une poignée franche, juste franche. Sa main était chaude et ça me faisait du bien.

Derrière le rideau de pluie, une obscurité grasse s'est écrasée sur la ville et sur le monde entier et pour des siècles et des siècles, j'en avais bien peur. Seul un panneau lumineux informait les passants que nous étions le 12 octobre 2012. La température était de 14 degrés et nous fêtions les Wilfried.

32

On n'a jamais retrouvé la moindre trace du chauffard. Parmi les rares personnes qui se trouvaient dans les parages, c'est-à-dire aux alentours du parking du McDo, aucune n'avait eu le réflexe de noter un quelconque numéro. Une voiture noire de gros gabarit, c'est le seul ver qu'on avait pu leur tirer du nez. Personne n'avait même pu préciser une marque automobile quelconque, tout s'était passé si vite et cette pluie de malheur avait tout brouillé. L'appel à témoins qui avait été publié dans la presse le surlendemain au bas d'un article d'une dizaine de lignes n'avait rien donné. Dépité, le lieutenant de gendarmerie avait refermé le dossier en m'avouant sans grande conviction qu'il arrivait que des coupables, rongés par le remords, viennent d'eux-mêmes se dénoncer, parfois plusieurs années plus tard, mais c'était rare. Il me faisait grâce des statistiques. En règle générale, ils avaient trop de choses à se reprocher : excès de vitesse dans la plupart des cas, alcoolémie souvent, défaut d'assurance, allez savoir si ce n'était pas une voiture volée. Par la presse, le conducteur avait forcément été mis au courant des conséquences de son acte, et qu'il se débrouille avec sa conscience. Ludivine K. était morte sur le coup, un point c'est tout. L'article précisait les circonstances de l'accident, donnait l'âge de la victime en ajoutant la mention « sans profession ».

Il n'y eut pas de funérailles et l'inhumation dans le carré des indigents se fit à la va-vite. J'avais bien sûr essayé de contacter le jeune prêtre aperçu la veille à la cathédrale en train de porter sa bénédiction sur le contrat entre Ludivine et l'homme au fauteuil roulant mais au secrétariat de l'évêché, nul ne paraissait au courant de cette fumeuse histoire, au contraire, ils semblèrent tomber des nues lorsque je leur parlai des quéreurs de pardons. Les quoi ? s'était exclamée cette jeune religieuse pourtant toute disposée à me venir en aide. Laissez tomber, j'ai dit. C'est rien, c'est une erreur, excusez pour le dérangement.

J'avais bien sûr pieusement gardé son baise-en-ville mais sans connaître le code d'accès à son smartphone, je n'étais guère plus avancé. S'y trouvaient également ses outils fétiches, diamant, couteau suisse, jeu de clefs, qui lui permettaient de jouer les passe-murailles. Je n'avais pas eu le cœur de compter les billets. S'y trouvait aussi la photo d'une femme, sa mère peut-être ou bien cette dame, Grâce, qui lui avait transmis cette vocation de quéreur de pardons. Inutile de dire que j'avais laissé la gendarmerie et mon bon lieutenant à l'écart de ces petits secrets, ils m'auraient pris pour un complice et j'avais déjà assez d'emmerdements comme ça. Une fois ma déposition signée, je n'avais plus rien à faire à Orléans sinon faire graver sur une petite plaque en cuivre le nom et les dates de la trop courte et bien étrange existence de Ludivine Kirchner. Un marbrier installé non loin du cimetière fit le travail dans la matinée et avec l'aide d'un employé municipal, j'allai aussitôt planter sur le tertre de terre fraîche la croix ornée de cette plaque. *Ludivine Kirchner, 1970-2012*. L'automne était déjà bien avancé et une brise humide faisait frissonner les cyprès tout en me faisant frissonner par la même occasion. Je ne ressentais pourtant aucune émotion, si ce n'est un peu de tristesse diffuse, ou peut-être n'était-ce qu'un abattement momentané. En tout cas, aucune larme ne s'était échappée de mes paupières. C'est après, bien après, que tout cela est venu et de la manière la plus insidieuse qui soit, c'est-à-dire à travers les boyaux, je me comprends. J'avais serré la main de l'employé municipal, l'avais même gratifié de deux billets de cinquante euros pliés en quatre pour qu'il prenne soin de la tombe, sans savoir vraiment si je me livrais à une pratique courante ou pas, toujours est-il qu'il s'était contenté de hocher la tête. Je suis retourné à l'hôtel récupérer les sacs, le mien et les siens dont je ne savais que faire. N'y restait que sa bible et un amoncellement épars de frusques plus ou moins usagées, plus ou moins propres, sans compter bien sûr les brosses, les bracelets, les colifichets, le dentifrice, les chaussettes zébulon, quelques fioles d'huiles essentielles et je ne sais quoi, tout un bazar sans nom. J'avais remis le tout en vrac et puis n'en parlons plus, je n'avais aucune intention de les garder pieusement comme reliques et encore moins par fétichisme. Excepté la bible, la lampe torche et le baise-en-ville, j'ai tout abandonné à une friperie à but humanitaire qui se trouvait non loin de là et sans apporter la moindre justification. J'avais posé le tout sur le comptoir et souhaité bon courage aux bénévoles qui se trouvaient là. Ludivine était morte, voilà, c'est tout, fin de l'histoire, fermeture de la parenthèse, rideau.

Cependant la question de l'argent me turlupinait. Je ne nie pas que l'idée m'avait effleuré, personne de sensé ne cracherait sur un tel pactole, mais il y a des choses qui ne se font point et du haut de son nuage, je n'osais imaginer la tronche de la Ludivine si d'aventure je dépensais son pognon gagné à la sueur de ses pieds à des frivolités, des caprices de bas étage, des vanités, aurait-elle ajouté. J'avais déjà ma petite idée sur la question, le principal problème qui se posait était bien sûr d'aller récupérer le fric dans les planques obscures du Mont-Saint-Michel et ce n'était pas une mince affaire. Le jeu de clefs se trouvait en effet dans son baise-en-ville mais je m'imaginais mal repartir tout seul à la conquête de la flèche, le souvenir que j'en gardais étant plutôt obscur et vertigineux.

J'ai pris un train pour Rennes, via Paris, puis un car pour le Mont-Saint-Michel. Je prenais mon temps, j'avais désormais tout mon temps, je flânais ainsi que me le reprochait Lulu. Je n'étais pas un nomade ni même un pèlerin, répétait-elle, je n'étais qu'un badaud. Disons qu'il me restait un bon mois avant de rentrer à la maison dans les délais prévus pour mon retour de Compostelle. Autant s'entêter dans la supercherie jusqu'au bout, je n'aurais eu ni le courage ni la volonté d'avouer la vérité à mes filles ou même à mes amis. Revenu à la légalité la plus stricte, je dormais dans des hôtels ou des gîtes d'étape, sans chercher la compagnie de qui que ce soit. J'avais passé tellement de temps à patienter en attendant Ludivine à la sortie des églises que je me sentais toujours dans cet état d'esprit.

Je n'attendais plus rien mais je persistais à attendre, voilà tout.

Il faut croire que je fus fidèlement épaulé par la Providence lorsque je me suis élancé dans cet état second à la conquête des entrailles du Mont. Certes, je devais m'égarer plus d'une fois à travers ce dédale d'escaliers, d'oubliettes et de chambres obscures, revenir sur mes pas, paniquer à l'idée d'être surpris par un vigile et frémir dans le froid des couloirs. C'était un jeu de piste particulièrement vicieux, une ultime épreuve que m'infligeait ma vagabonde céleste, mais finalement parvenu après maintes frayeurs au belvédère du clocher, j'ai tendu le pouce en guise de victoire vers une étoile de la Voie lactée qui scintillait plus que les autres. Ensuite, j'ai lancé un baiser que le vent, qui savait pertinemment ce qu'il faisait, a emporté à la bonne adresse.

Mine de rien, ça faisait un sacré paquet et même un paquet sacré. Je m'étais donné le temps de cogiter et j'avais ma petite idée sur la question. Après tout, qui d'autre que moi aurait eu le droit de s'autoproclamer exécuteur testamentaire de Ludivine Kirchner ? Les malheurs, les injustices, les misères, ce n'était pas ça qui manquait sur cette planète, on pouvait même dire qu'il n'y avait que l'embarras du choix. La somme était certes rondelette mais je n'étais pas dupe, elle ne représenterait que l'équivalent d'un minuscule pansement sur le corps martyrisé de l'humanité souffrante. De retour à Rennes, j'ai dispatché les billets en plusieurs enveloppes et je suis allé visiter quelques associations humanitaires qui me paraissaient plus ou moins voisines des sensibilités de Ludivine. On m'a un peu regardé de travers, normal, les bénévoles qui bossaient là n'étaient pas nés de la dernière pluie et les bons Samaritains se faisaient de plus en plus rares sous nos latitudes. « Ne me posez pas de questions, j'ai dit. Signez-moi juste un reçu ! » Eux aussi ont dû me prendre pour un dingue. J'avais gardé une dernière enveloppe pour Bénédicte et Véro, en y joignant un petit mot expliquant le pourquoi du comment. La toiture de leur maison était à refaire d'urgence et je savais qu'elles tiraient le diable par la queue. Je les embrassais sans laisser ni mon adresse ni mon numéro. A quoi bon ?

Je suis revenu chez moi comme j'étais parti, à pied, en empruntant cette fois-ci le GR 34 qui longe les côtes bretonnes. Ne me demandez pas ce que j'ai fait, ce que j'ai vu, ce que j'ai ressenti. Parce que je n'ai rien fait sinon marcher, rien vu sinon la mer, rien ressenti sinon la douleur de mes genoux et la caresse acide du vent. Arrivé à Saint-Brieuc, j'ai adressé un dernier SMS à mes filles pour leur dire que j'étais arrivé à Saint-Jacques-de-Compostelle en pleine forme, que le voyage avait été merveilleux et qu'il me tardait tant de les revoir, j'avais tellement de choses à leur raconter. Rendez-vous était pris dans trois jours à la gare de Brest. Puis j'ai jeté le baise-en-ville et mon appareil photo dans le bassin du port du Légué, raison pour laquelle je n'ai pu garder aucune photo de Ludivine et c'est peut-être aussi bien ainsi. Il me suffirait de prétexter un vol dans le train, c'était plausible, et de dire quel dommage, j'avais fait des photos splendides.

La vie a repris, comme on dit. Chemin faisant, ma trompette a repris du service et plutôt deux fois qu'une. J'ai retrouvé avec plaisir mes potes du quartette de jazz et j'accompagne désormais une chanteuse qui va bientôt faire parler d'elle, je vous préviens. Ma vie de célibataire endurci me convient parfaitement et me laisse beaucoup de temps libre. Entre-temps, je suis devenu grand-père. Une petite-fille, Lucia, trois kilos sept. Morgane m'embauche comme baby-sitter lorsque je suis disponible. Solenn, quant à elle, a achevé son master d'histoire. Elle tente à présent le CAPES et a gardé dans sa chambre de jeune fille la carte de l'Europe occidentale avec toutes les aiguilles à bout rouge qui suivent l'itinéraire de Brest à Saint-Jacques-de-Compostelle. Je n'aime pas voir ça, je n'entre jamais dans sa chambre, je préfère éviter. Tous les ans, vers la mi-octobre, comme je l'ai dit au début de ce récit, je reviens à Orléans pour une journée, jamais plus. Le temps de boire une bière et de redresser la croix. Comme aujourd'hui, six ans après. A mon retour, j'ai décidé d'inviter les filles au restaurant. Sans leurs mecs qui de toute façon ne comprendraient rien. J'ai choisi un établissement du côté de Camaret que je connais bien. Leur plateau de fruits de mer, c'est quelque chose. Après quoi, on descend jusqu'à la plage, histoire de digérer la mayonnaise. La journée est radieuse. Solenn a ôté ses baskets et les tient à la main. Morgane a fait pareil avec ses talons aiguilles mais elle n'a pas le choix. Des talons aiguilles à la plage, n'importe quoi. Moi, j'ai gardé mes vieilles chaussures de marche, celles avec lesquelles je suis prétendument allé en pèlerinage à Saint-Jacques-de-Compostelle. Je marche entre mes deux filles, lentement, les mains dans les poches. Le sable est mou, on évite quelques flaques. Des goélands volent en rase-mottes au-dessus de la plage en poussant leurs cris idiots. Soudain, je retire les mains de mes poches pour serrer chacun de mes bras autour des épaules de mes filles en bafouillant à voix basse.

Ecoutez… comment dire ? Il y a un truc que je voulais vous confier depuis un bon petit bout de temps…

Landerneau, le 6 mars 2019

Remerciements

Merci à Cyrille Boulo et à Nathalie Guihal
à Paul Bloas et à Thierry Quéau
à Sophie Lajeunesse
Remerciements particuliers à Laetitia Le Bis pour le titre et beaucoup plus que ça

Composition et mise en pages
Nord Compo à Villeneuve-d'Ascq

Imprimé en France par

MAURY IMPRIMEUR
à Malesherbes (Loiret)
en mars 2021

POCKET - 92 avenue de France, 75013 PARIS

N° d'impression : 253282
S31201/01